SHOW影劇團 企劃　陳義翔 主編　李美齡、李銘真、沈子善、郭宸瑋等 著

青少年劇本集

Loving
Drama Performance

補助出版
桃園市立圖書館

前言一

夢想號的祕密

陳義翔／SHOW影劇團團長

2001年起開始有機會帶領青少年們集體創作演出，雖然只是一些短劇，但我始終很認真的跟他們一起創作，直到2004年於礁溪國中擔任支援教師指導藝術與人文，應時任教務主任林美子之邀，帶領青少年（國一、國二生）集體創作了一齣《謝謝老師》歌舞劇，演出結束後有幾位老師跟我分享他們看完戲後的感動和感慨，我曾在心裡想著，然後呢？

過去這些劇本都保留的不完整，包含我自己的演出記錄都少的可憐，可能是因為這些感慨，以及和這些青少年們一起經歷的過程，讓我開始萌生一些想法，我認為這些記錄都相當珍貴，對我而言絕對不是叫好又叫座的大戲，才是值得保留的作品，近代那些一般人看過說的出來的作品，我總認為是因為宣傳得宜，才能讓許多人認識，而那些名不見經傳的小製作、小劇團用心製作的好戲呢？那可能需要命中註定才得以看見，這不是太可惜了嗎？

因緣際會下，2006末，我回到生長的桃園，用了一年時間觀察研究桃園的表演藝術出了什麼問題？並一邊尋覓志同道合的夥伴一起創團，希望可以透過戲劇給予社會一點什麼，於是我規劃了劇團有親子、青少年、社區及表演藝術劇場組織，希望在年齡上的扣合讓大眾都能親近劇場藝術，也和藝術總監謝鴻文、執行長李美齡，開始當起戲劇的農夫齊心耕耘，相信我們這三位農夫，流淚撒種，總有一天能歡呼收割！

雖然藝術與人文的課程在國內九年一貫中的教育實施後，還是不被普遍的家長認同，依然是補習升學掛帥，外界的才藝班也都是音樂、舞蹈為主，戲劇呢？在我們多年的實務經驗中，非常肯定戲劇的功能在人身上可以產生奇妙的助益，那些不被了解的、自以為的、沮喪、孤獨、甚至無可救藥的青少年們，花點時間跨進了戲劇學習後，似乎就像變了個人似的——充滿希望！

劇場是綜合藝術，戲劇的入門學習更是相當容易的，它能輕易地將人與人之間的藩籬打破，培養創意、思考、同理、團結合作、實踐及展現自信造夢的藝術，若是國內能落實孩子從小到大的養成，都能學習戲劇，那麼我絕對相信未來社會上所看見的道路、房屋、建築物甚至是人心，這些有形無形的都會變化如夢境般的美麗，只是這個不像秘密的秘密，到底何時大家才能一起乘上夢想號飛去呢？

或許我們可以在這些青少年落幕的身後，尋找到這個答案。

祝福每一位願意及曾經參與戲劇的人們，有如青少年時期的最佳狀態，帶著這樣有活力的翅膀，朝夢想前進！

前言二

當孩子認真專注的想做好一件事的表情

李美齡／SHOW影劇團執行長

好快喔！SHOW影劇團要邁入第十年了，想當初，要創團時，甚麼都沒多想，只有一個想法信念「就是把桃園變成有愛的藝文城市」。所以就開始在往學校社團跑，一方面自己有兩個小孩，藉此也能更貼近孩子的心，聽到他們的心聲，知道他們有什麼想法，也讓自己可以修正帶孩子的態度。 帶著孩子上戲劇課程，討論，編劇，排戲，過程中有很多新新人類的吶喊及訴求，因為孩子覺得沒人了解他們，可是因為演出，孩子站在台上，接受掌聲，鎂光燈，還有觀眾分享，他們了解到有人願意相信並聽他說，身上的武裝也沒那麼帶箭帶刺了。

第一版《騷動：青少年劇本集》一出版後，雖然不是暢銷書，甚至有人根本沒聽過，但是我們還是做了，因為這是為青少年做的。這幾年在學校，學生，家長，一樣的故事還是在發生，家長，學校希望孩子功課好，上好學校，不要談戀愛，不要玩電腦，可是青春期的孩子一心和家長挑戰，和學校抗衡，就是為了爭取自己的權益，覺得大人管太多，為什麼時代進步，但是大人的腦袋還是一樣古板，聽不見孩子的心聲，所以我們又準備出，夢想號：青少年劇本集。

在這次的幾個劇本中，不外乎是孩子的生活日常，因為他們的生活就是學校，同學，老師，家長，本來在討論時，很多社會議題也被拿來討論，甚至於有些家庭故事也引起大家的好奇，只是要變成故事搬上枱面上時，孩子有他們的考量，所以又做了一些刪增。 看著這群孩子來來去去 ，每一個都有自己的故事，因為生活環境不同，每個孩子有自己的個性而自成風格，不需用表像的數字分數成績來獲得驗證，也不需用名次級數來獲得肯定，所以每個孩子在戲劇課樂在其中，從做中學，然後起而行的，慢慢摸索，找到自己拿手的，我覺得每個孩子都是最棒的，應該也是值得父母驕傲欣慰的寶貝。我們劇團只是用最大的理解，最豐厚的愛來陪伴，相信獲得如此充裕養分的孩子們，可以走的更穩，也能走的更清朗清楚……未來雖不可知，但有了這樣的自信，充滿自在的空間及自由的時間，發揮創想，努力的做自己，在這裡孩子可以享有珍貴的時光，擺脫不必要的束縛，我們不是要培養明星，但是我們教會孩子負責，分享，團隊合作。看到孩子的戲劇表演很感動，雖然有小突搥，或是忘詞，可是這都不影響他們的演出，還記得在課堂上，假日加排陪伴孩子念台詞，走位的情景，當孩子認真專注的想做好一件事的表情，很令人動容，看到孩子們在舞台上穩健的表演，也讚嘆原來孩子的潛能真的是無限的，每個孩子在舞台上可以有如此細膩又大方的表現， 真的，孩子的學習需要陪伴，我們只是在做我們認為對的事，希望這些讓我們在日後回想都是美好的回憶。

導論

讓戲劇走入青少年的心

謝鴻文／SHOW影劇團藝術總監

一

回顧我們SHOW影劇團2011年出版的《騷動》，時間又遞嬗度過了6年。6年來在國內所見，不僅青少年劇本集的出版依舊匱乏，青少年劇場的演出仍然還是受到許多侷限，無法全面無礙的發展。這實在是有點讓人氣餒又不甘心的事，所以我們決定再出版這本青少年劇本集《夢想號》，也一直積極尋求和有需要的學校合作戲劇教育課程，更持續在桃園各社區推展青少年劇場演出與人才培訓。

或許有人會反駁，現在國中不是有藝術人文課程，高中也有許多表演藝術相關科系、有戲劇社團，青少年都有接觸戲劇啊！但是，這樣的看法，我只能同意少部分。實際去觀察國中教學現場，自會發現大部分學校的藝術人文課，由於專任師資多半出身於音樂或美術背景，因此戲劇還是被冷落輕視居多。更不用說，有些升學掛帥的學校，主科老師去向藝術人文課借課的事仍時有所聞，我們的國中生根本無法完整的好好享受戲劇教育的樂趣。至於高中，縱使有表演藝術相關科系，但比例上仍極微小，社團比例或許多一些，可是社團最怕就是沒經費或校方政策異動，隨時有被關門的危機。換言之，要達到我們理想：青少年人人都應有機會參與學習戲劇，確實還有一段長路要走。

《夢想號》就彷彿我們的意志宣告，再次吹響的號角，期待拋磚引玉，讓青少年需要戲劇的需求被正視、聆聽、進而尋求行動改變。

二

為什麼青少年亟需要戲劇滋養他們的身心？

幾年來SHOW影劇團持續青少年戲劇教育、演出和工作坊等經驗中深刻發現：就個體而言，可以在戲劇中學習非語言的情緒表達，可以開發自己的肢體創意，可以讓漸被馴服的想像力再鬆綁自由，可以學習人際互動與溝通……，這些事與其說是為了成為「成人」而準備，還不如說是為了「成為可以善待他人又善待自己，幫助自己自我實現」而儲備的素養能力。

從群體來說，因為戲劇是講究團隊合作創造的藝術，所以青少年可以在其中學習體悟人人各司其職都很重要，可以感受互相成就互相協助的辛苦過程，也唯有辛苦過後品嘗到的成果才格外甜美。

以上所述的功能與價值是實際可證的，不過總需要一點時間累積才會看見成果。可惜仍有太多家長老師抱持功利之心，眼光短淺無法預想這些功能與價值，更甚者還是否定戲劇，認為玩戲劇的孩子功課會變壞，自然阻絕了他們參與戲劇的種種可能。

姑且不談前述的功能與價值，在我們多年和青少年工作學習的經驗中，很清楚明白感受到，凡是接觸過戲劇的青少年，最大最明顯直接可見的改變，是他們會馬上變得更放鬆快樂愛笑。很多青少年第一次上戲劇課程，或許是為了保護自己，習慣先武裝，酷著一張臉，冷漠的像一塊冰，然而隨著劇場遊戲逐一的帶領，玩開之後，他們的臉他們的心，冰霜就慢慢融化了。隨之而來的是大笑，是不再彆扭的肢體碰觸，是可以盡情展現自我的表演。那一瞬間，他們也把在學校、在補習班的課業壓力，以及家長期待的壓力，通通瓦解丟棄了。

我聽見他們宣洩後的心聲，可以很豪邁直接的用一個字來說，就是——爽！我們的青少年這一點點微渺的心聲吶喊，大人們都聽見了嗎？

三

收錄在《夢想號》這本青少年劇本集中的劇本，其構成來由有幾種：一是SHOW影劇團的大人為青少年所寫，適合青少年閱讀與演出的劇本，例如團長陳義翔、執行長李美齡所寫的幾個劇本；另外有幾篇劇團培訓出來的青少年團員寫的劇本，例如沈子善、郭宸瑋、李銘真，未來前途都明亮可期；第三類則是劇團進駐經國國中等學校進行戲劇教育課程，最後與學生集體創作完成，這是更名符其實的青少年戲劇，最能貼近展現這一代青少年的生活與心理現況。

這本書中幾個我印象特別深刻的劇本：〈夢想號〉帶有童話感，但是觸及的壓迫議題，又非給兒童閱讀的童話那般溫馨甜美。而這也呼應著青少年階段的身心特色，由於脫離童年，開始學習用成人的高度看世界、適應世界，必然會有不適應之種種，只是有些人可能因為家庭朋友關照等因素，加上自我的鍛鍊，可以安然挺過這個隨時有暴風來襲的階段。

〈如果沒有我〉很寫實殘酷的呈現現在國中校園霸凌的問題，更揭露出教師怠惰、無能、情緒化非理性的一面，同時也有失職諉過，不關心不信任孩子的父母做對照，以新聞事件的手法去包裝，亦活生生展現了現在新聞媒體記者低智能，欠缺同理心的可悲耍猴戲。其語言直白，髒話不掩，赤裸裸示現出讓人心寒悲痛的現象。

和〈如果沒有我〉類似，〈青春逗〉裡也幾乎都是情緒失控，會口出惡言辱罵孩子的大人，這當然是創作者有意為之，針針見血的促使我們去反省：很多時候，錯不在孩子，而是大人。大人習慣的一句「我都是為你好」，就是充分表現情緒勒索、威脅孩子順從的語言，其背後的暴力宰制，讓孩子失去自主、失去快樂，是非常糟糕可怕的！

〈破窗〉也可以看見極可怕的校園霸凌，劇名引用自社會心理學家詹姆士・威爾遜（James Wilson）及喬治・凱林（George L. Kelling）提出的「破窗效應」(Broken windows theory），該理論提到社會環境失序的不良現象如果被放任存在，就會誘使人們仿效，甚至變本加厲。好比一棟建築有少許破窗，如果那些窗戶不被修理好，可能引發其他破壞者無所忌憚破壞更多的窗戶。換言之，這種連鎖的犯罪心理，要在問題癥兆還微小時就盡快防範修護，莫等到亡羊才補牢。於是喬治・凱林與另一學者凱薩琳・科爾斯（Catherine Coles）於1996年再進一步思索提出「修補破窗」（Fixing Broken Windows）的理論，認為犯罪高危險群應儘早識別及緊密留意和控制，更須保護守法的青少年，同時要促進社區居民參與維持公共治安問題，比較能有效預防破窗效應擴大。〈破窗〉也演繹了這個學校班級每個人最後如何學習愛與包容尊重，在懺悔中修補破窗。

〈以愛制ㄞˋ〉這個劇本的劇名，第二個「ㄞˋ」刻意保留寫成注音，引發其他同音字的多重想像，究竟是「愛」？「礙」？「隘」？或「曖」呢？劇本形式很有創意的採用法庭辯論場景，執法者、原告、被告三方分別象徵著大人與青少年的對立，互相交錯辯解、批判、裁決的是從愛情（戀愛）開展出的議題，「愛情謀殺」超越實際的謀殺犯罪行為，是具有象徵意涵指涉的，不斷糾纏在青少年自我，及其對愛情對愛的渴望；同時糾纏在青少年與其父母之間緊張對峙的關係中，彼此因欠缺認同理解而剝奪謀殺了愛。劇中尾聲法官裁定判決，青少年背叛無期徒刑，終生學習什麼是愛，父母親也被判因逝自己的孩子也屬業務過失，所以判決父母親交換身分，讓他們體驗彼此的生活和性別工作上的差異，意義十分耐人尋味！

綜觀其他劇本，不難發現青少年所寫的劇本普遍有幾個特色：文學性雖然還不高，藝術質素可再修飾加強，但這是必然的現象，讀者絕對不能用過高的標準來檢視評斷它們好壞，更千萬不可鄙斥訕笑它不夠完美，甚至導致青少年創作信心銷毀。事實上我們還要建立一個認知：這世上即使是已成名的劇作家，他們的作品都未必是完美不可挑剔，所以我們應該先接受不完美，看見不完美，也就看見真實的自己，可以督促自己勇敢前進，願意為自己的不足慢慢做修正。

其次，受動漫影像的元素影響，鏡頭情境快速的切換；或者濡染電影電視網路無厘頭式的笑話語言、滑稽動作，可以在〈味來昔日〉、〈月下情緣——遷徙？牽繫〉等劇本裡看見蛛絲馬跡。而青少年那種爽辣、葷素無忌的日常語言和思考行為，從〈大幕起〉也能看到頗鮮活直接的表現，連月經都可以編成曲，把羅密歐對月亮發誓搞怪成對月經發誓，看到這真的不需要太大驚小怪，因為這就是青春的輕狂與叛逆。這終究只是一個生命成長的波瀾起伏過程，如同月亮陰晴圓缺變化，大人真的不必要看見缺口就急著要用自己的思維去填補，卻總是忘了（或故意視而不見）青少年真正的匱乏與需求。

Don Dinkemeyer & Gary D. McKay《青少年期教養法》傳遞了一個很簡單淺白卻是真理的觀念：「父母不能強迫青少年子女，青少年子女也不能強迫父母；雙方都不能勉強對方做他們不願意的事。要學會教導你的青少年子女，最大的挑戰其實就是：需要改變的人是你，而不是你的子女。」這是不是一記棒喝可以敲醒混沌不醒的大人呢？

對我來說，真正的「大人」，就是凡事都能「大大寬心的人」。唯有如此，面對青少年也不會老覺得頭疼難相處了。能夠如此改變，更進一步思考戲劇對青少年的重要，願《夢想號》和《騷動》兩本青少年劇本集可以是一扇門，打開走入看見的戲劇世界，有青少年的喜怒哀愁，有他們實實在在等待被理解關懷的心，會讓大人從此和青少年關係更親密一點。也願有更多青少年劇本集出版，帶動青少年劇場發展，讓青少年有戲可以看，也有機會可以站上舞台展現肯定自己。

短篇卷　劇本

長篇卷　劇本

短篇卷

劇本

夢想號

編劇：陳義翔

人物

母雞	小雞E	雞祖先C
小雞A	蛋商1	公雞
小雞B	蛋商2	人類1
小雞C	雞祖先A	人類2
小雞D	雞祖先B	

【第一場】

△逗趣的音樂進，燈漸亮。小雞們一隻隻在家裡開始醒來，醒來後彼此有些互動及遊戲，玩耍到一個衝突時，遊戲停了下來，才開始想到了母雞去了哪裡？

小雞D　不要玩了啦！每次都賴皮！
小雞E　我哪有賴皮！
小雞D　有啊！每次你都賴皮還說沒有！
小雞C　好了啦！你們不要吵了！等一下媽媽回來我就跟媽媽說，你們就完了！

△小雞D、E爭執不休，直到小雞A察覺媽媽不在家。

小雞A　奇怪？媽媽好像都是一大早清晨就不在家了耶！
小雞B　對呀！最近都是這樣，媽媽有說去哪裡嗎？
小雞C　應該是去工作吧？
小雞A、B　（齊聲）工作？
小雞C　就是生蛋呀～
小雞A　我們不知道什麼時候可以生蛋？

小雞B　長大之後吧!?
小雞A　那我們什麼時候長大？
小雞C　很快啦！想這些做什麼？疑有聲音耶！媽媽是不是回來了？

△母雞工作完虛弱的回到家中，小雞們高興的纏在媽媽身邊。

小雞D　媽媽～媽媽～你今天在外面好不好玩呀？有沒有發生什麼有趣的事情呢？
小雞E　媽媽～我肚子好餓喔！還沒吃東西耶！你可以餵我吃嗎？
母雞　媽媽剛工作完回來，有點累，要不要讓媽媽休息一下，還是你們先跟媽媽說你們今天都在家裡做什麼呀？
小雞C　今天他們兩隻（指D、E）在家裡玩然後就玩到……（小雞D、E插嘴）
小雞D、E　（彼此穿插著說）哪有！都是他，我才不想跟他玩勒～每次他都麼這樣！媽媽妳不要聽他說！
母雞　（生氣）你們兩個！
小雞D、E　（跪下）好啦！媽媽，我們以後不敢了……
小雞A　媽媽～妳看等一下就晚上了耶！
小雞B　對呀！媽媽，妳可以說故事給我們聽嗎？
小雞們　對呀～我們最喜歡聽媽媽說故事給我們聽了！
母雞　好吧！那你們要聽什麼故事？
小雞們　聽聽～聽那個……聽那個叫什麼？媽媽說什麼我們都愛聽啦～
母雞　好啦～那媽媽就從上次那個還沒說完的故事開始說。

△輕柔音樂進，母雞邊說著故事，燈漸暗。

母雞　那個孤兒問上帝說怎麼樣才可以像天使一樣長出翅膀，飛到天堂去跟家人在一起？上帝說你要誠實的面對生命，翅膀就會漸漸長出來，到時候你就可以跟天使一樣，飛到天堂去和家人見面。

△燈暗，過場樂持續。

【第二場】

△燈漸亮，小雞們一隻隻在家裡開始醒來，醒來後彼此又開始有些互動及遊戲，玩耍到一個衝突時，遊戲停了下來，才開始想到了母雞去了哪裡？

△音樂漸收。

小雞D　怎麼每次跟你玩你都賴皮呀！

小雞E　你才賴皮啦！我才懶得跟你玩勒！

小雞A　奇怪！奇怪～媽媽怎麼又不在家呀？

小雞B　每天都去工作那麼晚才回來，好無聊喔！

小雞C　對呀！今天要媽媽再跟我們說一個不同的故事！

小雞B　好呀！好呀～昨天聽那個天使的故事有點無聊！

△小雞們齊聲笑著，母雞拖著疲累的身體回到家中，小雞們圍到母雞身邊，吵著要媽媽再繼續說故事。

母雞　（生氣）你們難道都不知道媽媽每天有多辛苦嗎？媽媽每天工作回到家都已經很累了，一回來你們還吵著我要說故事給你們聽！你們不應該只是每天只知道玩，你們很快就要長大了！長大之後生活就不像現在一樣你們知道嗎！

△小雞們鴉雀無聲，被嚇著了，也不敢說話，沉默了片刻，母雞才轉變了情緒繼續跟他們說話。

母雞　對不起，各位親愛的寶貝，媽媽不是故意要對你們兇的，只是你們不知道家裡的狀況。

小雞C　媽媽，家裡是什麼狀況，我們可以知道嗎？

小雞們　對呀～對呀！我們也想要知道，媽媽說給我們聽好嗎？

△傷感音樂進。

母雞　媽媽跟你們說，爸爸跟我結婚後生下你們，就被人類帶去研究，說是可以讓爸爸變得更強壯，也可以讓我們家未來有更好的生活，但爸爸去了之後就再也沒有回來。

小雞A　那爸爸是去哪裡了？怎麼沒有回來？

小雞群　對呀！爸爸呢？我們都沒看過爸爸……

母雞　（頓了下，哽咽）我……我也不知道，還有你們知道媽媽每天去工作，都是去生蛋吧！

小雞群　知道呀～媽媽

母雞　媽媽也是跟人類交換條件，人類讓我們有個地方可以吃住，我就願意每天去工作來交換，嗯，你們幾隻母雞，再長大一點也就會生蛋了。

小雞B　那長大就跟媽媽一起去工作囉！

小雞C　嗯，這樣以後媽媽應該就不會那麼累了

母雞　不，不要！其實媽媽很害怕……

小雞群　（齊聲）害怕什麼？

母雞　你們不知道吧！我是在工作的時候聽見看見的。

小雞D　媽媽你看見什麼？

小雞E　對呀！還聽見什麼呢？

母雞　（悲傷）唉～我不知道該不該跟你們說？

小雞群　說麼～說麼～媽媽妳快說～

母雞　好吧……我們母雞在產蛋八個月後，生的蛋就會越來越少。

小雞C　嗯～然後呢？

母雞　現在蛋商研究出一種方法，叫做「強制換羽」。

小雞A、B　那是什麼？

母雞　就是把這些產蛋越來越少的母雞，關在全黑的環境下，不給水也不給食物，然後再將母雞的毛開始拔光！

小雞D、E　好恐怖喔！嚇死我了！

母雞　然後過了兩個星期，這些沒死的母雞，內分泌就會開始變化，就會迅速恢復原來產蛋的能力。

小雞C　蛤……那怎麼辦？

母雞　媽媽最近的產蛋能力也很不好，我想很快就會輪到媽媽了

小雞A　不要，我不要輪到媽媽！

小雞群　我們也不要輪到媽媽，不要～不要！

母雞　媽媽身體不是很好，不知道媽媽到時候，有沒有辦法熬得過去……

小雞群　我們也不要輪到媽媽，不要～不要！
母雞　好啦～你們不要擔心，也不要害怕，媽媽會堅強的，今天媽媽累了，明天媽媽再說我們雞祖先的故事給你們聽好不好？

△停頓片刻，小雞們都不說話。

母雞　怎麼了？你們不想再聽媽媽說故事了是嗎？
小雞群　想聽！想聽！那明天媽媽要說新的故事喔！
母雞　好～媽媽好累了，讓媽媽睡一下喔！
小雞群　媽媽～我們來幫妳按摩～

△小雞們在媽媽身邊幫忙按摩，燈漸暗，音樂持續過場。

【第三場】

△音樂漸收，燈亮。小雞們醒來後，你看我我看你的張望著，母雞依然拖著疲憊的身體回到家中，小雞們因漸漸能體會媽媽的辛苦，而看著媽媽回到家中坐下後，依然不上前去打擾媽媽，希望讓媽媽休息。

小雞E　噓～（對著小雞D）要過去找媽媽嗎？
小雞D　好啊！
小雞C　不要啦！你們沒看到媽媽很累嗎？
小雞A　那怎麼辦？
小雞B　對呀！那要怎麼辦？
小雞E　還是我們玩，不要吵到媽媽就好了？
小雞D　好呀！那要玩什麼？
小雞C　就說不要咩！這樣會吵到媽媽！
母雞　（醒來）嗯……怎麼了？
小雞群　沒事～沒事～
母雞　對了，你們今天怎麼沒過來找媽媽呢？
小雞C　沒有啦！想說媽媽很累，就不吵媽媽了。
小雞群　對呀！對呀～
母雞　對了，媽媽說今天要跟你們說雞祖先的故事對吧!?
小雞D、E　對呀！

小雞A　不用了啦！
小雞B　對呀！媽媽已經累了，就不用說了，我們可以自己玩
母雞　沒關係啦！媽媽答應你們今天要說的，就會跟你們說
小雞D、E　太棒了！
母雞　不要被媽媽昨天講的事情嚇到
小雞C　不會啦！我才沒在怕的呢！
母雞　那就好，媽媽跟你們說，據說以前我們的雞祖先都是會飛的，而且長大之後都要一起飛出去找到夢想！
小雞A　哇～會飛耶！好厲害喔！
母雞　對呀！而且還要一起去找夢想呢！
小雞B　媽媽，那我們會飛嗎？
母雞　會的，我們會飛
小雞C　媽媽，那我們要怎麼樣才會飛？
母雞　只要你勇敢，就能飛，好啦！你們先不要插嘴，先讓媽媽把故事說完，以前這些雞祖先，長大之後就會一起飛出去尋找夢想，後來遇到的人類越來越多，我們就跟人類成為好朋友，人類飼養我們，我們就下蛋給人類吃，後來因為飼養越來越多了，雞就開始不飛了，和人類過著安定的生活，還有啊～以前人類看到雞祖先們一起飛在天空去找夢想時，就好像看見天空有一艘船一樣，人類都把他們叫做「夢想號」。

△輕柔陽光般的音樂進，雞祖先們飛了出來，還有公雞也飛出來，四隻雞排列成菱形，像是個船形，人類後來也走出來。

人類1、2　夢想號耶！
人類1　對耶！雞長大又飛出來尋找夢想了！
人類2　他們不知道會不會到我們這邊來？
小雞群　夢想號!?
母雞　對呀～很酷吧！
小雞群　好酷喔！
雞祖先A　太棒了！我們飛起來了，一起來去尋找夢想吧！
雞祖先B　哇賽～外面的世界好遼闊喔！
雞祖先C　太好了！有好多不同的地方，我們要分別前往不同的方向嗎？
雞祖先A、B　不，我們要一起前往同一個地方

公雞　　（揮動翅膀）孩子們～爸爸終於看到你們了！你們知道我是你們的爸爸嗎？
母雞　　我好像看見你們的爸爸（語畢，小雞們看向媽媽）
雞祖先B　你們看，那邊有人類在跟我們揮手耶！
雞祖先C　那我們過去找他們吧！
公雞　　好啊！那我們飛過去找他們吧！
雞祖先們　（齊聲）走吧！
母雞　　而且夢想號還有一首歌喔！
小雞群　怎麼唱？好想聽喔！
母雞　　你們想聽喔？
小雞群　想聽想聽！
母雞　　好，那麼媽媽教你們唱，你們要學起來唷！
小雞群　好！

△〈夢想號〉音樂進，母雞先獨唱，小雞群跟著合。

母雞　　想在媽媽懷中長大，但也要獨立飛翔，展開夢想的翅膀
合唱　　勇敢的面相遠方～不知道未來的世界，到底有多大～

△燈漸快暗，歌唱持續過場（唱至〈夢想號〉第一段……自由翱翔）。

【第四場】

△已經到了母雞該下班回家的時候，但媽媽一直還沒回到家，小雞們開始不安，對於之前媽媽所說的「強制換羽」討論了起來，並產生幻想。

小雞A　奇怪，媽媽怎麼都還沒回來？都這麼晚了！
小雞B　對呀！今天特別晚，怎麼都還沒回來啊！
小雞C　該不會是……
小雞D、E　是什麼!?
小雞C　沒什麼啦……
小雞A　你知道就快說啊！
小雞B　對呀！知道就快說啊！幹嘛賣關子啊！
小雞D、E　對呀！快說～快說！

小雞C　你們還記得媽媽之前說「強制換羽」的事情嗎？
小雞A、B　記得啊！
小雞E　強制換羽？
小雞C　你怎麼都沒在聽啊？
小雞A、B、D　對呀！你都只會玩！
小雞C　就是強制拔掉你所有身上的羽毛啊！
小雞E　對吼！我想到了！好可怕喔！
小雞C　該不會……

△陰森恐怖的音樂進，燈光變化，蛋商1、2將母雞拖出來走至左上舞台，蛋商隨著小雞C所敘述的開始動作，母雞慘叫。

小雞C　人類把媽媽帶到全部黑暗的地方，不給媽媽喝水也不給媽媽東西吃，然後開始拔媽媽身上的羽毛，就是要刺激媽媽的內分泌，讓媽媽再繼續下蛋。
小雞A　那該怎麼辦？
小雞B　對呀！那怎麼辦？
小雞C　我也不知道該怎麼辦？
小雞D、E　（哭泣）那我們會不會沒有媽媽了……
小雞群　（像是看見了媽媽，齊聲）媽媽～
母雞　孩子們，人類變了，變得不可理喻，媽媽也不敢相信事情會是這樣，但你們要堅強，還記得媽媽昨天跟你們說的雞祖先的故事嗎？
小雞群　（難過的齊聲）記得……
母雞　要聽媽媽的話，要向雞祖先學習，要有夢想，如果有一天長大，能有機會闖出去，闖出一片天，那就要好好把握機會！還有……一定要聽媽媽的話！

△母雞說完，蛋商繼續拔母雞的毛，母雞哀嚎慘叫。

小雞C　媽媽～我一定會聽您的話～
小雞群　媽媽～我們一定會聽您的話～

△燈快暗，陰森恐怖的音樂轉變為節奏強烈，持續過場。

【第五場】

△音樂襯底，燈漸亮，被拔光毛的母雞含著最後一口氣，被蛋商丟回到家中，蛋商警告母雞有屁快放，等一下要將母雞脫去宰了，母雞撐著最後的一口氣……

蛋商1　（將母雞摔在地上）過去，有屁快放！
蛋商2　還有什麼話想跟孩子們說的就快說吧！妳已經沒有利用價值了，等一下要把妳拖去宰了
小雞群　（難過地齊聲）媽媽～
母雞　孩～子……
小雞群　（難過地哭泣著齊聲）媽媽～
母雞　你們已經長大了，不想要跟媽媽一樣，就要聽媽媽的話
小雞C　我們會聽媽媽的話的，媽媽～！
小雞群　（難過地哭泣著齊聲）媽媽～
母雞　等一下媽媽就要先走了，你們不要傷心，這樣才是好孩子，知不知道！

△小雞們哭的無法言語。

母雞　媽媽說話你們有沒有聽到!?有沒有聽到！
小雞C　（哭著回答）有，媽媽，我們有聽到
母雞　很好……你們要答應媽媽一件事
小雞群　（哭著齊聲）什麼事？
母雞　還記得媽媽跟你們說過雞祖先的故事吧!?你們要勇敢、要堅強，你們就能飛，等一下媽媽會過去擋住人類，你們就趕快衝出去，然後就張開翅膀一起往天空飛去，知道嗎！
小雞E　（哭泣）不知道，我不知道！

△小雞們哭的更大聲，無法言語。

母雞　你們不要難過，還記得媽媽教你們唱的〈夢想號〉嗎？
小雞們　（哭著齊聲）記得～

母雞　　那現在媽媽再跟你們一起唱一次，我們一起唱知道嗎？
小雞們　（哭著齊聲）知道，嗚嗚嗚～嗚～

△「夢想號」音樂進，母雞先獨唱了第一句，小雞們接著哭著合唱，在唱了幾句之後，母雞衝向蛋商用稀疏羽毛的翅膀擋住蛋商，用最後的氣力大聲叫小雞們快跑。

母雞　　孩子們～快跑！快飛出去！快點，再不飛出去就來不及了！快點！

△蛋商跟母雞產生推擠，僵持不下後，蛋商用棍子往母雞頭上敲下，母雞昏厥，爪子卻緊抓著蛋商不放，此刻小雞們往蛋商面前衝出去，並歌舞著〈夢想號〉，雞祖先和公雞也進場歌舞，燈暗，劇終。

〈夢想號〉

詞曲：翁湘晴、李莉萍／曲：黃柏勳

想在媽媽懷中長大
但也要獨立飛翔
展開夢想的翅膀
勇敢的面向遠方
不知未來的世界
到底有多大
任性隨意揮灑
廣大天空讓我自由翱翔

不管有多麼危險多麼困難多麼遙遠
一定要克服恐懼面對現實通過考驗
媽媽常說要把握金色童年

不管有多麼害怕多麼生氣多麼傷心
一定要選擇對的

告訴自己努力再努力
媽媽常說這才是夢想的出發點

我擁有一雙翅膀
突破那彩色的虹啊
完成自己未來的夢想
夢想號出航啦

我們一起飛翔

我的老天鵝鴨

編劇：陳義翔

人物

相公	白鵝
愛妻	黑鴨

△古調音樂進，相公一人看著天空，時而好奇的移動著，直至打瞌睡，音樂漸收，愛妻上。

愛妻　相公，你怎麼一個人在外面睡呢？人家在房裡等你等得好無聊唷！相公～相公～！你醒醒呀！你怎麼了你！難不成你要離我而去了嗎！我的天呀！

相公　（恍惚漸醒）什麼聲音！不要靠近我！走開！走開～

愛妻　相公，你醒了嗎？發生什麼事情？

相公　我剛剛獨自一人在察看著天空，想著這世界的奧祕與奇妙，不解，所以不小心就睡著了，然後作了個噩夢，接著醒來。

愛妻　相公，你剛剛作了個什麼噩夢呀？

相公　我……我剛剛夢見畜牲，那畜牲還對我離情依依的說：難不成你要離我而去了嗎？頓時就讓我心跳停止，驚醒。

愛妻　相公，你為什麼要驚醒呢？

相公　愛妻，我若不驚醒，妳可能就再也見不到我了呀！

愛妻　是嗎？相公，如果你不醒來的話，我還是可以這樣的看著你呀！

相公　不，愛妻，我說的不是這樣子看的意思

愛妻　那是怎樣子看的意思呢？相公

相公　是那樣子看的意思（語畢，閉上雙眼，如往生般）

愛妻　哈哈哈哈～相公，你可真愛說笑，（學相公閉上雙眼）閉上眼睛當然什麼也看不到了呀！你可真逗呀！相公

相公　我說的是（往生狀）這樣的意思

愛妻　（開心的學相公）這樣的意思呀！哈哈哈哈～

△兩人開心的笑著。

愛妻　等等～相公，你剛剛還沒說完，你說你做了個噩夢，然後驚醒，為什麼呢？

相公　因為我……我剛剛夢見畜牲，那畜牲還對我離情依依的說：「難不成你要離我而去了嗎？」頓時就讓我心跳停止，驚醒。

愛妻　（畜牲的聲音）難不成你要離我而去了嗎？驚醒。哈哈哈哈～那是長得什麼樣的畜牲呀？相公

相公　我朦朧地～迷茫地～模糊地～依稀～（愛妻打斷）

愛妻　快點！

相公　地～記得！就是個畜牲！

愛妻　然後呢？

相公　那畜牲有張人臉！

愛妻　這麼可怕！

相公　而且還會說人話！

愛妻　哎呀～嚇死我了！相公，你別再說了！好可怕～好可怕！好可怕～

相公　愛妻別怕！只要那個畜牲不記得她自己是畜牲，她就不會在出現了！

愛妻　相公，那，那畜牲記憶力好還是不好？

相公　那畜牲記憶力應該是不錯！

愛妻　那怎麼辦？

相公　只是她什麼都不知道，所以也就不會出現

愛妻　（深呼吸）好險，那就好。

相公　愛妻，怎麼了呀？妳從屋裡走出來有什麼事嗎？

愛妻　相公，屋裡只有我一個人，我怕怕～

相公　有什麼好怕的，我保護妳，愛妻！

愛妻　可是相公，你剛剛不是才被畜牲嚇到嗎？怎麼會說沒什麼好怕的呢？

相公　是！愛妻說得是！怕，會怕，相公會怕，我說錯了，我該死，我該死。

愛妻　相公，我不許你死，你要死了那我該怎麼辦？

相公　是！愛妻說得是，我又說錯了！我不該死，我不該死。
愛妻　嘻嘻～這好，這才是我的相公
相公　是呀～愛妻，未來就算～有什麼可怕的事，做相公的我也還是會挺身而出的保護妳的，愛妻！
愛妻　嘻嘻～我最愛你了，相公～
相公　我也愛妳唷～愛妻～
愛妻　相公～
相公　愛妻～
愛妻　相公～
相公　愛妻～
愛妻　相相公～
相公　愛愛妻～
愛妻　愛愛妻～
相公　相相公～
愛妻　七七公七七公～（模仿鑼拔聲）
相公　框妻框妻～框框妻框框妻～（模仿鑼拔聲）

△兩人開心的相擁笑著。

愛妻　相公，不如我們來喝杯酒壓壓驚，如何？
相公　喝酒？（奸笑）喔～呵呵呵呵！愛妻，妳一大早就想要跟我培養情調，然後我們再吃點東西，愛愛妻～
愛妻　（撒嬌）哎唷～相公，你幹嘛這樣說人家，人家就只是單純得想說我跟你都被嚇到了，所以來喝杯酒壓壓驚呀～來（舞台上繞了一圈，假裝拿酒）相公，喝酒！
相公　（目瞪口呆）愛妻，這……這……這酒在哪裡？
愛妻　相公，你有所不知，人家我要倒的這瓶，可是打著燈籠都找不到的好酒！
相公　可是看不見怎麼喝呀！
愛妻　相公，這酒可不是用來喝的，是用來品嚐的！
相公　看不見怎麼品嚐啊？
愛妻　相公，麻煩你先把眼睛閉上。
相公　好～（閉眼）
愛妻　相公，我這就叫做「好酒不見」，現在我來為相公你倒酒，相公，麻煩你先將杯子端起來，好讓我倒酒。

相公　好，讓我把杯子端起來（假裝端起酒杯）。

愛妻　相公，你杯子拿好了，我要開始倒酒囉～

相公　好，愛妻，妳倒吧！我會穩穩地拿著杯子，不讓酒灑出去的

愛妻　相公，酒到好了

相公　愛妻，謝謝妳，那我喝了！

愛妻　等等我，相公，我也要同你一起喝，讓我把我這杯也給倒滿，好，倒好了！

相公　那我可以將我的眼睛打開了嗎？愛妻～

愛妻　可以的，相公，你請便。

相公　好！那我就將我的雙眼給睜開來，哎呀～睜開了！這世界可真是一片明亮呀！

愛妻　就是說呀！相公，世界真美好！

相公　世界真美好！

愛妻　那我們這杯就敬這～

相公、愛妻　（齊聲）世界真美好！

相公　好喝！

愛妻　好喝！

相公　好喝！

愛妻　好喝！

相公　好喝～好喝！

愛妻　好喝～好喝！

相公　好喝～好喝！

愛妻　相公，我剛剛不是說過，這酒不是用來喝的，是用來品嚐的。

相公　妳剛剛不也說了？

愛妻　有嗎？相公？我剛剛有說過嗎？

相公　妳剛剛明明～（愛妻打斷）

愛妻　有嗎？

相公　妳剛剛明明有講說～這酒是用來「品嚐」的～

愛妻　就是說嘛～嘻嘻！相公

相公　愛妻～

愛妻　相公～

相公　愛妻～愛妻～

愛妻　相相公～

相公　愛愛妻～
愛妻　相相公～
相公　愛愛妻～
愛妻　相相～
相公　愛愛～
愛妻　七七公七七公～（模仿鑼拔聲）
相公　框妻框妻～框框妻框框妻～（模仿鑼拔聲）

△鑼鼓音樂進，兩人開心扮演著舞龍舞獅後相擁笑著，黑鴨和白鵝隨著音樂交錯進場，相公和愛妻各自分別看見黑鴨與白鵝。

相公　愛妻，我好像醉了。
愛妻　相公，我也好像醉了。
相公、愛妻　（齊聲）那我們再喝一杯，呵呵呵呵！
愛妻　相公，我來為你斟酒。
相公　好，謝謝愛妻～
愛妻　那我們喝吧！
相公　好，愛妻～讓我們一起將杯子舉起來，喝酒！

△鑼鼓音樂進，相公喝酒時看見了白鵝出現，白鵝退場。

相公　愛妻，我想再喝一杯，而且我想喝大杯一點
愛妻　相公，你怎麼那麼愛喝呀！
相公　因為這是好酒呀！
愛妻　好酒～
相公　好酒～
相公、愛妻　（齊聲）不見～
愛妻　好酒不見～
相公　好酒不見～
愛妻　好酒不見～好想你唷！相公～
相公　好酒不見～好想妳唷！愛妻～
愛妻　相公，那我這次就幫你倒大杯一點！
相公　好，讓我拿個大一點的杯子（轉身假裝拿大的杯子），來，愛妻妳看，這杯子比較大吧！

愛妻　是呀！相公，這杯子跟你好搭呀！
相公　是呀！男人就該喝大杯的！
愛妻　就是說呀！相公，那我來為你斟酒
相公　謝謝愛妻，妳自己也喝呀！
愛妻　那當然，但是我要先為相公斟酒，誰叫你是我相公呢！（也為自己斟酒）
相公　呵呵呵呵～那我們喝吧！
愛妻　喝吧！

△鑼鼓音樂進，愛妻喝酒時看見了黑鴨出現，黑鴨退場。

愛妻　相公，我想再喝一杯，而且我想喝杯大的。
相公　愛妻，妳怎麼那麼愛喝呀！
愛妻　因為這是好酒呀！
相公　好酒～
愛妻　好酒～
相公、愛妻　（齊聲）不見～
相公　好酒不見～
愛妻　好酒不見～
相公　好酒不見～好想妳唷！愛妻～
愛妻　好酒不見～好想你唷！相公～
相公　愛妻，那我這次就幫妳倒杯大的
愛妻　好，讓我拿個大一點的杯子（轉身假裝拿大的杯子），來，相公你看，這杯子大吧！
相公　是呀！愛妻，這杯子跟妳好搭呀！
愛妻　是呀！女人就該喝杯大的！
相公　就是說呀！愛妻，那我來為妳斟酒
愛妻　謝謝相公，你自己也喝呀！
相公　那當然，但是我要先為愛妻斟酒，誰叫妳是我愛妻呢！（也為自己斟酒）
愛妻　呵呵呵呵～那我們喝吧！
相公　喝吧！

△鑼鼓音樂進，黑鴨和白鵝進場，黑鴨和白鵝退場，喝完兩人沉默一會兒。

相公　　愛妻，我剛剛好像看見了白鵝。
愛妻　　相公，你喝醉了我看見的是黑鴨。
相公　　明明就是白鵝！
愛妻　　明明就是黑鴨！
相公　　是白鵝！
愛妻　　是黑鴨！
相公　　是白鵝！
愛妻　　是黑鴨！
相公　　是白鵝！
愛妻　　是黑鴨！
相公、愛妻　我的老天鵝鴨！
相公　　我不跟妳爭辯了！
愛妻　　我才不跟你爭辯了！
相公　　倒酒！
愛妻　　（撒嬌）要喝自己倒！
相公　　（撒嬌）倒酒！
愛妻　　（撒嬌）要喝自己倒！
相公　　（生氣）好！我數到三，一、二、三！

△鑼鼓音樂進，白鵝跳進來。

相公　　妳看妳看！
愛妻　　看什麼看！
相公、愛妻　我的老天鵝鴨！
相公　　我就說是白鵝！
愛妻　　一定是喝醉了，明明就是黑鴨！
相公　　妳看這樣子，明明白白就是隻白鵝。
白鵝　　我是隻白鵝～
相公　　妳看！連牠自己都說了！
愛妻　　哈哈哈哈～好好笑喔！這個好酒可真是厲害，喝一點就醉了（上前靠近白鵝觀察），相公，你告訴我白鵝是長什麼樣子的？

△鑼鼓音樂進，相公朝另一邊走去，一副胸有成竹狀，黑鴨跳進來。

相公　（對著黑鴨）這個白鵝呢！就是長這個樣子，首先牠的羽毛一定是白的，脖子通常比鴨子長，然後體型也……

愛妻　沒錯！沒錯！相公那麼黑鴨呢？

相公　黑鴨也長得跟這一模一樣！

愛妻　可是這明明就是（轉身看見黑鴨）黑鴨！

相公　黑鴨！

相公、愛妻　（同轉頭）白鵝！（同轉頭）黑鴨！（同轉頭）白鵝！（同轉頭）黑鴨！（同轉頭）白鵝！（同轉頭）黑鴨！（同轉頭）白鵝！

黑鴨、白鵝　（齊聲）我的老天鵝鴨！

白鵝　真是傻傻分不清楚～

黑鴨　白鵝就是長這樣的，首先牠的羽毛一定是白的，脖子通常比鴨子長，然後體型也……

相公　這我剛剛講過了。

白鵝　他在糗你耶～黑鴨。

愛妻　對呀！剛剛我相公講過了！

黑鴨　哎呀～好！認真講！從生物學的角度講，鵝被列為是鴻雁或灰雁的一個變種或者亞種，故也稱家雁，不過這一名稱在現代漢語中已不常用。生物學家達爾文在他的《動物和植物在家養下的變異》一書中提到「在荷馬史詩中就提到過早在古希臘時代鵝就被家庭化飼養了……

相公、愛妻　太深奧了……

白鵝　太深奧了……

黑鴨　好，鵝肉是備受歡迎的菜餚之一（白鵝害怕狀），新屋地區的鵝肉尤其好吃！

白鵝　你死定了！

黑鴨　你才死定了！中國民間傳說鵝為發物，會使疾病發作，以前明代～（相公跳出來飾演）開國功臣「徐達」功高震主，（愛妻跳出來飾演）朱元璋懼之（愛妻表演成拒絕的拒），我是說害怕的那個懼，不是抗拒的拒。

愛妻　喔～早說嘛！我想說音都一樣（轉變成畏懼的樣子）。

黑鴨　徐達患有背疽，忌吃鵝肉。

相公　等等～等等！你剛剛說什麼背疽？

黑鴨　喔～背疽呢！就是一種毒瘡，多生於肩、背、屁股等地方，古時候醫學比較不發達，常常看得見許多人生這種病。好！話說回來，這個徐達因為表現得比他老闆朱元璋還要好，所以就讓他老闆很不高興，朱元璋知道徐達患有背疽，就請他吃鵝肉，徐達知道老闆的意思，就流著淚把鵝肉吃完，過不久徐達就毒發而死。

白鵝　怎麼那麼笨呢！不吃不就好了！

黑鴨　這事情不是白痴說得這麼簡單。

白鵝　你在罵誰？

黑鴨　說錯了！是白鵝不是白痴，抱歉！

白鵝　沒關係，繼續。

黑鴨　明朝那個時候有個規定，就是老闆賜宴，請你吃東西的時候，你必須馬上吃，而且全部要吃完，就算死了也要爬起來吃，所以徐達知道自己長了背疽，老闆朱元璋也知道，然後老闆請他吃鵝肉，就是要讓徐達的背疽的毒瘡發作，接著徐達就邊吃邊哭，因為知道自己要死了……

△愛妻和白鵝掌聲鼓勵，相公死在地上。

愛妻　太感動了！

白鵝　故事講得真好！

相公　那皮膚沒事的人吃鵝肉不會怎麼樣吧？

黑鴨　當然不會！況且現在的醫學發達，有病趕快看醫生就好啦！鵝肉很好吃呢！鵝肉可是我們新屋這裡的名產，遠近馳名，新屋鵝肉特別好吃！不信你吃吃看！

白鵝　ㄟㄟㄟ～戲還沒演完，（台語）別相害，好嗎？

黑鴨　OK！

白鵝　那換我了，鴨，俗稱「鴨子」。

相公、愛妻、黑鴨　廢話～

白鵝　鴨跟鴨子，差一個字，俗稱鴨子，差一個字差很多好嗎？

相公、愛妻、黑鴨　隨便啦～

白鵝　好，雄鴨每年換羽毛「兩次」，卵殼光滑，卵殼就是蛋，鴨的蛋蛋很光滑～

愛妻　鴨的蛋蛋？

白鵝　就是鴨的蛋、蛋，不是鴨的蛋蛋。

愛妻　相公，你知不知道白鵝在講的是什麼？
相公　（竊笑）我知道。
愛妻　知道幹嘛偷笑？
相公　我沒偷笑，我……
黑鴨　（尷尬）不要笑了
白鵝　言歸正傳，這個鴨呢！牠的眼睛有360度視域廣角，就是牠不用轉頭就可以看到後面。
相公、愛妻　真的假的！這麼厲害！
白鵝　不信的話，你們來試試看
相公、愛妻　好！

△黑鴨、相公、愛妻移動位置。

白鵝　來，你們來試試看，從牠背後伸出手指頭來給黑鴨猜看多少？
相公　好好～我先來，黑鴨，你說這是多少？
黑鴨　5（相公偷變步，黑鴨也接著說）、10、15、20、5、10、15、20
相公　好厲害！
愛妻　換我來，相公
相公　好！換妳愛妻
愛妻　這是什麼？（擺出愚蠢的姿態）
黑鴨　低能兒！

△相公、白鵝掌聲鼓勵。

愛妻　我不玩了！
黑鴨　這樣就不玩啦？
愛妻　你欺負人家
黑鴨　呵呵呵呵～

△音樂進。

黑鴨　我們鴨
白鵝　還有我們鵝
黑鴨、白鵝　（齊聲）可是有很多的很多的祕密，等你們來發現呢！走，

　　　　我們飛吧！（定格不動）

相公、愛妻　（齊聲）牠們會飛嗎？我的老天鵝鴨！

△劇終。

味來昔日

編劇：沈子善、陳義翔

人物

魯夫	布魯克	羅賓
娜美／小女孩（可同一人飾演）	香吉士	騙人布
喬巴／小魯夫（可同一人飾演）	索隆	

【序】悼念

△歌曲進【註一】，音樂進，燈漸亮，舞台上是娜美阿嬤的告別式，舞台佈景上也掛著娜美阿嬤露出溫暖微笑的相片，座位上坐著滿滿的人們，此時孫子魯夫站在講台拿起麥克風，音樂漸收。

魯夫　大家好，我是魯夫，今天很謝謝大家來參加娜美阿嬤的告別式，因為阿嬤喜歡的台灣曲調，我就放〈思慕的人〉這首歌來當做開場，讓大家在一種熟悉的曲調下一起來悼念娜美阿嬤，（哽咽）我是個沒有爸媽的孩子，從小，就是阿嬤帶我長大，我的阿嬤娜美是一個很溫柔很熱情人，雖然她有時脾氣也不是很好，但她總是很照顧周圍的人，不管是對大人還是小孩，相信在座各位很多都是受過阿嬤恩惠的人，而我（拿起桌上的發糕）每天都會收到阿嬤給我的發糕，一塊滿是愛心灌溉的發糕。

△魯夫定格，回憶的音樂進，場景轉變，阿嬤帶著小時候的魯夫進場。

【1-1場】兒時

阿嬤　魯夫啊～今天是過年喔！阿嬤準備了一個小紅包給你，讓你在新的一年能夠平平安安地長大，還有這是阿嬤特別做的發糕，吃這個發糕的時候啊！你就要想起祖先以前生活是真的很辛苦，只有在過年的時候啊～才能夠吃到這個發糕，這個發糕喔～能夠祝福你以後步步高升，發就是發財、賺大錢的意思喔！

魯夫　阿嬤那我以後要賺好多的錢給妳，讓妳住大房子，過好日子！

阿嬤　魯夫好乖，只要魯夫健康長大就好，來紅包先收好，發糕趁熱吃吧！

△魯夫將紅包收進口袋，將阿嬤遞過來的發糕咬一口。

阿嬤　好吃嗎？

△魯夫用力地點頭，阿嬤欣慰的摸摸魯夫的頭。

阿嬤　哈哈～好吃就好，以後阿嬤天天做給你吃！

魯夫　好啊～那我也要每天都讓阿嬤很開心！

△阿嬤退場，此時一群小朋友跑進來。

香吉士　魯夫～魯夫～我們去放鞭炮～

魯夫　好啊！啊索隆人呢？

布魯克　你尬麻ㄅㄟ？

魯夫　（吐舌頭）嚕餔嚕餔嚕餔

布魯克　歐～哈哈哈哈哈！（轉向騙人布說悄悄話）

騙人布　（疑惑）歐～哈哈哈哈哈！（轉向香吉士說悄悄話）

香吉士　歐～哈哈哈哈哈！（轉向羅賓說悄悄話）

羅賓　歐～哈哈哈哈哈！

羅賓、香吉士　（指著剛走進的索隆）年獸來了！年獸來了！

布魯克　嚕拿嚕煙嚕火嚕丟嚕他嚕

魯夫　What are you talking about？

布魯克　拿煙火丟他，嚕嚕嚕嚕嚕嚕餔

布魯克、騙人布　（拿著煙火）丟他丟他丟他

羅賓　（幸災樂禍、挑眉）Ohya！

△煙火音效聲進，眾人看著索隆無限的炸裂，燈暗，音樂進。

【1-2場】

△燈亮，小朋友都跪在地上，阿嬤站在前面拿藤條罵人，索隆站在阿嬤旁邊哭身上還卡著鞭炮。

阿嬤　　是誰？誰先開始欺負索隆的，這麼不乖！還拿鞭炮丟他（咳），丟到眼睛怎麼辦？
索隆　　他們還罵我是年獸ㄟ，嗚嗚～
阿嬤　　真的越來越野了！是誰？快點承認！

△小朋友全部頭低低，不敢抬頭，這時魯夫頭抬起來，舉起手來。

阿嬤　　（台語）真的是吼！不是平常教你！要乖乖玩，要注意安全，來！我打死你！
魯夫　　不是啦！阿嬤，是他耳朵上還有一個鞭炮。

△全部人頭抬起來，阿嬤看到以後尖叫！

阿嬤　　（台語）救命喔～

△所有人往外跑，剩索隆一個，燈暗，爆炸聲、過場樂進。

【2-1場】節慶——元宵節

△孩子們在家裡提著燈籠，阿嬤手上拿著燈謎給孩子們猜。

阿嬤　　來，今天元宵節就是要點燈籠啊！不然要幹嘛？還要猜燈謎對不對（眾人：對～）等等猜對的人都有禮物喔（眾人：YA～）來，第一題，（台語）出門一蕊花，入門變菜瓜，猜用品～

△眾人想了想。

香吉士　雨傘！
阿嬤　香吉士（台語）不錯喔！再來，下一題，（台語）外省麵叫啥？

△眾人想了想。

布魯克　免！

△眾人齊笑。

阿嬤　（台語）不錯！不錯！再來喔！墓仔埔放炮！

△眾人想了想。

騙人布　換我！答案是：（台語）驚死人！
阿嬤　對喔！哇～你們這群小朋友還真是厲害！那我要考難一點的，魯夫，你加油喔！都還沒答對，來～（台語）三頭六耳歸一身，四耳聽更鼓，兩耳不知音。好～開始猜！

△眾人想了想，覺得很難，吵著要阿嬤提示。

阿嬤　猜一個明俗活動。
索隆　（台語）弄獅！
阿嬤　哇！索隆好棒喔！其他還沒答對的人好好搶答喔～來！（台語）穿古杉，出來活跳跳，入去死翹翹！

△眾人想了想，覺得很難，吵著要阿嬤提示。

阿嬤　（台語）跟搬戲有關，快猜！
魯夫、羅賓　（齊聲）我知道了！布袋戲！
阿嬤　魯夫，終於答對啦！好，現在阿嬤拿禮物給你們喔（拿起盒子發糖果）來，一人一顆糖果喔！
魯夫　阿嬤，為什麼我沒有啊？我也有答對呀！

△此時阿嬤從盒子裡拿出準備好的特製發糕。

阿嬤　你比較特別啊！阿嬤特別準備這發糕給你喔！

魯夫　又是發糕！我每天吃發糕難道還不夠嗎？阿嬤妳可以不要再給我吃發糕了嗎？真的很煩ㄟ（把發糕往地上一丟）。

阿嬤　（台語）你這死小孩！還枉費我把你養這麼大，這麼不懂事！看我怎麼收拾你！

△阿嬤從盒子裡拿出許多飛鏢，開始亂射，大家四處逃竄，最後留下魯夫，阿嬤拿著飛鏢抵在魯夫的脖子上。

魯夫　（害怕著抵抗）誰叫妳養，反正我是個沒爸沒媽的孩子，只是你們的累贅，一開始讓我餓死就好啦！

阿嬤　你怎麼會這樣想，你是很特別的（往前撿起發糕），就像這個發糕雖然和其他的長得很像，但其實每個發糕，都是獨一無二的，因為他們裡面是用不同的愛去做出來的，這一個就是（台語）阿嬤的愛心做出來，希望你能夠（轉變國語）步步高升，（台語）將來不管做甚麼工作，只要不是壞事，盡你的力量去做，做個有用的人好嗎？

魯夫　（點頭）阿嬤對不起，只是因為常常看到他們都有爸爸媽媽陪，我才會這樣想，不過，現在我知道，我有一個特別的阿嬤，這就夠了（阿嬤將魯夫抱過來）。

△音樂進，燈暗。

【2-2場】節慶——端午節

△大家跟著阿嬤包粽子。

布魯克　阿嬤，幫我幫我。

阿嬤　吼～你真的很貪吃ㄟ！料塞這麼多，難怪掉出來，今天端午節你們知道是為了紀念誰嗎？

索隆　屈原

阿嬤　對，因為他覺得他跟別人不一樣（看一下魯夫），又得不到重視，所以就跳到河裡死掉了，你們覺得這樣對嗎？那關心他的人不就會很傷心，而且他的家人要怎麼辦？所以當你們受到挫折，受到打擊的時候，應該跟你們的家人、你們的好朋友談談，因為他們是在乎你們的人，不要讓他們擔心喔！

△眾人齊聲回答（台語）知～音樂進，燈暗。

【2-3場】節慶——中秋節

△阿嬤和魯夫在院子裡，坐在小板凳上，阿嬤打開月餅給魯夫。

阿嬤 這月餅是今天奶奶遇到的那個阿嬸拿來的，來！吃一個吧～
魯夫 耶！有月餅吃！

△小朋友跑進來。

阿嬤 今天中秋節怎麼你們沒跟家裡一起過？
香吉士 我爸爸媽媽去同事家烤肉，沒有帶我去
羅賓 我爸爸媽媽要加班
布魯克 我想來這邊比較好玩
索隆 我爸爸在喝酒，會打人，我不要回去。
阿嬤 好！沒關係，只要你們想來，阿嬤都歡迎，來～大家吃月餅！

△大家開始吃著月餅，打鬧著。

阿嬤 （抬頭）你們看！月亮上面你們看得到嫦娥嗎？

△大家吵鬧著一片，有人有看到，有人沒看到的胡說著，布魯克手指著月亮。

阿嬤 你用手指月亮，會被月亮割耳朵喔！

△布魯克嚇到手收回來，不知道該怎麼辦？大家嚇唬著他，音樂進，燈暗。

【第三場】

△吵雜人聲、街道聲和音樂聲進，燈亮。魯夫在路上賣發糕，叫賣著。

魯夫　發糕！買發糕喔～來買發糕喔～（嘆氣）發糕真不好賣，平常根本沒人想買，阿嬤，妳是去哪裡了？怎麼找也找不到？只有我以前天天都吃得到，還以為發糕是很平常的食物。

△音樂進，燈光變換到失智的娜美阿嬤上，魯夫思念著阿嬤。

魯夫　阿嬤，妳在哪裡？妳記得我嗎？我是魯夫啊！
阿嬤　（驚嚇轉身，台語）你是誰啊？怎麼跟我跟緊緊的，我叫警察抓你喔！我家住在前面而已
魯夫　阿嬤，是我！我是妳的孫子，我是魯夫！（台語）阿魯仔～
阿嬤　（在自己的意識中）阿發仔～你別走那麼快，我跟不上，你走慢一點

△在魯夫的叫聲中，阿嬤喃喃自語下場。

魯夫　阿嬤，妳怎麼都不記得我了，報警也找不到妳，妳跑到哪去了？（瀕臨崩潰的喘息著）還有我的朋友呢？

△騙人布上場，用默劇的方式表現著工作忙碌的樣子，左右跳動移位著。

魯夫　騙人布……你們是我的朋友嗎？你們都跑哪去了！阿嬤失智人都不知道跑哪裡去，從來就沒有人關心過我，對！大家都長大了，有自己的未來要打拼，大家都在忙，都沒有機會聯絡一下

△喬巴接著上場，和騙人布左右交錯著，各自忙著不同的事情，卻有相同的動作。

魯夫　是啊！是我自己先到別的地方去打拼的，然後你們就一個個也都不知道跑哪去工作了……從小我就是和阿嬤一起生活，還有你

們，你們應該都知道阿嬤對我有多麼重要吧！當然你們也是……

△索隆和羅賓從左右各自上場，表現出情侶的樣子，擁抱、看夕陽，牽手等……

魯夫　我們是一起玩到大的朋友啊！現在長大了，怎麼都不聯絡了！怎麼都不聯絡了……科技的發達只會讓我們的距離越來越遠，如果可以，我不想長大。

△布魯克和香吉士也從左右舞台各自上場，上場後分別走至上舞台和下舞台，一上一下，過了一會兒喬巴和騙人布下，布魯克和香吉士走至下舞台停頓，同時往左右舞台下場。

魯夫　我要天天吃阿嬤做的發糕，我現在才知道發糕有多好吃，阿嬤～妳在哪裡呀!?我自己學會做發糕了，但是我吃不到妳做的那種味道，我是想妳才學著做發糕的，我是想找到妳才在這外面賣發糕的，妳知不知道啊！（跪下）妳知不知道啊……（哭泣）

△一位貌似娜美阿嬤的小女孩上場，想買發糕卻有點害怕。

小女孩　老闆……老闆……我想要買……
魯夫　（漸漸抬起頭看了一下小女孩，驚覺）阿嬤！
小女孩　（驚嚇的回頭）什麼阿嬤？
魯夫　阿嬤！是妳嗎？（伸手握住小女孩的手）
小女孩　我不是，我只是想要買……我不買了（甩開魯夫的手，轉身快跑下）。

△魯夫望著跑下的小女孩，再看看自己剛剛握住小女孩的手，搓揉了幾下，拿到鼻子聞味道，燈漸暗。

【第4場】思慕的人

△歌曲進，燈亮。

魯夫 大家好，我是魯夫，今天很謝謝大家來參加娜美阿嬤的告別式，因為阿嬤喜歡的台灣曲調，我就放〈思慕的人〉【註二】這首歌來當做開場，讓大家在一種熟悉的曲調下一起來悼念娜美阿嬤，（哽咽）我是個沒有爸媽的孩從小，就是阿嬤帶我長大，我的阿嬤娜美是一個很溫柔很熱情的人，雖然她有時脾氣也不是很好，但她總是很照顧周圍的人，不管是對大人還是小孩，相信在座各位很多都是受過阿嬤恩惠的人，而我（拿起桌上的發糕）每天都會收到阿嬤給我的發糕，一塊滿是愛心灌溉的發糕，阿嬤失智其實有一段時間了，很遺憾的是上個星期接到警方的通知，在山下找到阿嬤的遺體，她走的並不……（掩面哭泣）。

△眾人齊唱，阿嬤上場，阿嬤拿起講台上的發糕，魯夫看著發糕飄在空中，阿嬤咬了一口發糕，臉上露出了滿足的笑容後，又在舞台上做出前幾場的動作（拿飛鏢射大家、抱著魯夫、舞龍舞獅等動作），又拿著發糕微笑著齊唱著歌，最後雙手將發糕拿在胸前，寶貝地呵護著，燈漸暗，劇終。

註釋

一、引用〈思慕的人〉，演唱：洪一峰。
二、引用〈思慕的人〉，演唱：安心亞。

不同的我們

編劇：李美齡

人物

主任	祥爸	儀蓁	俊達
老師	如媽	伃庭	依璇
虎爸	庭媽	惟均	宜儒
花媽	家宜	巧芸	雅婷
軒媽	弘軒	若臻	雅丞
達媽	嘉祥	筱薇	
祥媽	珮萱	憶如	

【場一】教室

△主任進班罵學生，班上學生分成兩派互相吵嘴。

主任　伃庭、巧芸你們跟我來一趟訓導處。

伃庭　主任找我們什麼事？

主任　明知故問，誰說你們可以改褲子的？

惟均　為什麼不行，學校老師穿舒服溫暖的便服褲，我們卻要穿薄薄的校褲，不覺得對我們很不公平嗎？

巧芸　對啊！對啊！你們大人憑什麼能穿便服！

若臻　吵什麼！風紀，這些人全部記下來！

主任　班長等等把名字拿去給你們班導，我就不信他治不了你們。

若臻　好（主任離場）這次你們完蛋了！有沒有看到主任的臉有多兇，搞不好父母都會被請來學校呢！

儀蓁　好了啦！不要再說了！她們也不好受啊！

惟均　唐唐，不要以為我不知道妳在想什麼，妳以為當個旁觀者就沒事喔！妳這種雙面人我還真是看不慣。

儀蓁　我沒有……

△老師進場，同學七嘴八舌告狀，還有同學看不慣別人口出惡言。

老師　全部坐下，在幹嘛？上課就上課啊！
若臻　（名單給老師）老師，這是剛剛嗆主任的人。
老師　這些人全部給我站起來，你們有什麼本事去嗆主任？
家宜　是主任先的啊！
老師　好了！不准再讓我聽到有關這類的事，還有明天考200個英文單字。
弘軒　200個單字……這樣放學回家都不能玩手機了！
老師　要月考了，玩甚麼玩呀！
嘉祥　那有甚麼問題，補習班也會出一堆考卷寫，只要死背單字就好了，反正又用不到，考完就忘光光！
若臻　老師，多考一點，這樣我們班的平均分數才不會被「某些人」拉下去。
弘軒　你在說誰？
珮萱　本來就是嘛，學生的本分本來就是讀書又不是玩。
老師　對～你們看像依璇，每次的成績都保持滿分，你們要多學學人家！
筱薇　那是因為她爸很兇，所以她只能考100啊，我媽說小孩子上課認真聽，下課認真玩，該做的事情分清楚就好了，才不會逼我考100還要去補習班勒，所以我暑假又要出國了！Happy Summer！
弘軒　好好喔～可不可以帶我去，我如果一直讀書都快變神經病了。
家宜　沒錯，小孩子就是要有快樂童年，我爸也說如果一定要去補習班補習才跟得上進度，那學校老師是要幹嘛的！
老師　反正你們這幾個都給我聽好，要是這次成績又掉下來，你們就給我抄書。
家宜　老師虐待小孩！
老師　我這是為你們好，以後你們就會感謝我了！
若臻　班上會這樣，就是因為你們這群敗類！
伃庭　妳還不是一樣，在老師面前說一套做一套，整天只會巴結老師
嘉祥　（推班長）啊不就好棒棒？班長很了不起喔？
儀蓁　你……你們不要這樣啦！大家都是同學和平相處不行啊！
惟均　干妳屁事啊？妳還不是為了要篡位，所以才極力想撮合我們和好。

憶如　我媽說像這種敗類，不讀書去死一死算了，不要給社會增加麻煩。
老師　吵什麼啊！通通給我坐下來（全體同學坐下）袁憶如妳剛剛說什麼？回家叫妳媽打給我，我有事跟她聊一聊（走出教室）。
憶如　（對門口說）我媽說像你們這種人，來當老師就是為了錢啊！
若臻　你憑什麼這樣講？老師為了我們也是付出很多心血的！
憶如　ㄔ我才不跟你這種人說呢！我媽說跟智商低的人說話會變笨。
俊達　ㄟ你們不要那麼大聲，有事好好說嘛！（惟均和巧芸咬耳朵）
巧芸　喔！好哇！我們來好好說吧！（推俊達）
惟均　我們才不會想和你這種娘們兒玩呢！
俊達　哼！不跟你們好了！臭八婆！（俊達哭著跑出教室）
嘉祥　哼！我不跟你們好了！（學俊達口氣，全體同學大笑）

△場上五組家庭定住不動。

【場二】家裡

△虎爸對依璇嚴厲的管教。

虎爸　How did you do on the test today？
依璇　Not bad, Daddy, I think……
虎爸　今天考試考幾分？
依璇　98……
虎爸　What……妳搞甚麼東西，98分，考這種成績，差兩分100，為什麼那麼粗心呀！
依璇　……
虎爸　我跟妳說，妳看看妳這樣的成績，以後能有好學校讀嗎？
依璇　可是我、我……
虎爸　Shut up！不用可是了，我每天辛苦上班賺錢，就是為了讓妳過好日子，希望妳將來能出人頭地，妳沒出社會，不知道外面的環境是什麼樣子，沒學歷沒文憑哪混得下去，Do you understand！沒想到妳給我考這樣，氣死我了，我警告妳，下次妳再粗心沒有100，我就少1分打1下，聽到沒有！
依璇　我……

虎爸　Now go back to your room，去給我背500個英文單字！（生氣退場）

△家宜和花媽的好笑互動。

家宜　媽～I am back～
花媽　妳說什麼啦，我聽不懂英文啦！
家宜　唉唷，妳要去補英文啦！偶素縮：偶肥來了！
花媽　喔，妳肥來了，好乖。
家宜　媽～我跟妳說，我今天數學考38分耶，很厲害吧！
花媽　怎麼那麼棒！
家宜　這是開學以來最好的一次！
花媽　真的耶，我打電話給妳爸爸看要怎麼慶祝，晚上我們出去吃牛排。
家宜　好呀！還有我今天上課說話，被老師罰寫100遍。
花媽　是喔，上次妳不是被罰500遍，啊～妳們老師今天心情比較好喔，才罰100遍。
家宜　嗯～他最近要結婚了心情很好。
花媽　等一下我幫妳寫。
家宜　不要，妳上次跟爸爸幫忙寫的，我們老師說寫太醜，害我在學校又重寫過。
花媽　上次罰寫幫妳買的筆，還有很多還沒用完。
家宜　那我明天拿一些去學校，看誰罰寫要用，我借他用。
花媽　好乖。

△糊塗弘軒和愛看韓劇的軒媽。

弘軒　我回來了，肚子好餓喔～
軒媽　去洗洗手可以吃飯了！
弘軒　哪有煮飯啊！
軒媽　啊～我剛才看韓劇，電鍋忘了插插頭，湯也忘記開瓦斯煮，沒關係啦～我跟你說，那個媳婦有夠壞，欺負她的婆婆一直罵她，又不給她飯吃，等兒子回來又說被婆婆虐待。軒軒啊！你以後會不會像她一樣顧太太不顧媽媽？

弘軒　　媽～我才幾歲啊！我才不會那樣哩！對了，今天有人生日，請大家吃糖在書包，我去拿！
軒媽　　軒軒好乖～
弘軒　　ㄟ我的書包哩，啊～在學校忘了帶回來！
軒媽　　沒關係啦～
弘軒　　可是今天功課很多，而且還有罰寫。
軒媽　　那我等一下寫聯絡簿跟老師說就好了。
弘軒　　好……ㄟ，可是聯絡簿在書包裡餒～～～
軒媽　　沒關係啦，那就算了，沒關係。

△祥爸看報，祥媽拖地，嘉祥一旁看書，爸媽為錢爭吵，嘉祥受不了大聲制止。

祥媽　　還看報，都是你，錢賺那麼少，孩子才不能補習。
祥爸　　錢要是那麼好賺，妳自己不會出去賺喔！
祥媽　　我在家那麼用心的照顧小孩，你卻這樣說我，要不要臉啊！
祥爸　　不然妳說，我到底哪裡做得不夠好？妳這樣罵我。
祥媽　　你是有哪裡做得好，你告訴我？說啊！
嘉祥　　你們到底什麼時候才會停止，很吵ㄟ，就是因為沒上補習班，我現在才在讀書啊！你們又一直吵，是要我怎麼讀啊？
祥媽　　這是你對大人說話該有的態度嗎？
嘉祥　　那這是你對一個從早上看書到晚上的學生說的話嗎？說真的，你們要鬧到什麼時候，連我都看不下去了。
祥媽　　這都不干你們的事，快回你房間！
嘉祥　　隨便你們，要離婚要幹嘛都隨便，但可不可以不要波及到我和妹妹（嘉祥回房間）。
祥爸　　我不想和妳說了。
祥媽　　誰想和你吵啊？

△如媽寵小孩，母女倆講話憶如都會嗆媽媽。

如媽　　憶如～妳今天在學校有沒有發生什麼事？
憶如　　沒有啊！什麼事都沒發生。
祥媽　　可是，我今天聽妳們老師說……

憶如　妳很吵耶，不甘妳的事！
祥媽　我好歹是妳媽媽，至少讓我知道妳怎麼了，好嗎？
憶如　喔～好吧！我們老師明天說要請妳去學校聊一聊。
祥媽　發生什麼事？為什麼你們老師要找我聊？
憶如　哎呀！去就知道了，問那麼多幹嘛！

【場三】學校

△學校老師、主任對憶如多加批評。

主任　袁媽媽，妳終於來了，我們等妳很久了。
老師　袁媽媽，請問妳知道妳家的小孩在學校闖什麼禍嗎？
如媽　你們到底想要怎樣？我女兒從前是很乖巧的，自從進到國中後，就變這樣了，你們說誰該負責啊？
主任　這不關學校的事啊！是那整個班級啊！壞透了！
老師　主任，所以你的意思是我教的不好？
主任　老師，我不是這個意思，但妳能保證在妳班上的都是好學生嗎？
老師　學生們可以決定自己的樣子，或許你們眼中只有成績好的學生才是好學生，但事實上，成績不好的學生也會有別的優點，我們班的學生或許看起來並不是那麼完美，但他們的優點也不少，只是沒有人發現而已，那我先去上課了。喔對了，袁媽媽我必須和妳說，憶如這種個性，或許不是升上國中才有的，妳仔細想想，妳什麼時候讓她自己處理過事情，她很聰明，很有天分，可是擁有這些也沒有用，如果只用小聰明去作怪，這樣對她沒有好處，不好意思，或許身為一個老師說這些，妳可能聽不下去，但這是我的建議，或許該讓她自己解決一些事情。

△學生揹著書包準備放學，依璇心情不好不想回家，其他同學安撫。

弘軒　依璇妳怎麼了，考那麼爛，都快跟我一樣。
嘉祥　考不好沒關係，花錢去補習就好了。
依璇　我也不知道怎麼了，考卷一發下來，好像突然看不見，字都不會寫。
筱薇　妳太緊張了啦！

家宜　哈哈，那這次我63分就可以領進步獎了！

珮萱　妳很無聊耶！

依璇　怎麼辦，我回家一定會被我爸打死！

家宜　那妳不要回家就好啦，妳爸就打不到妳。

珮萱　妳真的是屁孩，出那甚麼餿主意！

弘軒　妳爸真的那麼兇喔？

依璇　嗯。

筱薇　妳就跟他說：我不舒服所以考不好，下次考好就好啦！

珮萱　對啊，直接跟大人說不就好了！

依璇　（快哭了）不行啦！我爸每次都說我們還小，沒出社會，不知道外面的環境是什麼樣子的，不讀書就是壞孩子，根本就不聽我的話，所以我現在都不會把自己的想法，心聲跟父母說。

嘉祥　其實說真的，就算父母肯聽我們小孩說出心裡的話，心裡的想法，到最後只是浪費我們小孩的口水，換來的，只是父母的唸東唸西，甚至還會扭曲小孩子的意思。每次說大人上班多辛苦，結果都喝很醉回家，還說把最好的都給我，其實我根本沒有要甚麼，我只想像別人家一樣，晚上一家人一起吃飯看電視，假日去打棒球，就這樣而已。

珮萱　那麼簡單喔？

家宜　還好我家沒這樣。

弘軒　對啊～還好我家沒錢，我爸才沒有一直要逼我去補習。

依璇　不知道是從什麼時候，爸媽變的很愛吵架，總是給我好大好大的壓力，人家說：「家是最溫暖的避風港」，但有時我好怕回家，怕聽到爸媽吵架的聲音，怕聽到爸媽因為我的功課問題而吵架，因為我們該換房子而吵架，因為阿公到安養院的錢而吵架，因為，因為，因為……好多好多事。

嘉祥　為什麼當媽媽的人都不准小孩子玩電動，不准看漫畫，不准有手機，不准電視看太多，天啊！為什麼天下所有的媽都認為這些會變成壞小孩，他們大人也是從小孩變成大人的，現在自己還整天滑手機。

家宜　我從小到大，我媽都不管我，我小時候都往外跑，我也沒變壞啊，只是愛說話被罵而已，所以我實在不懂為什麼你們家大人都要一直管不停。

珮萱　大人只會用他們認為對的方式在約束我們小孩，從來不知道我們其實沒那麼笨，所以別再逼下去了，如果再這樣，我敢保證以後你的小孩一定不會快樂，我太感謝我媽都不會這樣，好了，依璇今天妳不要回家，我陪妳。

弘軒　我不行喔～我要回家（弘軒退場）。

家宜　這樣好嗎，我精神上支持你，我先走囉！（家宜退場）

筱薇　我今天要跟外婆去吃王品，有事情打給我bye～（筱薇退場）

嘉祥　反正我回家也沒人管，我跟妳們一起。

依璇　真的沒關係嗎？

珮萱　我就不相信妳爸媽不會緊張。

嘉祥　那我們要去哪哩，等一下警衛伯伯會來鎖門。

珮萱　那我們去公園，人很多，沒人知道我們翹家。

嘉祥　哇～好刺激喔，珮萱，我平常覺得妳很欠扁又雞婆，沒想到妳今天超酷。

【場四】公園

△依璇還是很擔心，珮萱一副大姐模樣，嘉祥覺得很好玩。

依璇　我們不回家，真的不會怎樣嗎？

嘉祥　Don't worry be happy OK？

珮萱　依璇，妳先想想妳要怎麼跟妳爸溝通吧？

嘉祥　我看看有沒有賣吃的，肚子好餓喔，妳們要吃甚麼，我請客！

依璇　不用了，我吃不下。

嘉祥　那我去買珍珠奶茶（退場）。

珮萱　妳真的不吃東西嗎？欸～有蚊子耶（抓癢，拍蚊子）！

△祥爸祥媽到公園散步走過去。

祥媽　你看，現在小孩真好命，放學還到公園聊天。

祥爸　對啊！

嘉祥　來啦，來啦，珍珠奶茶唷！（拿食物上場）我爸媽怎麼在那裡喔？

珮萱　謝啦！

依璇　我不要（祥爸祥媽又走過來）。

祥爸　ㄟ妳看，還有男生，這麼小就在約會。
祥媽　人小鬼大耶，還一次追兩個。
嘉祥　完了，被看到就慘了，本來是陪依璇的，現在連我都要皮繃緊。

△嘉祥頭低下，用手壓住珮萱和依璇。

珮萱　那兩個人好討厭，都亂說，以為我們在約會。
嘉祥　頭低一點啦！
珮萱　幹嘛啦，我是陪依璇，你不要以為我喜歡你喔！
嘉祥　白癡喔，那我爸媽啦！
珮萱　是喔？
依璇　等一下會不會被認識的人看見，到時亂說，我爸一定更生氣！
珮萱　不用怕啦！我們又沒怎樣。
祥爸　妳看天黑了，那三個小孩還不回家，還好我們家祥祥不會這樣。
祥媽　不管他，現在小孩都管不得，講幾句就生氣，我們趕快走了（退場）。

△嘉祥看祥爸祥媽走遠才將手放下。

珮萱　（啪）好多蚊子喔！
嘉祥　公園很多蚊子，我們真的要在這裡一個晚上喔？而且妳看那個阿伯一直看這裡（手指向前）。
珮萱　我還以為你膽子很大，會怕你就回家啊？
嘉祥　誰說的，我才不怕，不然我們換個地方！

△剛下班的雅婷經過看到依璇三人。

雅婷　ㄟ依璇，妳怎麼下課了還沒回家？
依璇　阿姨好。
雅婷　這是妳同學啊！
珮萱　阿姨好。
雅婷　怎麼放學不趕快回家，爸爸知道妳在這裡嗎？
依璇　嗯……不知道。
嘉祥　我們今天陪她翹家

△珮萱打嘉祥的頭。

珮萱　厚～你豬頭喔～哪有人跟人家說你在翹家的。
嘉祥　我又沒翹過家，我怎麼知道。
雅婷　翹家，為什麼要翹家？
珮萱　依璇考試考不好會被打，所以我們才陪她翹家。
嘉祥　啊妳自己也說翹家。
珮萱　喔～sorry！
雅婷　考不好也不用翹家啊！下次考好就好了，爸爸應該只是希望妳考試考好而已，不會真的打妳。每個家長都是這樣的，我爸小時後還拿藤條打我，可是現在最疼我的也是我爸，而且現在天黑了，公園暗暗的，你們三個人在公園很危險，還是快點回家！
依璇　可是……
珮萱　不行啦，哪有只翹家三個鐘頭的，而且她回家，一定會被罵！
嘉祥　對～所以我們要陪他翹久一點。
雅婷　那阿姨陪妳一起回家好不好？
依璇　（搖頭）不要。
雅婷　那我幫妳打電話給爸爸好不好？
依璇　不要。
雅婷　那我先回家帶妞妞出來尿尿，你們不要亂跑，阿姨待會回來（退場）。
嘉祥　她會不會跟你爸告狀？
依璇　我也不知道。
珮萱　換到後面那裡，比較不會被人發現（三人退到後面）。

【場五】家裡

△花媽端水果給家宜，家宜才想起來依璇三人翹家，花媽緊張出門尋找。

家宜　吃好飽喔！依璇他們不知道有沒有東西吃？
花媽　啊～妳在說甚麼？
家宜　就依璇考不好，不敢回家，我就說：那妳就不要回家。結果珮萱和嘉祥就陪依璇翹家。
花媽　唉唷～夭壽喔～妳哪叫別人不要回家，那他們現在在哪裡？

家宜　我也不知道，應該是公園那邊吧！

花媽　唉呦，妳怎麼不會叫他們來我們家就好了，就不用在公園餵蚊子了。

家宜　對齁，忘記了。

花媽　妳在家裡，我去公園找一找。

家宜　我也要去！

花媽　妳給我在家等著，他們不見妳就完了（花媽慌張出門）。

△虎爸在家怒不可遏，準備罵人，結果陰錯陽差誤以為依璇出事。

虎爸　這小孩越來越野了，What the hell！Look at the time！還不給我回來，奇怪？不曾這麼晚回來的，會不會路上發生甚麼事情，還是被人綁架？也沒有接到醫院還是勒索電話？（搖頭）不會的，我在亂想甚麼，那到底出了甚麼事，老婆又到大陸出差一個禮拜，別給我出事才好，會不會那天考試考不好被我罵太兇，應該不會吧！我小時候被罵得比這還厲害，考不好還跪著寫字哩，不打不成器，嘖～再看看吧！不對啊？今天三點多，新聞報導說有學生受不了功課壓力太大自殺了，應該不是我家的吧～不然早就記者上門了……

△花媽在外面喊。

花媽　電鈴壞了也不修，用打電話的。

虎爸　（電話鈴響）啊～真的是～不會吧～爸爸真的不是要逼死妳～對不起～

花媽　齁～怎麼沒接，明明有人在家。

虎爸　（電話鈴響）不行，我要接受事實，還是接吧！

花媽　喂～我是花媽，他們三個小孩在公園，你快點來。

虎爸　還三個，新聞只說一個，那應該是後來才發現，大家的功課壓力都那麼大嗎？我馬上到！（狂跑出門）

【場六】公園

△三人討論中。

嘉祥　　妳爸怎麼還沒來找妳？
依璇　　他應該是很生氣根本不想理我吧！
珮萱　　不會啦！
嘉祥　　我家的剛剛沒看到我，連我沒回家都不知道。
花媽　　依璇～珮萱～嘉祥！

△花媽出現，三人假裝成樹木。

嘉祥　　ㄟ怎麼是花媽？
珮萱　　一定是那個大嘴巴張家宜。

△花媽離開繼續找，虎爸跌跌撞撞進來。

虎爸　　依璇～爸爸對不起妳，我不是要故意逼死妳……
嘉祥　　逼死妳，哇～妳老爸有夠狠！
珮萱　　她到底怎麼講的啊？
虎爸　　依璇I am so sorry妳考試考不好沒關係，妳為什麼要死，為什麼用這樣的方式，爸爸真的對不起妳！（虎爸難過的哭到在地）
珮萱　　ㄟ妳爸是不是搞錯啦！

△依璇默默流下眼淚，慢慢走到爸爸旁邊，扶著爸爸。

依璇　　爸爸～
虎爸　　依璇妳沒死？

△虎爸慢慢站起來，看看依璇，父女相擁而泣。

珮萱　　叔叔好。
虎爸　　花媽打電話，說妳們三個在公園，叫我快點來，我還以為，對不起，拔拔以後不會逼妳了。
依璇　　爸爸～對不起，我不應該躲在公園不回家，害你擔心了。
嘉祥　　妳爸來接你，妳可以回家了，不像我。

△花媽氣喘吁吁跑過來，看到父女和好沒事。

花媽　來來來，都來我家吃飯，要不是我家那個小屁孩，今天不會目加這一出（台語「多演這一齣戲」之意）。

虎爸　不好意思，應該是我請大家吃飯才對，我也上了一課。

花媽　小孩要適性發展，不要硬逼，一枝草一點露，總會自己找到出路。

嘉祥　要吃飯了嗎，我肚子好餓。

花媽　走，一起來我家吃吧！

珮萱　啊！你不是要回家？

嘉祥　吃好再回去，不然我要是被罵，沒東西吃勒～

花媽　我打電話跟你媽媽說：你在我家啦！這樣就不會被罵了。

眾人　耶～

【場七】學校

△上體育課老師讓學生討論分組。

老師　各位同學，這次我們有班際接力比賽，一班分兩隊參加，有誰跑步很好，要毛遂自薦當隊長？

弘軒　我，老師，我要當！

惟鈞　就憑你也想參加比賽，我們班不輸才有鬼！

老師　謝惟鈞，你說甚麼啊！

惟鈞　本來就是這樣啊！就憑他要參加比賽，本來就是不可能的事。

老師　所以才叫班際接力賽啊！一隊需要有五個人，組我已經分好了。班長，過來拿，等會兒貼在黑板上。

若臻　好（下課）（同學紛紛跑去看）。

伃庭　不會吧！巧芝我竟然和妳一組ㄟ！

巧芝　對啊！太棒了！

伃庭　等等，那個娘砲也跟我們同組。

巧芝　真的假的啊！還有誰啊？

伃庭　還有謝惟鈞和陳弘軒。

巧芝　蛤～我們怎麼會跟那個自戀的人同組。

伃庭　對啊！竟然說自己很厲害，好不要臉喔！

巧芝　另一隊咧？

伃庭　喔！我看，是康若臻、何宜儒、游雅丞、楊佳蓁、唐儀蓁。

巧芝　我們穩贏了，他們那組那麼遜。
仔庭　是啊！哈哈（放學）。
弘軒　ㄟ我看，我們兩隊先對比好了！
若臻　跟你們比，真是低估我的能耐。
佳蓁　妳可以不要跑啊！，又沒有拜託妳
惟鈞　你們還想不想得冠軍啊？快點練啦！
弘軒　看妳也沒多厲害，還敢在那裡說。
仔庭　她再爛，都比你厲害！
俊達　說什麼啊！你們這群討厭鬼。
雅丞　大家趕快把握練習的時間吧！
俊達　要練不會自己練喔！奇怪，還要別人配合你們。
宜儒　ㄟ，你說話不要太過分，什麼叫別人配合我們，現在是你希望大家配合你吧！
仔庭　誰叫你這個娘炮，根本不配和我們比。
俊達　（用力打鄭仔庭）我最討厭人家這樣說我。
仔庭　說就說～幹嘛打人啊！小心以後嫁不出去喔（俊達和仔庭打起來）。

△同學起鬨看打架。

巧芝　好耶～好耶！繼續打！
若臻　被老師發現你們就完了！
儀蓁　不要再打了啦！好好練習，怎麼會變成這樣（老師走過來）
老師　你們到底在幹嘛？班際籃球賽就快到了，不加緊練習，不怕第一名飛走嗎？還是說你們已經放棄了，那麼沒自信喔！我看要拿前三名也很困難。
惟鈞　誰說的，我就拿給妳看！
佳蓁　第一名會是我們這一組的，不可能落到你們那裡！
老師　那還不快點練習，鄭仔庭、吳俊達，和我來一趟訓導處。

△鄭仔庭媽媽、吳俊達媽媽來校。

主任　又是你們這一班，前前後後多少次了！
庭媽　主任，這件事情都還沒搞清楚，你這樣開口、閉口都是他們的不是，是不是太過分了！

主任　是，不好意思，鄭媽媽。

達媽　請問我兒子怎麼了？在學校不是就應該由老師來負責嗎？

老師　陳媽媽，俊達在剛剛因不配合大家的意見，而導致與這位同學的糾紛，但學校是共同生活的地方，或許大家都應該退讓一點不是嗎？

達媽　要退讓也是他們退讓啊！我們家兒子憑什麼退讓。

庭媽　不好意思，妳有沒有搞錯，是妳兒子不配合大家的決定ㄟ，要配合當然也是他來配合啊！

伃庭　對啊！那個娘炮整天只會玩娃娃，真的超噁心的！

達媽　妳看看，這老師怎麼教的啊！學生教成這樣。

老師　不好意思，妳兒子也是我教的，所以妳的意思是我教的怎麼樣？

主任　好嘛！大家有話好好說。

老師　主任，我不希望因為這點小事影響我工作的心情。

達媽　小事？我兒子都被打得鼻青臉腫了！

老師　那也是他一開始先動手，不是嗎？雖然說伃庭也有錯，但互相退讓總比鬧上少年法院好吧！還有伃庭，不可以性別歧視人家，每個人都有屬於自己的特徵，不一定要和大家相同才是正確的。

伃庭　喔！知道了啦！

庭媽　我不覺得她有說錯啊！娘炮就是娘炮。

老師　鄭媽媽不好意思，但就憑妳剛才那句話，我已經有足夠的證據送妳上法院，鄭伃庭、吳俊達，你們兩個都有錯。

伃庭、俊達　嗯。

主任　我看這事就這樣吧！我送兩位家長。

庭媽　我可是很忙的，不是隨Call隨到的。

達媽　是啊！我就只認同妳這句話。

老師　兩位家長，這是跟你們小孩有關的事，你們不來誰來？

庭媽　哼～我要走了！

達媽　我也待不下去了！（兩人離開訓導處）

△庭媽罵伃庭，伃庭回嘴。

庭媽　妳到底在學校幹嘛？說這些有的沒的事。

伃庭　是那個娘炮自己要激怒我的，干我屁事啊！

庭媽　不要忘了我是妳媽，說話給我放尊重點！
伃庭　隨便妳，跟我一點關係都沒有，反正妳也只是拿爸死後的血汗錢，來買妳身上昂貴的服飾罷了，妳要不要管我，跟我一點關係也沒有。
庭媽　氣死我了（退場）。

△同學垂頭喪氣的走進來。

弘軒　當初是誰說會把第一名拿走，結果咧？連前三都沒有。
佳蓁　那又如何，你們不也沒有嗎？
弘軒　我們可是接連第一名的第二名ㄟ，妳憑什麼說我們！
佳蓁　得第二名了不起喔！
弘軒　是很了不起啊～幹嘛？見不得別人好喔！
老師　好了好了，全部給我回去站好，，讓你們參加比賽是希望你們團結，而不是諷刺他人，我希望你們的感情能夠變好，不要再搞什麼小團體，有聽到嗎？所謂勝不驕，敗不餒……（下課鐘響）
老師　下課去吧！
若臻　老師說的對，我們應該要彼此互相尊重。
伃庭　沒錯，我也覺得我應該發現其他同學的優點，來維持彼此良好的友誼關係。
惟鈞　或許不能快速地讓友情升溫，但一步步慢慢地來，或許就能讓我們的感情越來越好。

△劇終。

如果沒有我

編劇：李美齡、郭美瑜

人物

主播	媽媽	家彣	挺意
記者	皓妘	峰銘	老師
爸爸	至青	美榕	

【場一】馬路邊

△現場用紙箱做成的電視，主播播報新聞。

主播　新聞特報，位於桃園市中心的花光百貨，今日下午發生一起跳樓案。桃園某高中學生下午從百貨公司頂樓一躍而下。警消到場時已無生命跡象。據櫃檯小姐所稱，下午學生背著書包上樓，看起來與一般人無異，誰知不到十分鐘，便發生慘劇，我們將現場交由記者。

△現場記者手持麥克風報導，表情嚴肅，問話無厘頭，路上學生對著白布蓋著的人指指點點。

記者　好的，主播，這名跳樓的學生是某高中的高二學生，今日下午放學後便走入花光百貨，不出幾分鐘便跳樓自殺，目前不清楚是臨時起意還是預先計畫，警方還在調查當中。

△爸爸不相信還在否認，不時用餘光看著白布。

爸爸　別開玩笑了！我的小孩怎麼可能會……怎麼可能會自殺！！！！他現在應該還在學校！

媽媽　　我的孩子！我的孩子，啊～啊！（昏倒）

△爸爸安撫媽媽。

記者　　看來這是死者的父母，讓我們來訪問一下他們的感覺。

△爸爸掀開白布，看了之後悲痛不已。

記者　　不好意思，請問你覺得小孩死掉了，你的感覺如何？
爸爸　　嗚～嗚～嗚～嗚—你快點醒來！
記者　　不好意思，請你回答問題。
爸爸　　你給我滾開，嗚～嗚～嗚嗚（推開記者）。
記者　　（自言自語）看來家屬情緒不穩，有暴力傾向。
記者　　請問你覺得你的小孩跳樓，難道不會造成路上行人的心理陰影嗎？
爸爸　　你腦子有問題嗎～！拜託你滾開！讓我和小孩靜一靜好嗎？
記者　　看來家屬對於小孩跳樓一事深感不能理解（將麥克風拿到爸爸面前）那麼請問你知道你的孩子要自殺嗎？
媽媽　　如果我知道，我怎麼可能會讓這種事發生！
記者　　看來家屬沒怎麼關心孩子……那麼請問他有留遺書嗎？
爸爸　　給我滾！

【場二】教室

△椅子放好，學生站著討論新聞。

皓妘　　胡扯的吧！那傢伙在學校就是喜歡亂造謠。
至青　　可是這次好像是真的，新聞都報出來了！
家彣　　幸好我沒看到現場，不然我一定會很害怕。
峰銘　　隨便啦！反正我和他也沒有什麼交情。
至青　　可是我覺得我們對他太過分了！
皓妘　　哼！一定是因為他的抗壓力太差。
家彣　　ㄟ可是他不在，好像怪怪的？
峰銘　　還好吧

【場三】教室

△椅子放好，學生坐著做自己的事。
△老師氣急敗壞進入，同學不以為意。

老師　我對你們班非常痛心疾首，廢咖，爛班，原本以為你們就算再怎麼爛，也會有個底限，可我現在只覺得聞到一股濃厚的人渣味，你們連垃圾都不如，垃圾起碼可以回收，可是你們卻是一群渣渣！
皓妘　有事嗎？
至青　大姨媽來喔！
家彣　有病啊！
峰銘　靠夭！
老師　我一定是十八輩子都沒有幹好事，才會教到你們這群蠢貨！說！是誰偷走了我的錢包！

△逐漸往學生靠攏，上下打量。

家彣　誰啊？
老師　我知道一定是你們這群人（指著學生）。
皓妘　老師我沒有！
老師　夠了！我不想聽你們狡辯！
至青　可是老師，我一我一我，我有看見李挺意進妳的辦公室。
老師　李挺意成績這麼好！怎麼可能會做這種事！像你們啊！喔！你們可以上這所學校是作弊來的吧！不然憑你們那種成績，怎麼可能進得了這所學校，一群詐狡猾卑鄙的小偷！

△家彣生氣站起來。

家彣　老師妳不覺得妳說得太過分了嗎？
老師　還敢頂嘴！（喘）我現在只要想到和你們在同一個空間呼吸空氣（喘）我就覺得噁心！我要趕快離開這理！那個小偷最好給我自首，不然我一定會讓你後悔（丟卷宗夾，老師走出教室）。
皓妘　老師真的很莫名其妙，每次都喜歡亂誣賴人。

至青　　哼！說到加分進學校的（斜睨著林美榕）。
峰銘　　（推了林美榕一把）怎麼？！加分進來的就了不起。
美榕　　我只是想回座位（一臉委屈）。
家彣　　妳回啊！我們又沒有叫妳不要回，哈哈哈，你們看她，走路都不會走。

△美榕沉默不語，走回自己的座位。

家彣　　怎麼？妳有不滿嗎！

△美榕搖頭。

挺意　　無聊。
皓妘　　妳說什麼？！
峰銘　　呦！書呆子！馬屁精！怎麼還在看書啊（把他的書抽走）。
至青　　不用念了！反正整天給老師拍馬屁，就全班第一了！
挺意　　把書還給我（想要把書搶回來，卻被推了一下）。
家彣　　要就自己來搶啊！
挺意　　你們就和老師說的一樣是垃圾！

△全部人團團圍住李挺意。

皓妘　　我靠！給你臉還不要臉（扯他頭髮）。
挺意　　妳……妳們再對我動手，我就要和老師告狀！
皓妘　　你去告啊！！誰怕你啊！拜託！抓耙子可以閉嘴嗎！

△至青直接把李挺意的書全部掃在地上。

家彣　　嘴巴最好給我閉緊點！走！我們去福利社！

△同學離開。
△美榕走到李挺意的旁邊，幫他撿書。

美榕　　謝謝妳剛剛幫我。

挺意　是她們太囂張了，你還好吧？
美榕　嗯！我沒事。
挺意　倒是妳剛剛被推了一下，還好吧？
美榕　我沒事。

△兩人離開，此時四個同學出來。

皓妘　我看到了什麼？
至青　狗和跛腳的成了朋友。
家彣　那條狗整天在那邊汪汪叫，實在是有夠吵的，是時候該給他教訓了！

△把老師的錢包丟進李挺意的書包裡面。

峰銘　哪來的錢包？
家彣　那白癡自己放在講台抽屜沒看到！
皓妘　爛人就是爛人，只會狗眼看人低，話說我們應該要對林美榕友善一點（加重音）。
至青　為什麼？
皓妘　你傻啊！我們要完全孤立那個抓耙子！不能讓他有任何一個朋友，董家彣妳知道怎麼做吧！
家彣　我知道了。

△同學離開，留下家彣。
△家彣堵到了落單一個人的林美榕。

美榕　妳要做什麼？
家彣　林美榕妳想不想要有朋友啊？
美榕　什麼意思？
家彣　簡單來說，只要妳肯疏遠李挺意，妳就可以當我們的好朋友。
美榕　可……可是李挺意幫助過我。
家彣　靠！妳以為妳他媽的可以選擇嗎！對妳好一點倒是爬到我頭上來了，我跟妳說，如果今天妳沒有照我說的話做，我一定會整死你！
美榕　……對……對不起，我知道了。

△上課鐘聲響起。

老師　那個小偷居然還是沒有自首！好！很好！所有人給我把書包打開！
皓妘　我家比你有錢，怎麼可能拿你的錢。
至青　老師我們有隱私權耶！
家彣　不是我啦！
峰銘　我才不屑拿你的錢！
家彣　老師為什麼不去檢查李挺意的書包。
老師　他才不可能。
皓妘　那可不一定。

△皓妘從李挺意書包拿出錢包。

老師　蛤～你！你居然！虧我還以為你是品性良好的學生，沒想到你是這樣的！
挺意　什麼？不！老師！不是我！
至青　證據確鑿，你還想講什麼！哼！沒想到我們班的第一名竟然是這樣！
家彣　啊！該不會就連第一名都是作弊來的吧！
皓妘　天啊！該不會我錢包少了五百塊，就是他偷的！
峰銘　噁心，爛人！賤貨！
挺意　老師！我真的沒有！
老師　閉嘴！關於這件事我一定會報警！你就等著被退學吧！
挺意　我真的沒有。

△走到林美榕旁邊拉住他的手。

挺意　林美榕妳是相信我的，對吧！
美榕　哼！（甩開李挺意的手）
挺意　美榕。
美榕　小偷（略小聲）。
挺意　妳說什麼？
美榕　我說小偷別碰我。

△大力將李挺意推倒在地，大聲的說。

挺意　林美榕～妳？

△林美榕直接走向同學。

挺意　林美榕我看錯妳了。

△跑著離開了。

【場四】家中

△夫妻坐在椅子上，開始互相指責，挺意站在一旁低頭不語。

爸爸　妳這個媽媽怎麼當的！當到小孩都去偷東西了！
媽媽　你現在是在責怪我？別忘了你整天都出去工作！要是你要這樣說，那你的責任比我還大！
挺意　爸爸媽媽，我真的沒有……
媽媽　你給我閉嘴！我當初怎麼就生了一個累贅下來，整天不用功念書，現在居然還去偷東西？早知道你當初生下來，我就直接把你捏死！
爸爸　我辛苦在外面賺錢給你補習，你倒好，補習補成了豬腦袋了嗎？居然把腦筋動到老師的錢包。
媽媽　到時候還要買東西去向老師賠罪，哼！你真是丟了我的臉！你怎麼還不去死啊！
挺意　不……我真的沒有……相信我，我是被人陷害的！

△媽媽生氣站起來，挺意被媽媽煽一巴掌。

爸爸　哼！會被人陷害，是你自己有問題，有時間向我說謊不如滾去念書。
挺意　你為什麼不肯聽我說！
爸爸　你做錯事還用這種態度！
挺意　請你們聽我說。

媽媽　我不要聽！給我進去房間。

挺意　我……

媽媽　我說進去房間！！！

【場五】放學路上

△挺意揹著書包默默走著。

挺意　沒有人願意相信我，交到的唯一一個好朋友也不理我，爸媽也覺得我是個廢物，我到底做錯了什麼……我什麼都不知道，什麼都沒有做。

△難過的面向觀眾。

挺意　是因為我太笨嗎？還是因為我只會念書其它事情都不會做，可是我真的已經很努力了（開始大哭）難道我就真的是個廢物，難道我連生存的價值都沒有嗎？我也很想和別人好好相處，我……我……我真的好想快樂的活下去！可是……我已經沒有活下去的意義了……沒有人要我！沒人！我再也不想面對這該死的世界，我再也不想要再相信誰了！明明我什麼都沒做，明明我沒做啊！

△跑步離開，跑到花光百貨入，挺意換成偶在布景上面

挺意　我覺得站在這麼高的地方，是一件令人害怕的事……可是……可是我真的不想再活下去，我想要離開這裡，只想要離開這裡。

△偶往下跳，燈暗。

【場六】教室

△燈亮，挺意座位空著，老師看著大家。

老師　如果我當初能夠多思考一下，如果我能多盡一個老師的責任，事情就不會變成這樣了吧……我只是不甘心沒考上台大，所以

我才會一直說你們是廢咖，可是我真的沒想過事情會變成這樣。

皓妘　當時的我還太幼稚，沒想到我們好玩的想報復你，卻釀成了大禍，我只是忌妒你成績好，忌妒老師喜歡你，我從來沒有想過要害死你。

至青　年輕的我們什麼都不懂，以為耍狠就是一切，可是誰知道，你就這樣走了，對不起……請你安息吧！

家彣　哇……你就這樣離開了，看起來很衝動也很幼稚，可是我卻沒有臉說你，其實我想和你成為朋友，只是……

峰銘　我們都知道你是個好人，請你安心的去吧！

△老師同學定格。

△爸爸攙扶著媽媽慢慢走到場中間。

爸爸　對不起，我的孩子，我沒有認真聽你說的話。

媽媽　真的很對不起……我親愛的孩子，只願你下輩子能找個好家庭。

△現場用紙箱做成的電視，主播播報新聞。

主播　一個生命的殞落，換來的是大家的覺醒，卻也帶來無可估量的傷痛，如果可以早一點清醒，是不是就不會出人命？如果可以多一點理性，是否結局就不一樣？可是對於他們來說……事情已經無可挽回……

△劇終

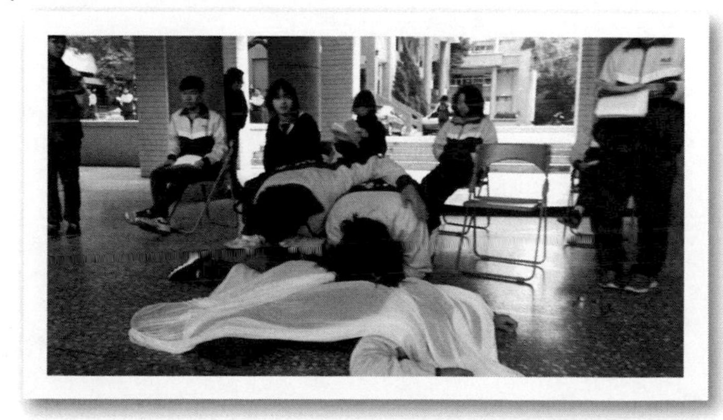

青春～逗

規　　劃：李美齡
集體創作：楊舒貽、簡睿涵、許惠雯、風佳蓉、陳雅芬

人物

于晴	胖子	光光	
媽媽	星瞳	班導	
爸爸	楊慧	靖翔	
大姐	主任	葉坤	
二姐	佇咚	齊紳	
老師	妮妮	家柚	
湘誼	班長	依萱	
依辰	光晨	佩佩	

【第一場】夜／家裡客廳／沙發

△媽媽坐在椅子上，看著成績單。

媽媽　成績怎麼越來越差了，要打電話好好問問老師（電話鈴響）。
老師　于晴媽媽您好，我是于晴的班導師。
媽媽　張老師您好，請問有什麼事嗎？
老師　請問您有發現于晴的成績在退步嗎？
媽媽　嗯，有啊，其實我也正想打電話給您，和您聊聊于晴的成績呢！
老師　那～請問您知道于晴有男朋友這件事嗎？而且他們今天在學校因為動作太親密，剛好被主任看到所以可能要……
媽媽　蛤？于晴有男朋友！老師～我把小孩交到學校，學校怎麼管的，怎麼會這樣，那男生是哪一班的，學校要怎麼處理？
老師　ㄟ九班的，學校目前是要把兩人記大過。
媽媽　那不是普通班嗎？于晴不是都跟資優班的一起，怎麼會認識那種男生？

老師　我聽說他們是同一個國小的。我在想于晴的成績退步，是不是因為交男朋友的關係？所以想請您和于晴再……

媽媽　老師您不用再說了，于晴一定是被帶壞的，我家于晴平常很乖，功課又好又是資優班的，要是被記大過那以後升學怎麼辦，學校應該先把那個男生記大過，而且退學。于晴我會和她好好談談的！（生氣的掛掉電話）

媽媽　于晴妳給我出來！（于晴從裡面慢慢走出來）

于晴　媽～妳叫我？

媽媽　妳有沒有話要說嗎？

于晴　什麼？

媽媽　今天老師打電話跟我說妳在學校交男朋友，還被主任抓到，妳難道不用解釋嗎？

于晴　我……我……

媽媽　我……我什麼我啊？妳看看妳的成績，也是一塌糊塗的，到底有沒有用心啊？妳在學校到底都在幹什麼？我花錢讓妳去學校讀書，妳給我去讀什麼啊～讀戀愛科啊！

于晴　我的成績爛又不關靖翔的事。

媽媽　妳看看妳自己，小小年紀交男朋友，還因為這樣成績掉下來，我看啊！他一定不是個好東西！是不是因為那個男的讓妳變成這樣！看看妳，去學校都學些亂七八糟的回來，妳以前都不會這樣跟媽媽頂嘴。

于晴　根本不是妳說的那樣！

媽媽　還狡辯，今天要不是老師打電話給我，我還不知道我女兒去學校是為了談戀愛！

于晴　這又關靖翔什麼事了？為什麼什麼都要扯到別人？

媽媽　妳到底是在幹什麼啊？妳也不看看妳姊姊！

于晴　妳每次都只會提到她，那我到底算什麼啊？

媽媽　算甚麼，我還想說妳的成績怎麼越來越差？以前每科都滿分，第一名，現在那甚麼成績！第一名都被別人拿走了，妳到底是怎麼考的啊？一定是因為那個男的。

于晴　我的成績不好又不關他的事。

媽媽　還頂嘴，一定是因為他，而且妳看姊姊大學畢業後才交男朋友，就找到一個可以託付的人，現在才會那麼好命！妳呢？妳是覺得妳自己也可以嗎？會不會想的太天真啦！書沒讀好甚麼都沒有啦！

于晴　媽！靖翔他不是妳說的那樣，我們都會討論功課和作業，碰到不會的還會一起找答案。

媽媽　那妳說～妳們是互相討論功課的，為什麼成績會掉！啊？在我看來啊！妳們根本就是在談戀愛，沒有讀書！

于晴　隨便妳怎麼說，反正我跟他就是可以在一起一輩子！

媽媽　妳看看妳，去學校都學些亂七八糟的回來，妳以前都不會這樣跟媽媽頂嘴。怎樣翅膀硬了是嗎？我是為了妳好！妳現在才幾歲就學別人談戀愛，再大一點我不就當阿嬤了！

于晴　我才沒有！我們只是單純的交往，單純的喜歡，為什麼在妳的眼裡，我就是會做那種事的人呢？妳就不相信我嗎？我相信靖翔是不會傷害我的！我們什麼事都沒做，我們就算是不小心碰到對方也會很緊張的一直互相道歉，害怕對方討厭自己，主任他誤會我們了，我們是清白的！

媽媽　我不是不相信妳，我是不相信外面的人，妳也不看看新聞上未成年懷孕的案例，妳覺得我會冷靜的跟妳說嗎？今天要不是老師打電話給我，我還不知道我女兒去學校是為了談戀愛！妳知道爸爸他為什麼會那麼努力的賺錢，都是為了妳，我們知道妳未來想當醫師，我們投了多少心血在妳身上，知道嗎？

于晴　我的夢想是我自己的事，為什麼妳們要這樣控制我呢？而且和妳說，妳就會成全我們了嗎？妳知道妳一直唸，一直唸，很煩嗎！

媽媽　什麼？妳嫌我煩？我可是為了妳好！妳現在在這裡跟我吵，等妳未成年懷孕後，就會後悔當初不聽我的話！妳真的以為是單純的喜歡嗎？妳又知道男生怎麼想了，妳現在難道懂得怎麼保護自己嗎？

于晴　他對我很好！不會對我怎麼樣。

媽媽　好啊，好啊～長大了，翅膀硬了是吧！那妳就去他們家問問看，看他以後要不要養妳！

于晴　這又關靖翔什麼事了？說話一定要那麼難聽嗎？為什麼什麼都要扯到他？

媽媽　我講話難聽？我看我這些年都白養妳了！養到現在居然這樣對自己的媽媽，跟妳姊姊真的差太多了！（爸爸下班回來）

于晴　那妳當初生姊姊就好了～幹嘛要生我！

爸爸　怎麼啦？（拍拍于晴肩膀）

于晴　被媽媽罵。
爸爸　老婆怎麼啦？（拍拍老婆）
媽媽　老公，你回來了，你女兒和我頂嘴，不聽我的話（爸爸扶媽媽坐下）。
爸爸　于晴妳做了什麼事？妳為甚麼要和媽媽吵架？
于晴　我……
媽媽　老師打電話跟我說，她在學校談戀愛被主任抓到，剛剛還因為這個跟我吵架，我到底養這個女兒有什麼用啊？
爸爸　于晴妳交男朋友？這……到底怎麼回事？
于晴　我，可是我們又沒做什麼不好的事，被媽講的，好像我做了對不起誰的事！
媽媽　交男朋友妳還敢大聲！（生氣站起）
于晴　我……
爸爸　好了都冷靜下來！老婆，先別氣。我來和于晴講。
媽媽　你一定要好好念念她啦！（媽媽退場）我氣到都快心臟病了。
爸爸　于晴，妳知道現在交男朋友是不對的吧？（牽于晴坐下，順手拿起成績單看）
于晴　可是我真的很喜歡他。
爸爸　那他是怎樣的男生？
于晴　靖翔，他這個人很好，很貼心。
爸爸　52，28（看成績單再看女兒）。
于晴　很孝順，知道我心裡想什麼，我臉上如果沒了笑容，他會做一些蠢蠢的事來逗我笑，就算自己照顧媽媽明明很累了，還是會抽時間來陪我……有好多好多的優點都說不完（臉上由氣憤慢慢的轉為女孩羞澀）。
爸爸　爸爸不反對妳談戀愛，不過就算這樣，也不能為了談戀愛而耽誤到課業和家人翻臉。妳想想看媽媽接到電話一定很急，講話就會大聲，妳又和她槓上，媽媽是因為怕妳受到傷害，才不准妳這麼早交男朋友，等到妳再大一點，懂得如何保護好自己，再談戀愛也不遲啊。
于晴　嗯……我又不是機器人，媽媽從剛剛就一直說靖翔的不是，我真的很心疼靖翔被媽媽說成這樣。
爸爸　媽媽其實是無心的妳知道嗎？她只是怕妳受傷而已，妳也要將心比心啊！妳是我們的寶貝女兒耶，她一定很後悔說那麼重那麼傷人的話，搞不好現在正在房裡難過呢！
于晴　嗯……我知道了，我不應該那樣跟媽媽說話……
爸爸　不是跟我道歉，媽媽是為妳好，希望妳功課能保持好。
于晴　可是考不好很正常吧！沒有人能天天100啦，我又不可能和姊姊一樣聰明，我做不到。
爸爸　但妳以前都是滿分妳知道吧？
于晴　可是媽媽給我的壓力很大。
爸爸　我也希望我的寶貝女兒能有好歸宿，只是現在妳才國中真的太小，心思還不定，慢慢來別急，我女兒這麼優秀，一定很多人等著追，老爸還要好好一個個審查。
于晴　喔～～～我知道了

【第二場】日／學校走廊／掃把／垃圾桶

△打掃鐘響，打掃時間學生慢慢走進打掃，一邊無聊揮著掃具，一邊聊天討論于晴和靖翔的事情。

湘誼　欸欸打鐘了，我們趕快去掃地吧。
依辰　對啊！不然等等被主任看到我們就完蛋了。
楊慧　蛤～主任又要來檢查喔……
星瞳　對了！你們知道昨天有對情侶在學校談戀愛被主任抓到的那件事嘛？
楊慧　廢話！全校都快傳遍，怎麼可能不知道。
湘誼　妳說資優班的黃于晴哦？
星瞳　還有那個普通班的靖翔啦！
楊慧　那麼狂哦？在學校也敢那麼開放。
依辰　太不要臉了吧！是要閃瞎誰啊？！
星瞳　可是我記得她們班導超兇的欸！
湘誼　而且她們班導教出的學生，升學率都很好，連校長都怕她。
依辰　哇嗚～有人要死定了～
楊慧　啊～黃于晴就活該咩！動作那麼大，誰會不知道～
湘誼　對啊！而且聽說靖翔每天還會陪黃于晴去補習班欸！
星瞳　真假？！他人那麼好喔？
楊慧　會嘛？說不定人家只是假裝而已吧～

依辰　　幹嘛？羨慕人家哦？
星瞳　　會羨慕還滿正常的吧。
湘誼　　對啊！這種男生都快瀕臨絕種了～
依辰　　也是，不像我們班某位大胖子。
黃鈞　　（打哈欠）好累哦～怎麼每天都要打掃唉。
楊慧　　靠北～說胖子胖子到勒。
湘誼　　你怎麼那麼晚來啊？今天垃圾很多欸！
依辰　　既然都那麼晚來了，最後倒垃圾就交給你了～加油！
黃鈞　　齁～怎麼每次都是我！
楊慧　　誰叫你每次都慢吞吞的。怪我們囉？
星瞳　　欸！黃鈞你知道黃于晴的事吧？
黃鈞　　喔！你說會亂亂放電的那個妹子哦？
依辰　　妹子？我有沒有聽錯啊？
楊慧　　屁啦！還妹子。你是眼睛脫窗哦？
黃鈞　　吵屁喔！她就比妳「正」咩～
依辰　　啊你自己又是長多帥一樣？
黃鈞　　帥哥啦！
星瞳　　蟋蟀的「蟀」啦！（湘誼、依辰、楊慧、星瞳都在笑，黃鈞臭臉。主任走過來。）
主任　　還在講話？還不趕快打掃！
楊慧　　那麼兇幹嘛……（湘誼阻止）
湘誼　　不要跟主任吵了啦。（小聲的說）
依辰　　我去前面看看還有沒有垃圾～
星瞳　　主任！黃于晴和靖翔要被記大過哦？
黃鈞　　為什麼他們要被記大過啊？
主任　　這關你們什麼事啊？你們做好你們該做的本分就好了。好好讀書，考好高中，讀好大學，問那麼多幹嘛？你們又不同班。
湘誼　　好啦～主任我們知道了～
依辰　　主任怎麼一直那麼機車啊？真受不了。
星瞳　　都快打鐘了，我們也趕快把垃圾掃一掃吧！
楊慧　　欸！胖子等等垃圾要記得拿去到[illegible]！
黃鈞　　好啦～

【第三場】日／上課中／課椅

△于晴教室裡大家都很安靜，于晴心神不寧準備被老師罵，老師破口大罵，除了光光在搗亂和老師頂嘴，其他人都默不出聲。

班長　起立～立正～敬。（老師打斷）
老師　不用了，坐下。黃于晴，站起來。

△于晴站起來，老師往于晴位子走過去。

老師　各位同學你們看她，才幾歲就學人家亂搞，把我們班的面子都丟光了，妳知道別班都在講我們班嗎？
于晴　（嚇到）嗯！
老師　啞巴啊！問話不會回嗎？真不知道妳爸媽到底怎麼教的？妳知道我教書多年以來，所有的老師都把我當神一般的尊敬，就是因為妳，害我這幾年累積的光環全都在一夕之間變的比垃圾還不如，妳說妳該怎麼還，妳拿什麼還？啞巴啊！問話不會回嗎？真不知道妳爸媽到底怎麼教的？（老師呼吸吐氣隔了五秒平復了情緒才繼續說）妳現在幾歲？
光光　老師我知道，于晴14歲。
老師　我沒問你話，安靜！
班長　你白目喔！
于晴　14歲……
老師　14歲！14歲是有什麼資格談戀愛啊！妳是看到誰在談戀愛了嗎！
光光　老師～有的國小就有人談戀愛，要不是我太矮，我也要談（光光站起來）。
老師　你是要我罵人是嗎？
光光　老師，妳本來就在罵人啊！
全班　（偷笑）
老師　還笑，都給我坐好。
光光　ㄟ老師要妳坐好（拉于晴要她坐下）。
老師　有沒有羞恥心啊！黃于晴，怎樣？是覺得自己很特別嗎？功課好，還是覺得自己長得很漂亮，很受歡迎，不交一個對不起自己嗎？老師教過那麼多班，就妳一個給我在談戀愛，還被主任抓到！會不會太超過了一點！學人家亂搞，丟人現眼！把我們班的面子都丟光了！現在只要經過走廊，別班都在指指點點！黃于晴！來～解釋一下（走回講台還繼續罵）。

于晴　老師～我……

老師　黃于晴！妳最好是不要給我太過分！妳不過是個國中生，現在只能靠父母養妳而已！國中就跟別人談戀愛！那妳高中不就要大肚子了！妳現在這樣妳爸媽有多難過啊！還掛我電話，自己養大的小孩居然教成這樣！妳生下來到底有什麼用啊！各位同學，你們以後要是給我像黃于晴這樣！我就全班比照辦理，記大過一支！

于晴　我……

老師　班長，等一下幫我拿獎懲單回來。黃于晴，給我去外面罰站，妳沒必要上課了。各位同學我們翻開課本第78頁。

光光　老師～我剛才很吵，要不要也出去罰站？

老師　去，去，去，算了，算了，通通自習（離開教室）。

光光　耶～

于晴　……

△音樂下，同學舞蹈表達心中不滿。

【第四場】放學

△同學一起回家，討論著今天上課被罵的事情。

仃苳　哇靠！今天班導吃炸藥了，連于晴爸媽都一起罵，真的是太過分了！

妮妮　對啊！為什麼大人不先好好搞清楚真相再罵人，明明于晴跟靖翔什麼都沒有做！講的好像整間校就只有于晴跟靖翔談戀愛！

仃苳　就是說嘛！搞不好其他的比他們還誇張，只是運氣好沒被主任抓到。

光晨　聽說別班也有人談戀愛，為什麼只針對于晴？

于晴　我知道妳們都在安慰我，但是沒看到別人，我們不要亂講。

妮妮　其他人根本就不懂，還在那邊亂傳，妳的心腸太好了，明明被罵的狗血淋頭，還在擔心我們中傷別人。

仃苳　妮妮，于晴是怕我們也被其他人亂說，我們跟于晴那麼好，更合況我們同一班的，要是妳這個母老虎也一起被亂說，那就要換妳被罵了，這樣不是惡性循環嗎？

妮妮　誰是母老虎了！

于晴　好了啦！仃苳說的對，所以妳們在保護我時，也要保護好自己，我自己OK的不用擔心！

仃苳　于晴妳不要理那機車班導啦！

光晨　對啊！妳不要放在心上啦～我們知道你跟他跟本沒幹嘛ㄚ。

仃苳　媽的！其他人明明不知道事情經過就在亂傳！

于晴　我沒事啦～有你們真好！

仃苳　妳別理班導那老古董啦～她講話本來就酸得要死。

光晨　對啊，她根本就是因為自己交不到，才反過來罵妳～畢竟她長那麼……

仃苳　就是說，別放在心上了～我們都知道妳跟他根本沒做什麼。

光晨　其他人根本就不懂，還在那邊亂傳。真他媽無言。

妮妮　齁～你說髒話要漱口。

光晨　我是幫于晴講話。

于晴　我沒事啦，別擔心。

△靖翔慢慢走出來，安慰于晴。

靖翔　于晴～

仃苳　欸妳男友來勒，那我們先走囉，不想被閃，嘻嘻～（仃苳、妮妮、光晨離開）。

靖翔　聽說妳被罵了……還好嗎？

于晴　還好……那你呢？今天怎麼沒有來學校？

靖翔　我媽今天身體不舒服，所以在醫院。

于晴　伯母，還好嗎？

靖翔　好多了，我爸在照顧她，那妳呢……聽說妳被講得很難聽……

于晴　蛤？我……（哭了）

靖翔　沒關係，慢慢說給我聽，乖不要哭了。（拍肩膀）

于晴　我……我們根本就沒有幹嘛，那些人憑什麼把我說得那麼難聽。我的男朋友也只有你這一個，為甚麼把我說成那樣……我爸媽、老師、就連根本不認識我的人都要罵我……我到底做錯了什麼？根本就沒人在乎過我的感受……

靖翔　我在乎妳，別人怎麼講不要管就好，他們不知道，可是我知道，妳是整天讀書的好學生，認識我這個普通班，功課不好的男生，想幫我……

于晴　可是……成績好跟成績不好的就不能當朋友嗎？你只是比別人慢一點開竅而已，搞不好以後功課還追過我咧。

靖翔　不要可是了～我知道妳是想幫我，別擔心有我在啊～

于晴　你真的很樂觀欸……

靖翔　樂觀才好啊～妳才是太悲觀了。好了啦～別哭了～眼睛都腫了，等一下路過的人還以為我欺負妳呢！

于晴　你才不可能欺負我，你對我最好了。

靖翔　對，我對妳最好了，妳好了嗎？等等不是還要去補習班嗎？趕緊把眼淚擦一擦吧。

于晴　嗯……

靖翔　開心點了沒～（搔癢于晴）

于靖　不要弄，很癢啦，哈哈哈

靖翔　好了，真的好了齁？（繼續搔）

于晴　我什麼時候騙過你了啦，哈～哈哈。

靖翔　騙我就有妳好看的，像這樣！（一直搔）

于晴　好了啦～真的快癢死了，哈哈哈～

靖翔　好啦～不弄妳了，要我陪妳去補習班嗎？

于晴　好～

【第五場】日／靖翔教室／課椅

△同學起鬨，靖翔心神不寧也沒注意，引起同學不高興，覺得他重色輕友，剛好老師在班上以這事件為話題討論。

家柚　欸走啊！福利社去～

葉坤、齊紳　欸靖翔～走啊～

靖翔　呃……我要去找于晴，她最近心情不好，我想去多陪她。（下場）

葉坤　那我們自己去吧……（失望表情）

家柚　媽的嘞，現在是怎樣，交了女朋友就見色忘友啊！

依萱　他也是不得已的啊，因為最近事情真的鬧太大……
葉坤　哎呀～不要傷感情嘛～
齊紳　對啊～（撒嬌聲音）（互相勾起手）
家柚　再這樣撒嬌下去，我都要反胃了啦！（偷笑）
齊紳　好嘛！別生氣了！等一下我請喝飲料消消氣。
葉坤　呦～難得噢！～福利社全包！
依萱　耶！（上課鐘聲）（靖翔跑回教室）
班導　同學們好～
全班　老師好～（歡呼）
葉坤　老師，好期待上你的課啊～
齊坤　老師，今天要上什麼有趣的課啊！我日也盼，夜也盼，終於盼到今天了！
班導　呵呵！你們這兩個油嘴滑舌的傢伙，今天有兩個主題，一個談戀愛，另一個說夢想。
齊紳　什麼？老師你要跟我談戀愛？我完全OK的啦，來吧！
葉紳　談戀愛？！老師妳這樣公然表白，唉唷～好害羞喔～（全班大笑）
齊坤　拜託，花癡男，老師又不是在跟你說，是我好嗎？
葉坤　你走開啦～再怎麼說，老師也是跟我的好嗎？
齊紳　你這個沒比哥帥的，別吵！
班導　欸欸欸！剛是誰說日也盼，夜也盼的，想上我的課啊？現在卻吵架給我看，看來是不想上課了，那你們慢慢來，我可以先去休息了，下禮拜見囉！
齊紳、葉坤　欸欸欸！！老師別走啊，come back！
班導　你們兩個喔～我是說我們今天要上有關戀愛的事情。
全班　喔～
葉坤　老師，我們班就有現成的教材欸～哈哈～靖翔～
齊紳　老師～老師，靖翔的女友超級正的！
家柚　戀愛！唉～老師，這個主題好像不應該是由你來上呀！似乎有個人比你適合耶。（冷笑）
依萱　喂！你幹嘛啊！羨慕人家就說啊！（依萱起立）
家柚　反正～這樣想的又不是只有我一個而已，不信妳現在投票啊！看看我說的對不對！（家柚起立）
依萱　妳……（看一下靖翔）
班導　喂！你們夠了！剛剛不是還說很期待上我的課嗎？現在反悔囉？

那我先走囉！掰掰！（假裝要走出教室）

葉坤　沒有啦！老師妳不要理他們啦！繼續上課嘛！（家柚和依萱坐下）

班導　好，那我問個問題，你們想不想談戀愛啊？

全班　想啊～（家柚翻白眼）

班導　我知道有些人已經迫不及待想要交男女朋友了，老師知道你們這個年紀對異性充滿好奇心，其實我也不反對你們談戀愛，可是，男女之間一定要有一個限度，限～度，（拉老師袖子）知道嗎？

全班　知道～

葉坤　齊紳，是不是妄想靖翔的于晴？

齊紳　哪敢啊～

班導　靖翔的女朋友是于晴嗎？于晴這個女孩很懂事，很乖，功課也好，之前幫她們班帶過幾堂課，所以對她的印象很好。

靖翔　嗯……老師，我們根本沒怎樣，其他人把于晴說的那麼難聽，我真的很心疼，我們就連牽手都沒有，根本不會亂來。

老師　我也聽說了那些事情，我相信我的學生，我了解你和于晴的個性，也相信你們，但是你們的年紀還小，談的戀愛都還不是很成熟，擔心妳們做了不該做的事，也難怪于晴班導會氣成那樣。

靖翔　生氣成那樣？她把于晴叫起來，劈哩啪啦的在全班面前罵她耶！

老師　因為于晴班導以前在女校，都是教女生班，認為女生的戀愛就是要成年後才能談戀愛，所以她才會把于晴罵成那樣的！

依萱　原來是這樣啊！可是沒看到，不代表學校只有于晴跟靖翔談戀愛啊！

老師　只能說，他們的運氣不是很好，剛好被主任發現了！

家柚　所以沒被抓到就沒事。

葉坤　去扁那些造謠的人。

齊紳　你要扁主任喔？

依萱　你們男生用點大腦好不好，這時候女生最需要人家關心。

葉坤　我知道像這樣對不對～（故意抱住齊紳，扭動）

家柚　拜託直接帶走不就沒事了。

靖翔　我知道她很委屈。

班導　靖翔，我想你應該知道怎麼做吧，男生一定要有擔當，要有肩膀，讓女生可以依靠。（靖翔不好意思的趴下來）

班導　好了，現在來換個輕鬆的主題吧！來說說自己的夢想吧！班長先好了！

依萱　嗯！我想當老師，我想成為跟班導一樣，會把學生當朋友，遇到事情會替學生著想，而不是注重功課的老師！

班導　謝謝依萱的誇獎呢～其實我也很兇，也會管功課，只是我會先觀察每個人的能力，再想辦法幫學生從自己比較熟的領域發展，沒有妳們說的那麼好啦～不過這是個很棒的夢想。希望妳能達成喔！其他人呢？

葉坤　老師～我想娶周子瑜當我老婆！

齊紳　你吃屎啦！那是我女神欸，不是你這種長相87分，成績78分的人，能夠得到的好嗎？想娶我的子瑜，等投胎吧你！（全班大笑）

導師　那家柚呢？

家柚　我當甚麼都好，就是不要當見色忘友的人。（其他同學互看尷尬狀）

導師　那齊紳呢？

齊紳　我想跟靖翔一起當機長。

班導　真的嗎？靖翔，你想當機長嗎！為什麼？

靖翔　嗯！可以環遊世界，可以帶媽媽回到她的故鄉，還能和不同的人做朋友，學到更多東西。

班導　那很好啊～希望有機會搭上你們的班機！

佩佩　老師，我想當模特兒。

班導　佩佩又高又漂亮一定可以成功當上模特兒的。

葉坤　欸，那可以先預定寫真集嗎！

齊坤　我也要～

班導　哇～那老師可以要簽名嗎！

佩佩　好啊！

齊紳　記得拍性感一點喔！

齊紳、葉坤　嘿～嘿～嘿～嘿（色瞇瞇的笑）

依萱　妳們這兩個色鬼！

【第六場】夜／公園／樹

△靖翔約于晴要談分手，于晴大怒，歇斯底里的哭叫，經過靖翔解釋才釋懷，于晴姊姊也加入關切。

靖翔　唉～（走來走去想如何開口）

于晴　靖翔。

靖翔　妳今天怎麼那麼久？

于晴　我剛剛在大便啊！

靖翔　喔！于晴～我問妳，妳未來想當什麼？

于晴　我想當醫師，那你呢？

靖翔　我想當機長，我想帶妳環遊世界。

于晴　好啊！可是你怎麼突然問這個？

靖翔　我想了很久，我們先分開吧！

于晴　為甚麼？

靖翔　我覺得或許我們現在都還不適合談戀愛，妳有妳的夢想，我也有我的理想，我們都有自己的目標想要去達成。妳專心讀書考上妳的醫學院，我也會努力當上機師的。

于晴　騙人！你這個大騙子！（崩潰的哭並打靖翔））為甚麼要這樣？你知道我為了和你在一起，我被多少人閒言閒語，我媽還有老師是怎麼罵我的，你有感受過嗎？連你也要這樣對我，你們為甚麼沒有一個人在乎過我的感受！

靖翔　妳不要生氣，聽我說嘛，于晴～妳想，現在的我們年紀都還這麼小，對未來一點概念也沒有，難道我們要因為彼此而放棄最愛我們的家人嗎？我媽從印尼嫁來台灣，到現在都沒回去過，大家都說她們是來騙錢的，所以我媽盯我盯很緊，不希望我們被別人指指點點，這次的事情，她沒罵我，她只說要想清楚，不要耽誤人家小女生。

于晴　（流淚）那為什麼我們要分開？

靖翔　對不起（雙手放在于晴的肩上抓住她），我這麼選擇也是為了妳和我啊～我不是不要妳，已經認定妳了，無論說什麼都不能讓我放棄妳。

于晴　為什麼要分開呢？難道我跟你在一起就沒辦法實現我們的夢想嗎？還是你覺得我煩了，想找藉口遠離我？為什麼連你也要這樣對我？

靖翔　我只是怕我在努力實現夢想會忽略了妳，妳也知道我認真起來，都不理人的，對不起，我知道這樣很自私，我不要讓人家說外配的小孩很爛，甚麼都要靠別人，我也是為了要努力成為配的上妳的人，讓我爸媽能抬的起頭，也要成為能讓妳爸媽都滿意，然後把妳放心的交給我！

于晴　靖翔（慢慢冷靜下來），你會不會想太多，就算你沒有大事業，只是個小職員，我也會陪你，因為我喜歡是你的人，我知道你在為我想，只是一定要分手嗎？

靖翔　男生一定要有擔當，要有肩膀，讓女生可以依靠，嗯～我怕我會分心，我一定會努力的！

于晴　好吧～我同意你說的，那我也要認真，看誰先喔！

靖翔　嗯……好，那我們來做約定吧！（牽起于晴的手）

于晴　什麼約定？（回牽著靖翔）

靖翔　等到我們完成了夢想……我們再回到學校……完成現在未完成的愛情。

于晴　那好吧？不可以騙我哦！那我們就等50周年校慶，帶著你的理想回到這，而我也帶著我的夢想回到這，到時，我們在一起吧～

靖翔　真的，到時候再談一場轟轟烈烈的戀愛！

于晴　那你一定要比現在對我更好喔～不能愛上其他女生，最重要的是一定是要當上機師！就算沒當上還是要回來！不管你怎麼樣我都會等你。

靖翔　知道了，但是我一定會當上機師的！妳也是，不可以和男生搞曖昧哦！

于晴　別忘了帶我環遊世界哦～

靖翔　不可能忘記的！

于晴　我知道了！那就等到學校五十年校慶吧！

靖翔　一定不會忘！

于晴　那我們打勾勾，說謊的是小豬！

靖翔　好～打勾勾！（于晴兩個姊姊進場）

大姊　于晴！妳怎麼在這裡？

于晴　姊（放開靖翔的手）今天不是星期天，妳們怎麼會回來？

二姊　喔～妳就是把我們家弄得雞飛狗跳的男生哦？長得也不怎麼樣嘛。

于晴　二姊，靖翔是全世界最帥的男生！

大姊　不要一直酸人家啦！

二姊　我才講一句而已欸～

大姊　媽打給我們，說妳交男朋友，跟她吵架，要我們回來看看。

靖翔　姊姊好。

于晴　靖翔跟我分手了……

大姊　為什麼？你們不是很喜歡對方嗎？
二姊　那麼小談什麼喜歡啊～
于晴　他說我們現在不適合談戀愛，叫我好好讀書去考醫學院，他想要當機師……
大姊　靖翔是為妳好啊～
于晴　騙人！他明明就只是不要我了，想要把我甩開而已！
二姊　妳終於發現啦？他就是想把妳甩開啊！
靖翔　不是的……
大姊　妳不要亂講話啦，等一下妹妹都要被妳弄哭了。于晴，妳真的有把靖翔的話聽完嗎？依照妳個性來說，嗯……應該是哭著喊：騙子～跑走了，對吧？
靖翔　姊姊妳真了解于晴。
于晴　被妳發現了……
大姊　而且于晴為什麼要那樣想呢？靖翔應該是怕耽誤到妳的未來，我相信他也是想要繼續和妳在一起的。
二姊　但是這個時候，全部的人根本不會成全你們。
于晴　我知道啊！所以這個時候我們不是要互相扶持嗎？為什麼他選擇離開我……
大姊　帥哥你怎麼會有這種想法呢？
二姊　明明就沒很帥。
靖翔　其實我本來覺得交朋友也不是什麼大事。
二姊　（偷偷跟好姐說）交的明明是女朋友。
大姐　不要抓別人語病啦！
靖翔　我也覺得人家愛講就去講，記過就記啊，也想過帶于晴翹家，擺爛。讓大家找不到我們。
大姊　欸欸欸～不可以帶走我們唯一的妹妹啦！
靖翔　可是我們班導說如果一個負責任的男生，是不應該讓女生獨自承擔，要做到有擔當，讓別人豎起大拇指才對。所以我才想和于晴先分開，好好準備功課，之後才來談戀愛。
大姊　說得挺好的嘛～
二姊　說很簡單，不過你還那麼小，能做到才怪！
大姊　妳很煩欸！看不出來你人小志氣高。于晴妳知道嗎？我跟你姊夫其實高中就互相喜歡了。
二姊　那妳就跟于晴一樣啊！

大姐　（白眼）但是我怕媽媽生氣，一直都沒說出來。不過我覺得一直瞞下去也不是辦法，於是我和妳姊夫提分手，可是我們都不想錯過這段戀情，該怎麼辦呢？

二姊　分手啊～

于晴　就繼續在一起啊……

大姊　不是哦～妳姊夫和我說他已經決定要跟我一起過這輩子了，所以他願意等我到大學考上醫學院，我覺得靖翔一定也是這樣想的。

二姊　妳不要再教壞她啦，媽是叫我們讓他們分手，不是繼續在一起。

大姊　妳從剛剛就一直和我唱反調是怎樣？

二姊　我又不像妳高中就交男朋友。

大姊　確定嗎？不知道是誰高中的時候跟我說很喜歡一個學長，還想他想到睡不著覺咧～結果還不是怕媽生氣就直接放棄了！

二姊　妳……妳怎麼還記得！

大姊　怎樣？

二姊　可是于晴是會考生欸！再怎麼說，現在這個節骨眼上，也不好談情說愛吧？

大姊　嗯……于晴我覺得妳二姊說得也對，所以妳就先聽靖翔的，好嗎？

于晴　知道了……

大姊　就知道于晴最聽話了，還好妳碰到一個好男生，以妳為主，為妳設想。

二姊　要是其他男生，妳可能就被別人帶跑囉～

于晴　知道了啦～謝謝姊姊。

大姊　妳可是我們最疼愛的妹妹，全家的寶貝！怎麼能不管妳呢～

于晴　家裡就姊姊最好了！

二姊　來～我請你們吃飯，希望你們吃完飯後能開始認真，把之前考不好的都補回來。

靖翔　姊姊，不用啦，我回家吃飯就好。

于晴　沒關係啦！我姊請吃飯，而且剛才哭完，肚子好餓哦～

二姊　我先打電話回家，跟媽說我們碰到妳，帶妳去吃飯。

大姊　你也打電話回家，不要讓家人擔心哦！

靖翔　謝謝姊姊。

于晴　耶～

【第七場】學校五十年校慶

△湘誼、依辰、楊慧、星瞳、黃鈞回學校參加五十年校慶，感念以前的時光。

湘誼　學校變好多。
依辰　對啊！都不一樣了～
楊慧　以前我們打掃的地方都好乾淨喔！
星瞳　快點來拍照！
楊慧　趕快過來～
湘誼　ㄟ那個胖子又遲到了！
星瞳　上學遲到，打掃遲到，連五十周年校慶也遲到，只有吃飯不會遲到！
黃鈞　來了啦！
湘誼　你不要上班也慢吞吞的。
依辰　好懷念以前在學校的日子。
楊慧　以前好想畢業，好想長大，現在……
星瞳　以前很愛罵人的主任不知道還在不在？
楊慧　來了來了～
湘誼　主任好～
主任　我現在不是主任是校長了。
黃鈞　校長～
湘誼　現在學弟妹好幸福喔～設備都好新喔！
主任　對啊！
楊慧　主任以前很愛罵人，現在勒～
星瞳　主任當校長要請吃東西！
主任　好好～我請大家吃科學麵。
全部　耶～謝謝主任（主任帶著大家參觀校園）

△靖翔等于晴被其他同學調侃，大家互相分享現況，于晴的出現讓這次校慶增加期待。

靖翔　她還記得嗎？（自言自語，來回走動看四周）

葉坤　嘿～你是靖翔對吧～
靖翔　啊～你應該是葉坤吧！
葉坤　沒錯，這是家柚！你現在在做甚麼？你有當上機師嗎？
靖翔　當然啊～我這麼厲害，現在在受訓。
葉坤　那不就好棒棒，齊紳那個傢伙咧？
靖翔　他哦～當空少。
葉坤　那怎麼沒看到？
靖翔　他啊～忙得很，每天都在把妹。
葉坤　蛤!?把得到嗎？哈～哈～哈？他長那樣～
靖翔　嗯……葉坤……
葉坤　幹嘛？
靖翔　齊紳在你後面，他現在紅的很。
齊紳　葉坤，我長哪樣？
葉坤　啊！你是鬼嗎？啊～不是……是世界第一帥……
齊紳　不就很會講，ㄟ你的周子瑜咧？
葉坤　我當然有交到，不過是我心目中的正妹。
靖翔　真的假的啊？
齊紳　沒把到周子瑜就說，還什麼心目中……
葉坤　什麼啊，我女朋友身高165體重45還A～B～C～D欸，正翻了，下次介紹你們認識啊～
齊紳　算了吧！我那麼帥，她迷上我不就哭死。
葉坤　閉嘴吧。
齊紳　欸欸，有正妹！
佩佩　我知道我很正，但不用說那麼大聲的。（佩佩蹬著高跟鞋走出來）
葉坤　聽這個聲音，妳是佩佩？也太正了吧……
佩佩　對啊～我當上模特兒了！
齊坤　可以要妳手機號碼嗎？
佩佩　誰要給你啊！
齊坤　拜託啦～
佩佩　學狗叫就給你。
齊坤　汪！汪！
葉坤　沒尊嚴……對了靖翔，于晴呢？你們有聯絡嗎？有在一起嗎？你還在等她？

靖翔　當然！
葉坤　也太久了吧？都幾年了，她早就忘了吧？
靖翔　你幹嘛不說話？（老師慢慢走出來）
葉坤　你看誰來了？
靖翔　于晴嗎？
齊紳　老師！
葉坤　老師！
靖翔　老師～我還校長勒！
班導　你們都回來啦！
老師　ㄟ于晴沒跟你一起啊？（于晴慢慢入場）
于晴　誰說我忘了？
齊紳　這邊也是正妹……今天太爽了！
靖翔　喂！誰叫你看的！轉過去！
齊紳　看一下又不會死，人家又沒說要繼續當你女友。

△葉坤牽起于晴的手。

葉坤　對啊，說不定是專程來拒絕你的，哈哈！

△于晴甩掉葉坤的手走向靖翔。

于晴　好久不見！
靖翔　沒想到妳還記得～
于晴　我記性可是比你好多了，而且我不想變小豬～
靖翔　還是一樣幼稚又可愛，當上醫生了嗎？
于晴　不然呢？我那麼聰明，那你呢？有當上機師嗎？
靖翔　當然。我現在在受訓，那……妳有男朋友嗎？
于晴　有。
靖翔　蛤!?是誰？
于靖　聽說～他是一位機師，而且今天要和我履行約定！
靖翔　不會是說我吧？
于晴　還能有誰啊～

△同學們和老師敘舊，聽到靖翔和于晴對話紛紛出聲。

佩佩　太閃了太閃了，我的墨鏡呢？

齊紳　路人都要瞎了。

葉坤　早知道就也把我的子瑜帶來了～閃死了！

靖翔　（牽起于晴的手）就是要閃，不想瞎就快走，不要當電燈泡。
（佩佩、齊紳、葉坤、老師退場）

于晴　機長大人，接下去呢？

靖翔　機票都買好了，飯店也訂好了，只差一個可愛的醫生了～

于晴　那……我可愛嗎？

靖翔　全宇宙妳最可愛。

于晴　那我可以囉～？

靖翔　除了妳，我誰也不要。黃于晴小姐，妳願意和張靖翔先生一起去環遊世界嗎？

于晴　張靖翔先生，黃于晴小姐的答案是：我……願意！

△劇終

月下情緣——遷徙？牽繫！

編劇：郭宸瑋

人物

月老	大樹4名	新聞主播2名
月雲	警衛與古玩店老闆	連線記者1名
曾錫源	搬家工人	
陳鈴玲	鈴玲姊姊	

△上舞台背景處，纏繞著一條條複雜難解的紅線。台上出現的每一個場景，都不必要出現真實的景象，全然是一種寫意的呈現。只有在場景中代表為重要戲劇進行的物品，才會以真實的樣貌呈現於觀眾面前。舞台上盡量降低布景道具的使用，使演員本身與故事所要傳達的想法作為主體。

【序場】姻緣一線牽

△月雲帶著一組扯鈴上場表演，扯鈴閃著紅光，線也是紅色的。音樂襯著底，歡樂又輕鬆的表演，在很多的動作中，會表現出月雲調皮、好玩的個性，但卻有一種可愛的感覺，月雲表演結束。

月雲　嗨！大家好，我是月老。是掌管桃園市所有區域的姻緣。上有高階情人班，下有愛情體驗課程。不論大大小小、老老少少，青春期情竇初開，還是人老株黃的黃昏之戀、狗狗配種、貓咪交配或是昆蟲尋找另一半。都全……不是歸我管。

△月老出現撥弄著紅線工作著。

月雲　好啦！跟大家開個玩笑！其實我是來代月老上班的月雲，月老是我的爺爺。祂因為一天工作18個小時。全年無休，明顯超時工作。所以害祂腰痛復發，必須得去看醫生，現在是由我來代班。爺爺在要去看醫生之前，祂有特別交代我說……

月老　月雲啊！爺爺腰痛要去看一下醫生，很快就會回來。妳要記得，千萬不可以亂碰上面那些姻緣線哦。妳要是弄亂了，那住在桃園的男男女女的感情就會大亂。

月雲　好啦，爺爺我知道了！祢路上小心唷。

月老　我很快就回來了。唉唷！我的腰啊！（下場）

月雲　就這樣，我成了代理月老了！可是不能碰這些線，就只能看，還真的有些無聊耶。話說到這……突然……

使者　（畫外音）【註一】報～～到～～（一條紅線畫過天空，進入舞台）曾錫源，32歲，科技公司的主管，一生未曾交過女朋友，剛從花蓮搬到桃園，特來求段姻緣。

月雲　哇！我才剛代班不久，就有工作做。可是……爺爺說不能動那些紅線，如果亂動，住在桃園的男男女女的感情會大亂的。咦！等一下！爺爺只說不能動那裡的紅線……沒說不能動剛來的這條啊！哈哈哈（欲撿起紅線，但左顧右盼後才撿起）要跟誰配對好呢？（看見一條垂在地上沒有配對的線）咦！陳鈴玲，好！嘻嘻！看我的厲害（月雲背台綁著紅線）好了！完美。

△燈光開始閃爍，一股莫名躁動、晃動的聲音。

月雲　發生什麼事了？

△燈光突然全滅。

【第一場】誠心求姻緣

△錫源滿頭大汗地來到了月老神像前。月老神像由月雲假扮，可愛的佇立在那。

錫源　（跪地誠心參拜，唸唸有詞）月下老人您好！我叫曾錫源，今年28歲，剛從花蓮老家搬到桃園工作。因為工作關係，生活重心也都在工作上，比較不常遇見女性同事，所以至今都還沒有交過女朋友。我自認長得英俊、瀟灑，又很會賺錢，身高180，符合高富帥的標準。但就是沒有女生愛我，唉！我聽聞拉拉山月老很有名，所以特來向您求一段好的姻緣。我的要求不多，只要真心愛我就好。但是如果可以，請幫我找漂亮一點、身材好一點、個性好一點的女生。懇求月老幫助。

△月雲在錫源參拜的過程中移動他的身體，在錫源身邊揮揮手、鬧鬧他，錫源絲毫感覺不到月雲。錫源參拜完，起身在月老面前抽了一條姻緣紅線。再次回到跪姿，拜了一下。

△這時月雲做了個手勢，讓錫源能夠聽見她說的話。月雲想了想，不知想告訴他甚麼，於是她想起她爺爺（月老）常跟求姻緣的男女說到一句話。

月雲　（模仿的口吻）分分合合分分合，合久必分，分久必合。（竊笑）

錫源　誰？是誰？你是甚麼人？在哪裡？出來！（想了一下）等一下，這是甚麼意思？

月雲　隨緣吧！一切都隨緣吧！反正人有悲歡離合，月有陰晴圓缺。姻緣天注定，是你的終究跑不了。（語畢，回到月老神像前，忘了剛剛是擺什麼動作，於是亂擺了一個不同於前面的姿勢。）

錫源　誰啊？到底在說甚麼啊？奇怪，快出來！這樣開玩笑一點都不好玩。真是的。（轉頭回去看見月老神像）咦！剛剛都沒有發現……月老甚麼時候變成女生的啊？（月雲趁錫源不注意之時偷換遮住臉的動作）哇！嚇死人了。是我的錯覺嗎？（對觀眾說）神像自己會換動作？

△燈暗。

【第二場】初次相遇

△左上舞台有一顆由4個人模擬出來的樹，鈴玲被倒吊在樹上，鈴玲掙扎著。

鈴玲　救命啊！救命啊！誰可以來救我啊！

△錫源帥氣地武功身段出場，展現了好身手，順利地救了鈴玲。

錫源　小姐，妳沒事吧？
鈴玲　我想沒事吧！
錫源　妳怎麼會被困在樹上啊？
鈴玲　我本來是來這裡爬山，經過上面的路，要到休息區。結果因為沒注意前面路況，所以踩空滑了下來。幸好我掉到這個樹上，才沒有甚麼事，可是我不知道要怎麼下來，所以就一直被困在上面。唉～超衰的！
錫源　還好，沒事就好了！
鈴玲　嗯……真的很謝謝你！
錫源　不用客氣啦！我也是剛剛……痾……爬山下來才會遇到妳。好啦！沒事的話，我就先走一步了！
鈴玲　嗯……掰掰！謝謝你喔！

△錫源準備離開，鈴玲正準備邁開腳步走，卻發現自己的腳很痛。

鈴玲　啊！啊！喔……
錫源　小姐妳怎麼了？
鈴玲　我的腳……好像扭傷了！
錫源　怎麼辦呢？我打電話求救！（看手機）完了！這裡沒有收訊，怎麼辦？
鈴玲　沒關係！讓我休息一下就可以了。
錫源　妳的腳受傷，還是不要亂動比較好。
鈴玲　那怎麼辦？
錫源　還是……還是……痾……我背妳下山，介意嗎？
鈴玲　我……痾……可……可以呀！可是……
錫源　怎麼了？還是妳不信任我？
鈴玲　沒有啦！
錫源　喔……

△沉默。

錫源　天色不早了！我們還是快點下山吧。天黑了就下不了山了！
鈴玲　好……好……
錫源　來……我背妳吧！

鈴玲　嗯……

△錫源揹著鈴玲走下，月雲悄上。
△月雲出場，兩人也再次出現。他們做著月雲口中所描述他們在山中度過的過程。

月雲　哈哈……就這樣錫源揹著鈴玲走在下山的路上！可是，因為鈴玲的腳傷，拖慢了下山的腳步。他們沒有在天黑之前到達山下，於是他們就在山中找了一個洞口窩著。在等待天亮的過程中，他們向彼此介紹了自己，談天，並互相了解了彼此。看起來，他們很聊得來呢。真速配啊！錫源在談天的過程中，心裡覺得「他有喜歡我」的自我感覺良好。於是錫源陷入了幻想之中，跟眼前的這位女孩交往、結婚等等的畫面，陷入幸福幻想中的他突然說出……
錫源　相信我……以後我會對妳更好！

△錫源的話被一個怪異的聲音蓋過去，聲音由其他演員模仿出來。

鈴玲　甚麼聲音？（抓著錫源的手）
錫源　嗯……這樣也不錯！
鈴玲　啊？你說甚麼？
錫源　沒有！沒什麼！我沒說什麼。
鈴玲　（意識到，甩開手）喔！抱歉！我剛……剛聽到怪聲，所以緊張。
錫源　不用怕！聽這聲音應該只是貓頭鷹在叫……
鈴玲　喔……

△沉默。

錫源　好了！我想我們該睡覺了！明天一早起來，我們就快點下山吧。
鈴玲　嗯！好。

△錫源與鈴玲慢慢閉上眼睛，鈴玲因為覺得害怕，所以緩緩地拉住錫源的手臂，頭靠在錫源手臂上。錫源睜開眼睛，感到緊張，但也不希望就這樣抽出手來，這種感覺他心裡享受著。所以他的頭就慢慢地靠到

鈴玲的頭邊，形成一個相互依偎的感覺。兩人慢慢睡著。

△燈漸暗。

△月雲扯鈴出場，開心地看著這相互依偎的兩人。默默竊笑。

月雲　從那天以後，他們就開始互相聯絡，彼此見面的次數越來越多。他們的關係很快地昇華到了男女朋友的階段，很不可思議吧？愛情就這樣默默地來敲門，你一開門它就無聲無息地闖了進來，不知不覺就陷入了愛河之中，無法自拔。噢～超浪漫的。但是兩個人的關係，要能夠面對所有的困境才能夠延續下去。愛情也就像我手上的這把扯鈴，需要兩邊互相拉轉，力度適宜，鈴才會轉動。但一旦只要繩子一綳，相互過度拉扯，就會失衡，兩人關係也就會像鈴一般停止轉動。你們一定很好奇我怎麼懂這麼多吧？嘿嘿……其實我也不知道我在說什麼，我只知道我看凡間的電視劇中都是這麼講的。而且啊！告訴你們喔！天界是不能談戀愛的。哈哈～

△關掉扯鈴的亮光，下場。

【第三場】感情升溫

△錫源與鈴玲的互動親暱。來到了一間古玩店前。場上擺著一對陀螺，是讓遊客試玩的。

鈴玲　剛剛我們走過來的那座橋叫大溪橋，以前在清朝的時候是用竹籠、石塊堆疊而成的竹木板橋，是大溪以前對外的重要交通。現在你看到的橋，它的原型是到日據時代改建而成的。

錫源　妳懂真多耶！

鈴玲　我常來這走走呀，這裡風景好，很適合放假的時候來這放鬆，而且景點旁邊也都會有介紹。你調來6個多月了，都沒有來過大溪嗎？

錫源　沒有……我的生活圈很小，在桃園又沒有朋友。再加上之前我都沒交過女朋友，沒人陪我來，自己一個人走多無聊！

鈴玲　沒關係啊！現在有我了啊。還是你覺得逛街看風景很無聊？

錫源　沒有沒有沒有……我沒這個意思。（眼角餘光看見陀螺）咦！原來這裡也有這種古玩喔。（拿起陀螺）
鈴玲　怎麼了嗎？你沒看過嗎？
錫源　有呀！小時候在我們花蓮，每個小孩子都會有好幾個陀螺。我們都會在假日的時候找鄰居一起玩，看誰撐得久。（語畢，將陀螺拋出。）嘿！
鈴玲　好準喔。
錫源　妳會玩嗎？
鈴玲　國小的時候老師有教過，不知道還會不會。
錫源　試試看啊。
鈴玲　（拋出陀螺）啊！
錫源　我教妳好了，幫妳複習一下。

△錫源將他打出的那顆陀螺拿開並靠近鈴玲，細心的教導她。剛開始錫源有些不好意思，他怕太過主動會嚇到鈴玲。但是鈴玲沒有意會到錫源的害羞，很認真地聽錫源的解說。直到在錫源抓住鈴玲的手要告訴他用什麼方式去拋出陀螺時，鈴玲突然感覺到害羞，並幸福的偷偷笑著。在錫源的引導下，鈴玲成功地拋出陀螺。

鈴玲　哇！呵呵，成功了耶。

△沉默。錫源看著開心成功拋出陀螺的鈴玲，有了一些未來的藍圖。

錫源　鈴玲。
鈴玲　嗯？怎麼了？
錫源　你會不會覺得只有一顆陀螺在盤裡面，很孤單？
鈴玲　幹嘛說這些？
錫源　你會覺得嗎？
鈴玲　只有一顆陀螺，我想會吧？
錫源　我覺得人生就好像這顆陀螺一樣，不停地忙碌不停地轉動。多久了！都沒有好好看看世界、看看周遭。我在想陀螺如果有想法，他一定會想要有個人可以陪他吧？妳說是嗎？
鈴玲　嗯……（思考）但是啊！只要兩個陀螺靠得太近，他們就會產生碰撞，然後跌倒，最後停下來。你想另一個陀螺會願意接受嗎？

錫源　有人陪，當然會願意呀！喔……不是啦，我是說陀螺內心孤單又寂寞，當然會需要別的陀螺陪他呀！碰撞很正常的嘛！

△沉默，兩人面面相覷。

錫源　但是我想……只要兩個人有心，不管發生任何事。他們都不會分開的對吧？

△這時，專心互看對方的兩人沒有發現古玩店老闆站在他們兩人的中間。

古玩老闆　（台語）拍謝齁！先生、小姐，啊拎兩個甘無咩買？（兩人嚇到）我看你們在這邊玩得很開心，要不要買兩顆回去玩啊？（錫源與鈴玲對看）來！免看啊。一顆30，兩顆60，算你們50就好了。（兩人掏錢給老闆）唉唷！謝謝光臨。（兩人拿陀螺後，下場。）（燈漸暗。）

【第四場】爭吵冷戰

△在回家的路途中，悲劇發生了，兩人因車子打滑而受了傷。暗場中有機車與汽車相撞的聲音，接續著是救護車鳴笛的聲音。燈亮以後，看見錫源手包著繃帶坐在鈴玲身旁（左手臂擦傷），傷勢較為輕微。鈴玲則是腳包著石膏（右小腿骨折），疼痛的躺在床上。鈴玲的姊姊站在一旁。

鈴玲姊　醫生說妳骨折，這一個月都盡量不要有太大的活動。多吃一些魚肉、魚湯或是高蛋白，補充鐵質的食物。要甚麼跟姊說一聲就好，知道嗎？

鈴玲　嗯……

錫源　不好意思，讓你們擔心了！

鈴玲　姊……不要跟媽說！我怕她會擔心……

鈴玲姊　我不會說，妳回家再自己跟媽解釋。

鈴玲　好。

鈴玲姊　我去幫妳買晚餐！妳好好休息。

錫源　姊姊放心，妳出去的這段時間我會照顧她的。

鈴玲姊　嗯，再麻煩你了（下）

錫源　抱歉！害妳受傷了。（鈐玲不回）妳還好嗎？是不是不舒服？（鈐玲依然不回）對不起，是我騎太快了。我沒有注意到前面……

鈐玲　沒注意到前面……為什麼？

錫源　我突然恍神，所以才沒注意到。

鈐玲　不！你沒有說實話。

錫源　真的……我……

鈐玲　你說你騎太快，又說沒注意到前面，然後說恍神。請問到底是甚麼原因？

錫源　鈐玲，妳不要生氣，聽說我嘛！

鈐玲　我沒有生氣，我只是想要你自己說到底發生甚麼事？而不是說謊騙我。

錫源　妳說我說謊騙妳？我就說我是因為恍神所以才沒注意到前面的……

鈐玲　你還在說謊！

錫源　我沒有！

鈐玲　你有！

錫源　我沒有！

鈐玲　你就是在說謊！

△沉默。

錫源　我不想跟妳吵。

鈐玲　怎麼了？心虛？

錫源　妳都認定我說謊了，那我還能說什麼？

鈐玲　是我認定你說謊，還是你騎車看妹分心不說？

錫源　我沒有！

鈐玲　你有！

錫源　我沒有！

鈐玲　你就有！

錫源　我說了我沒有，是因為地……

鈐玲　我說你有，我都看到了。真的想不到你連載我都敢看別的女生，而且還騎這麼快，根本就是在玩命。你為了自己想看，連我的安全都不顧，我真的不知道你在幹嘛！

錫源　我說很多次了！我沒有看妹。我承認是我騎太快，這我一開始也跟妳道歉了！還有我不可能因為⋯⋯

鈴玲　我真的覺得自己很倒楣，要不是跟你在一起我今天就不會遇到這種事！而且自己做過的事還不承認。

錫源　妳一定要這麼咄咄逼人嗎？完全都不管我話還沒說完，就一直打斷我。可以尊重我嗎？還有⋯⋯什麼叫做跟我在一起很倒楣？

鈴玲　我咄咄逼人？你說謊還不承認。而且我是說我覺得自己很倒楣，沒說跟你一起很倒楣。

錫源　現在要這樣硬拗？妳剛就是說跟我在一起很倒楣。

鈴玲　我沒有！

錫源　妳有！

鈴玲　沒有！我沒有！

錫源　有！我剛就是聽到妳這樣說！

鈴玲　我不想跟你吵了。

錫源　心虛？不敢承認？

鈴玲　你都這麼認為了，那我還能說什麼？

錫源　好啊！大家明著說嘛！覺得跟我在一起很倒楣，那看要不要分手呀。

鈴玲　今天是你騎車載我，然後看妹沒注意前面，害我跌倒。你要跟我分手？

錫源　（暴怒）我已經跟妳說很多次了，但是妳都一直打斷我！還有，妳不要都把責任推給我，那是因為地板上有油，才會害我們跌倒！

△沉默。月雲出場，焦點轉換。

月雲　就這樣，錫源跟鈴玲為了騎車有沒有看妹這件事情進入冷戰。錫源沒事的時候都會到醫院去看她，可是鈴玲似乎氣仍未消，一直不肯讓錫源進到病房裡看她。於是錫源想：「如果鈴玲不想要見我，那就暫時先不要去找她好了。」重心回到公司的錫源，主管希望他能夠到美國訓練。並在那接管部分的業務，升任副理。心裡非常猶豫的錫源於是跟經理說他需要去問自己的爸媽才能做決定。但是⋯⋯他心裡卻是擔心他與鈴玲之間的關係。唉！（困惑著來回踱步）明明就好好的，為什麼會這樣呢？為什麼……為什麼……為什麼？到底是為什麼……為什麼呢？（忽然想起）咦！為什麼爺爺做姻緣，可是祂卻常說「分分合合分分合，合久必分，分久必合。」該不會有什麼特別意思吧？不可能！一定是哪出錯了。啊！該不會……（想起什麼，於是他回頭去看姻緣線，發現紅線的一端掉落了，而掉落的那端，正好有一灘油漬。）喔……天啊！有油？到底是哪來的油啊？（燈光漸收。）

【第五場】錯過

△鈐玲所在的社區大門口。前面有一位警衛衣衫不整地坐著打嗑睡。錫源一走進來就看見搬家工人穿著黑衣戴著口罩，抱著一箱又一箱大大小小裝滿物品的紙箱從社區大樓走出。錫源看到有人在搬家，於是走到警衛旁詢問。

錫源　不好意思喔！想請問一下，是哪戶人在搬家啊？
警衛　（台）嗯？（微睜開眼）哩共啥？
錫源　我說是哪一戶人在搬家，可以請你告訴我嗎？
警衛　搬家的哦？（呵欠）E棟10樓……
錫源　什麼？C棟11樓？那不是鈐玲家嗎？有這麼嚴重要搬家離開我嗎？而且也不跟我說……

△警衛伸了個懶腰，緩慢的起身，做了些伸展動作。錫源想了想，覺得要與鈐玲說清楚，於是決定要上樓去找鈐玲。

警衛　（呵欠）你不用上「企」了啦！
錫源　為什麼？咦！你不是那個……大溪古玩店的老闆嗎？（警衛遮掩）
警衛　（台語）沒啦！沒啦！我不知道你在說什麼。
錫源　可是……我明明就看過你，我認得……
警衛　（台語）你認錯人了啦！（轉）陳小「賊」已經走了。
錫源　走？走去哪？
警衛　她今天早上九點的飛機去美國。
錫源　（低喃）她不是才剛從醫院回來嗎？為什麼馬上就要出國？難

道是因為不想見我嗎？（向警衛）她去美國做什麼？你知道嗎？

警衛　你問「偶」怎麼會「豬」道！我又不會八卦，隨便亂問「輪家」，怎麼會「豬」道蛤？

錫源　喔……謝謝。

警衛　那個啦！我「東」聽人家「搜」喔……他們一家人要移民到美國「企」啦。我只知道這些啦！

錫源　（急忙）謝謝你！我再問一下喔……

警衛　還問喔……再問要收錢了啦！

錫源　不好意思……你知道她去美國的哪裡……？

警衛　厚～美「ㄍㄡˊ」這麼大，我怎麼知道她去哪啦？

錫源　嗯……我知道了！

△沉默。

警衛　好啦！我告訴你啦，我聽說齁……他「ㄖㄨㄣˇ」家是去什麼……new……new……

錫源　（急忙打斷）紐約是吧！我知道了。謝謝……（快速下）

警衛　哎哎哎！（台）肖年ㄟ……旦幾勒！（來不及攔住他）厚！我話都還沒有說完，就這樣跑掉了。我是想說他們去了紐澤西州，話都沒說完就跑走，真正是齁。（慢慢走回椅子上坐）年輕人，終究是年輕人，太衝動了！好家在我剛剛反應快，不然要是被主委知道我做兩份工齁，一定會被人「抬頭」的啦。話說他是誰啊？怎麼會知道我在大溪開店呢？

△鈴玲的姊姊推著輪椅載著鈴玲走上。

警衛　（殷勤地）陳小姐，妳回來了哦。

鈴玲　大哥！好久不見。

警衛　怎麼樣？有沒有好一點啊？

鈴玲　醫生說我可以出院回家休養。

警衛　那就是好多了嘛是不是！哈哈哈……人沒事就好。

鈴玲　是啊！大哥，謝謝你關心喔。對了！我不在的時候有我的包裹嗎？

警衛　喔！有有有！我拿給妳齁。（拿包裹）

鈴玲姊　等一下，妳自己要好好跟媽說喔。妳不在這兩個禮拜她很擔心妳。

鈴玲　好啦！我知道了。

警衛　來……確認一下夠，C棟11樓陳小姐嘛！沒問題的話，幫我這裡簽名。

鈴玲　好。（簽名）好了。

警衛　厚，謝謝喔。

鈴玲　（特別注意著警衛）大哥你……

警衛　怎麼了嗎？

鈴玲　你……

警衛　嗯？

鈴玲　你……算了！沒事。我只是覺得好像在哪裡有看過你，但我想不起來。

警衛　沒有啦！陳小姐，妳一定是看錯了。我這種大眾帥臉吼，到哪都很容易撞臉的。

鈴玲姊　好了，走吧，媽還在上面等妳。

警衛　（目送兩人離開）呼～嚇我一跳。（想起甚麼）咦！等一下我怎麼覺得怪怪的……是不是搞錯甚麼了啊？（思考）唉！算了，出事再說啦！（悠哉唱起歌來）

△燈暗。暗場中，飛機掠過天際的聲音。

月雲　（扯鈴出場）唉！人家都說神界1天，凡界10年。我到底離開了多久啊？不知道他們甚麼時候會再相遇……我來算算看喔！神界1天等於凡界10年，換算成24小時，那半天12小時是五年，四分之一天是6小時等於2.5年，八分之一天是3小時等於……等於……痾……6的一半是……3，2.5的一半是1……1……1.25年。噢～天啊！我離開了多久呀？（下場）

【第六場】重逢

△分手一年後兩人都沒再見過彼此，錫源這一年間經歷的一切，讓他有了改變。他不再像過去一樣自我、膽怯與衝動了。反而現在看起來有一股成熟的氣息，做任何決定都會顯現出一種果斷，但卻也會考慮的

很清楚，他需要的是甚麼。因此，他也不再像以前讓人感到難以相處，現在的他學會處處替他人著想。所以錫源的身邊也總是有許多的女性友人與朋友。錫源也很榮幸的在美國升為副理，管理某座城市中的一些店的營運。事隔一年，他終於有時間可以再回到台灣，他第一件想做的事情，無非是希望可以再回來找尋他過去失去的感情的回憶。雖然說這一年中，不乏有追求他的女性，可是他卻仍舊與女人保持一段距離，在他的心中像是有一道無形的牆擋著他，也空著一個位置等待著一個人。

△錫源回到當初的月老神像前，真正的月老已經回到了原來的位置上，而不是月雲了。月老表現得一副和藹的樣子面帶微笑，對著來往的行人，讓人感到親切。錫源看了看月老廟，想起了許多回憶，不經感嘆了起來。

錫源　一年了，這裡好像都沒有甚麼變。（看見月老像）月老也變正常了！

△錫源把供品放置妥當，誠心參拜。
△月老此時現身，月雲也隨之出現。

月老　唉……真的是一個上進又癡情的男子漢啊。
月雲　對啊！真專情。
月老　妳還敢說！都是妳調皮闖的禍。
月雲　好嘛！爺爺，人家已經知道錯了嘛。
月老　要不是妳給人家擅自牽線，又沒有顧好，這個男子好不容易有了好的姻緣，卻因為妳害他們被拆散。這要是被玉皇大帝知道，是要處罰的！妳知不知道？
月雲　好啦好啦！爺爺，不要再唸了，我知道了啦。我還是有做對事情啊！
月老　沒顧好姻緣線，還不承認……妳。（腰痛）唉唷，我的腰啊……
月雲　爺爺祢還好吧？祢不要生氣嘛！他們也是因為我幫他們配對才會相遇的啊！不然祢看（空手劃出了無形的雲端資料），他本來就要到美國之後，才會遇到別的女孩。而且要換過3個之後40歲左右才會與鈐玲相遇。我這可是在幫她耶！

月老　人的一生本來就註定好了，妳這樣打亂他們，他們的命運就會不一樣了。這在天庭是犯法的妳知道嗎？我們本來就只能照著他們的人生去安排他們的姻緣。唉！罪過啊。

月雲　反正再差也不會比他本來就註定好的還差吧？

月老　我看我還是提前退休好了，被妳這樣一搞……我怕我連退休金跟18%都領不到。

月雲　相信我，不會太差的。爺爺祢看！

△鈴玲出場，帶著供品來拜月老。她沒有發現跪在一旁的男子是錫源，因此擺放好供品後，就接著拜拜。錫源拜好後起身，到月老前拿一條新的姻緣線，並回到月老像前誠心的再次謝拜。錫源謝拜的過程中，鈴玲也拜好了。拜完的鈴玲也到月老像前拿了一條姻緣線，短短的謝拜。兩人幾乎同時謝拜完畢，並走向相反的路，全都沒有看見彼此。月老見此狀搖搖頭，覺得註定無緣。但月雲相當的慌張，決定幫他們。於是月雲站在他們兩個人的中間，做了一個「停止」的手勢，錫源與鈴玲瞬間停止了動作。月雲快速的將他們兩的紅線綁在一起，並再下了一個「進行」的手勢。兩人因為綁在一起的紅線而拉扯到彼此無法前進。

錫源＆鈴玲　啊！（回頭看）抱歉抱歉，勾到你了！（發現對方）咦！是你。

錫源　鈴玲！

鈴玲　錫源！

錫源＆鈴玲　你怎麼會在這？

鈴玲　這一年你跑去哪了？

錫源　我……公司要我到美國受訓，然後在那邊接下一些公司。喔對！我升副理了。

鈴玲　為什麼你去美國也不跟我說？

錫源　我要去之前有去找妳，可是妳已經搬家了。

鈴玲　你甚麼時候去的？

錫源　那時候車禍，妳出院回家的那一天……

鈴玲　不可能！我那時候剛回來，根本就還沒搬家。

錫源　可是我當時問妳們樓下警衛，是他跟我說妳們已經搬家了。

鈴玲　不會吧！他是不是搞錯了？還是你聽錯了？我那時候真的沒有

搬家……

錫源　呵呵！那時候還聽他說妳搬到美國紐約去，我在紐約都打聽不到妳的消息……所以……

鈴玲　紐約？我根本就沒有搬到紐約去啊！一定是他說錯了。

錫源　沒關係啦！都過了……妳剛說妳那時候還沒搬家？意思是說妳之後有搬家？

鈴玲　喔……是啊！我搬到台北去住。

錫源　怎麼桃園住好好的要跑去台北？

鈴玲　我……想讓自己忙碌一點！所以才到台北去工作。（停頓）其實我有去你的公司打聽你的消息，他們跟我說你去美國了。我……（低頭啜泣）

錫源　嗯……

△沉默。

鈴玲　（啜泣）對不起！是我不對……

錫源　鈴玲……怎麼哭了？（抱著安慰鈴玲）好了好了！不要哭了。

鈴玲　是我太任性了……對不起！

錫源　都過了，反正都過去了嘛。

鈴玲　是我不好……我真的真的很抱歉！我不應該因為一點小事就吃醋，我不應該就這樣跟你吵這麼久。一年了！一年了！我沒有一天不想你，我每天都在反省自己。我知道是我自己太過自我，只想著自己的感受。我沒有想到你……你會這就樣離開我一年……我真的真的很對不起。

錫源　鈴玲……好了！我知道了。我也有不對的地方，我應該要好好保護妳，不讓妳受傷，可是我沒有做到。我們都有錯……反正都過去了。

鈴玲　過去了？都過去了嗎？

錫源　對啊！都過去了。

鈴玲　你的意思是說……你來這邊該不會是……已經有對象了？然後來這裡謝月老的吧？

錫源　不不不！妳搞錯了。我來這是來求姻緣的，不是來謝神的。妳呢？到這來……也是……？

鈴玲　嗯……

錫源　　喔……

△沉默。

錫源　　都沒有遇到好對象嗎？
鈴玲　　沒有……你呢？
錫源　　有是有啦！（鈴玲驚訝）但就是沒辦法？
鈴玲　　為什麼沒辦法？
錫源　　心裡……還住著一個人。（沉默。）
鈴玲　　我能問……是誰嗎？（短沉默。）
錫源　　那妳先回答我一個問題，我再告訴妳。
鈴玲　　好！
錫源　　有兩顆陀螺被迫分開了，但他們卻又再次重逢，妳想他們會說什麼？

△沉默。錫源看著鈴玲。

鈴玲　　不管發生什麼事……都不要再離開彼此了，永遠都不再離開彼此。（錫源上前擁抱鈴玲。）
錫源　　走吧！
鈴玲　　去哪？
錫源　　現在我們先去妳家向妳家人提親，然後跟我一起到美國去生活，我們去那裡結婚、度蜜月，願意嗎？
鈴玲　　你去哪……我就去哪，永遠不分開。（相視而笑，牽手離開。）

△燈暗。【註二】的背景音樂持續著，加雜了飛機掠過的聲音。背景音樂漸收到底後，突然出現一陣緊急又帶著急促的飛機的警示音。聽見飛機失速的聲音，但持續一陣子之後就慢慢的安靜了下來。

【第七場】新聞播報

△新聞播報現場與主播台。左右出現兩張主播台，中上舞台是現場連線。

主播A＆B＆現場記者　（由A先講，所有人對嘴無聲）早安，您好！接著為您插播一則最新消息。今日凌晨3點一架從桃園機場飛往美國紐約，代號CP-597的班機迫降於桃園八德埤塘公園附近的大漢溪流，機翼在降落時嚴重受損，引擎冒出大量火光，機組員迅速導引疏散乘客，場面怵目驚心。（由主播B接續報導，A轉與記者同對嘴）警消也在第一時間趕往現場撲滅火勢，將受傷的患者緊急送醫救治。桃園機場方面，發言人也出面回應，飛機在起飛不久，塔台即收到機長的警急求救，說明在起飛不久即發現一具引擎失去動力。機身因左右推力不均，造成旋轉現象，機長穩住機身之後與塔台聯絡決定迫降大漢溪，以降低傷亡。但仍造成2失蹤283傷的不幸消息。（由記者接續報導，B轉與A同對嘴）根據機上乘客表示，有一男一女的乘客，因當下沒坐在位置上，因此在飛機旋轉下，撞擊破窗戶被拋飛出飛機外。目前警方依照飛行路徑、飛行時間與旋轉時間點初步判斷，是在桃園拉拉山上空失蹤。目前警消派出直升機、地面部隊前往山區進行地毯式的搜索，希望在關鍵的72小時內找到這兩名失蹤男女。（三人齊聲）以上是本台的最新消息，稍後還有最新消息將再為您做追蹤報導。

△燈暗漸暗。焦點轉換。月雲與月老上場。

月雲　唉……爺爺，為甚麼人的命運都這麼坎坷？好不容易經過千辛萬苦才剛在一起，這下又要分開了。

月老　或許人的命運捉摸不定、坎坷難行，但是就是要這樣歷經千辛萬苦，才會知道那是真愛。而且，誰說他們分開了？

月雲　難道他們沒有死？

月老　當然沒有死！

月雲　可是……我明明看到……他們……他們……

月老　妳現在去看看妳為他們牽的那條紅線！

月雲　（邊走邊呢喃）沒死？為什麼？（抓起那條紅線）咦……線還牽在一起，難道真的還沒有死？哇！太好了！太好了！

月老　呵呵呵呵……有些人生不管你從哪裡來又會到哪裡，像是一種神祕的吸引力，最終都會回到最初最美的原點。生命的結束，也只是一個終點，看似結束分離，但是有些東西卻會走向永恆。月雲啊妳還小，長大後妳就會明白爺爺在說什麼了。

月雲　爺爺……我不想要等到長大，祢現在就說給我聽！
月老　呵呵呵呵……（慢慢走離開）
月雲　爺爺……吼唷……不要走！快告訴我啦。

△燈暗。

【第八場】回到原點

△初次相遇的大樹下。由四個人疊出來的一座大樹在上舞台中間，在兩人聊天的過程中，大樹會慢慢地變化（不影響觀眾）將兩人帶至大樹的中心。

△錫源站在右舞台，鈴玲坐在左舞台。兩人的服裝色調偏向淡色系或偏向白色。衣著的部分，鈴玲頭上綁著白色頭帶、穿著淡色系連身裙，鞋子為黑色（款式另定）；錫源則穿著長白襯衫、黑色西裝褲與皮鞋。兩人均面向觀眾平分舞台。）

錫源　（指著前方）哎！妳看……還記得這棵樹嗎？
鈴玲　（四處打量）呵呵，當然記得。我被困在這棵樹上，怎麼會忘記。
錫源　不對！
鈴玲　哪裡不對呀？我就是在這棵樹上沒錯啊。
錫源　這是我們兩個第一次相遇的樹。
鈴玲　喔……對！真的是超糗的耶。我從來沒想過第一次來踏青就遇到這麼蠢的事情！重點是還被你看見。你知道我當下整個都說不出話來了耶。
錫源　是遇到我說不出話來……還是……看到我緊張到說不出話來啊？
鈴玲　你很奇怪耶！這兩句話不是一樣嗎？
錫源　所以是嗎？
鈴玲　呵呵，你真的很無聊耶。不是啦，是我覺得自己的糗樣被別人看見了。
錫源　我還記得妳整個人倒吊樹上的樣子。說什麼……（模仿）救命啊！先生！快來救我啊！
鈴玲　吼！不要再說了啦！很丟臉耶。

△沉默。

鈴玲　噯！你知道嗎？其實第一次看見你，我就有一個感覺。

錫源　什麼感覺？

鈴玲　我覺得……我們會在一起很久很久很久很久……

錫源　到底會有多久？

鈴玲　可能永遠吧！我不知道。總之，第一次看見你我就覺得很有安全感。你背我下山、又陪我渡過在拉拉山上的夜晚，我真的是第一次感到這麼幸福。真的很謝謝你那天救了我。

錫源　我也很高興可以在山上遇見妳、認識妳，跟妳走到最後啊。話說回來，我真的覺得我們兩個人的相遇存在太多的巧合了，妳不覺得嗎？

鈴玲　真的嗎？這我真的沒想過。

錫源　妳看喔……我才剛去月老廟求姻緣，就讓我跟妳第一次見面就救了妳，然後再次相遇卻又是我們一起在月老廟前面求姻緣，我竟然沒有看見妳。

鈴玲　我後面才來，也沒有看見你……這樣想起來，真的蠻多巧合的耶。

錫源　妳相信月老嗎？

鈴玲　當然相信！

錫源　我第一次去拜月老的時候，發生一件怪事。

鈴玲　怎麼了？

錫源　我竟然聽到月老跟我說話。

鈴玲　真的假的？那祂跟你說了什麼？

錫源　想起來真的很奇妙。他說……「分分合合分分合，合久必分，分久必合」。然後又說「隨緣吧！一切都隨緣吧！反正人有悲歡離合，月有陰晴圓缺。姻緣天注定，是你的終究跑不了。」（鈴玲淺淺地笑出聲來）

錫源　妳笑什麼？

鈴玲　笑你可愛啊！

錫源　為什麼？

鈴玲　因為月老在告訴你，過程中不管發生什麼事，最後能走到最後的那個人就是我啊！

錫源　妳怎麼會知道？

鈴玲　笨耶！月老都洩密給你了……還不知道。

錫源　可是我聽到是像小孩的聲音，感覺像惡作劇，而且神像也很奇怪，長得一點都不向月老。

鈴玲　不管跟你說的那個聲音是誰。總之，我們不是像他說的一樣「分久必合」了嗎？

錫源　說得也是。（沉默。）

鈴玲　嗳！

錫源　怎麼了？

鈴玲　我問你喔！如果那天你不走那條路下山，沒有遇到我……你覺得未來會怎麼樣？

錫源　（思考）未來會怎麼樣我不知道。我只知道……我們最後一定還是會見面、交往，然後結婚走到永遠。

鈴玲　為什麼你會這樣覺得？

錫源　因為，我們不管到哪裡去，又會從哪裡來，錯過多少次，又繞過好幾回。我相信最終都會走回到這一天。回到原點進入永恆。跟妳、跟我永遠都不分開。

△鈴玲幸福的笑，看著錫源。錫源順勢將他擁入懷中。最後大樹環抱住兩人，而兩人也在大樹的帶領下相擁長眠。

△劇終

註釋

一、畫外音／（舞台）畫面外的聲音。

二、引用背景音樂〈世界唯一的你〉。

遷喜

編劇：李銘真

人物

阿公	阿卿	三女兒
大嫂	小如	小美
大女兒	二女兒	小敏

【第一幕】

△鞭炮聲四起，家家戶戶過新年。

△燈轉，舞台的中間是一張圓桌，圓桌旁擺滿椅子，一首新年的歌曲。

△燈亮，二女兒坐在中間。左舞台的另一邊，阿卿和大嫂搶著端鍋子出。

阿卿　好了好了大嫂，我來就好了！

大嫂　哎唷，老二！我來就好。

阿卿　大嫂，不用這麼客氣，我來我來。

大嫂　那不好意思，我休息一下。

阿卿　好，那我再進去裡面忙喔！

二女兒　大嫂，辛苦妳了！

大嫂　不會，過年嘛！應該的。妳先坐一下，我再去看老二，小如！妳媽媽忙成這樣妳在幹嘛啊！趕快出來幫忙！

小如　喔！

△小如往廚房走，遇見大女兒，想躲。

大女兒　我回來了！

二女兒　大姐！

大女兒　小如！

小如　呵呵……姑姑……
大女兒　哎唷！妳又長大了耶，大妹妳看，她又長大了耶！
二女兒　對啊對啊。
大女兒　我記得小時候妳還那麼那麼小，現在妳已經那麼那麼大了！妳小時候最愛黏我了，妳記得嗎？
小如　（尷尬的）記得……記得。
大女兒　最好啦，妳那個時候還那麼小，怎麼可能記得啦！
阿卿　來喔！小心燙喔！
小如　媽媽我來幫妳！
阿卿　不用啦，妳去旁邊啦！（看到大女兒）大姐，妳回來啦！
二女兒　對啊大姐剛到。
阿卿　妳先坐一下，待會就可以吃飯了。
大嫂　（端菜出）來來來，準備吃飯了！
三女兒　我回來了！叫人啊！
小美　大舅媽好、阿姨好，小如姊姊好。

△二女兒把糖果給小美小敏。

二女兒　小美小敏來，乖。小妹啊！妳怎麼一年比一年晚回家啊？怎麼？小時候不想讀書，長大了就不想回家啦？
大嫂　哎唷！小妹嫁的遠，回家總是需要一點時間的嘛！來來，準備吃飯！
三女兒　沒辦法啊，我不會開車又要帶兩個小的，只好坐客運再擠公車回來。
二女兒　那也不會這麼晚啊！
三女兒　過年！國道都會大塞車，妳就住家裡，妳不懂啦！
大嫂　我今年在跟爸說說看，把爸接來住，這樣我們也比較好照顧。
三女兒　啊！老爸不會答應的啦！
二女兒　對啊，要是他願意早就搬了。
大嫂　問問看嘛，搞不好他今年改變想法也不一定啊。

△阿卿端菜上。

阿卿　小心燙喔！

二女兒　哇！好香喔！二嫂好厲害。
大嫂　我再去廚房忙一下，你們慢慢聊哦！
二女兒　謝謝大嫂！

△小敏和小美拿著未點燃的仙女棒玩鬧，媳婦們說著小心小心，燙喔！

小敏　（追著小美）姊姊，糖果—姊姊！
小如　小美，給她啦！

△小美繼續奔跑不管小敏，在奔跑的同時，小敏繼續說著：糖果給我。

小美　妳很煩欸！這是阿姨給我的！
小敏　可是……可是……
小美　妳不要哭哦！要吃自己去買！
小敏　（醞釀）可是……可是……
小美　妳要的話自己去跟阿姨拿啦！
小敏　（準備要哭）可是……
小美　好啦！這個給妳！

△小美正要拿糖果給小敏，小如從小美手中拿走糖果，小敏準備要哭。

小如　（給小敏糖果）好啦！小敏！現在有糖果了，妳可以去叫阿公來吃飯嗎？
小敏　（立刻）好！

△小敏下。

小如　看吧！小敏就是這麼好哄，妳幹嘛還跟她搶糖果咧？
小美　（準備要哭）可是……可是……
小如　好了喔！妳就是這樣，小敏才都學妳！

△阿卿端菜，大嫂跟在旁邊。

阿卿　來吃飯了！

△小敏帶阿公上，大家叫著阿公。

大嫂　來來來，吃飯了！
阿公　來喔！吃飯了！
二女兒　過年不是要放鞭炮嗎？誰敢放鞭炮？
阿公　小朋友去好了。
二女兒　小美，妳帶著小敏去，快點，小心哦！
大嫂　（拉著阿卿，示意要他說搬家的事）好快喔！又過年了！
大女兒　大妹，又過年了，妳什麼時候才要結婚啊？
二女兒　我是不婚族的，現在流行啊！
大嫂　哎唷！我都不好意思講了！
二女兒　我就是喜歡待在我家，而且真的要嫁，我也要黏在老爸身邊。
阿公　哎呀，現在結不結婚，沒差了啦！
二女兒　我們家有人嫁了就好啦！
大嫂　也是啦！開心就好！小朋友，會不會放鞭炮啊？快點來吃飯啦！

△鞭炮聲響起，大家開心的喊著過年了！

大嫂　好了，快點來吃飯，爸，恭喜發財。
二女兒　小朋友要拜年才可以領紅包哦！
小敏　舅媽新年快樂！
小美　阿公新年快樂！
阿公　新年快樂新年快樂，今年幾歲啦！
小美　我今年小六。
阿公　小六？這麼大啦？
大女兒　爸，你今年都要過八十大壽，孫子當然大啦！
三女兒　小美要講吉祥話啊！
小美　阿公新年快樂，祝你健康吃百二
阿公　好好好。
小敏　阿公新年快樂天天開心。
阿公　好。來來來。
二女兒　（給紅包）爸，新年快樂。
阿公　哎唷！不用了啦！
阿卿　爸。過年就是要拿紅包才算過年嘛！

阿公　好啊，既然這樣。大家通通有獎！

△阿公拿出紅包給大家。

大嫂　哎呦爸，怎麼好意思我一個大媳婦還收紅包。
阿公　新年嘛！大家開心最重要。
二女兒　好了好了，大家快點吃飯。

△大嫂一直示意要阿卿跟爸說搬家的事。

阿卿　那個……爸……
大嫂　嗯？阿卿，妳有什麼話要對爸爸說？
阿卿　就是……我們覺得……
三女兒　爸，大嫂有事情要跟你說
大嫂　呃……爸……我看我們這個房子吼，也有點老舊了，那每年過年孩子都很忙，大家還要大老遠回來過年，有沒有意思想說找更大的房子啊？

△頓時安靜、沉默。

阿公　妳們知不知道當初買這間房子有多辛苦啊？
大嫂　我知道我知道。可是媽也走了嘛……我想說……幫你換一個有電梯的房子，比較舒服。
阿公　我在這邊住這麼久了！我還—
大女兒　（搶話）爸，大嫂也是好意啦，你年紀也大了，膝蓋不好，有電梯比較方便。
二女兒　大嫂，妳知道嗎，我們從小就在這邊，有太多回憶了啦！在這邊很溫暖很溫馨，捨不得到別的地方，還要適應！我們在這邊多好！
大女兒　可是大妹，妳要想老爸年紀大了。
二女兒　那如果真的要搬，要搬去哪裡好啊？
大嫂　換一個環境也許會更好啊。我聽我朋友說，台中西屯那邊有一棟剛完工的大樓，而且還是綠建築喔！他有賣。
二女兒　台中？

三女兒　大嫂大嫂！要買多一點房間的喔！這樣我回來也可以住！
大嫂　只有三間房間啦！三房兩廳，聽說還不錯喔！
二女兒；（馬上）這樣就剛好老爸一間、大嫂一間、我一間啊，小妹妳都嫁出去了！
三女兒　我還是喜歡跟妳們一起住嘛！嫁到南部我又不習慣。
大嫂　老二妳覺得怎麼樣？可以的話我就打電話給大哥囉？叫大哥匯錢過來。
阿卿　沒有啊，可是我們自己就有房子了啊，幹嘛又買一間？
二女兒　妳出錢就好啦！

△大家一陣笑聲。

阿卿　哦！會啦會啦！我會出，妳們說出多少我就出多少。
大嫂　沒關係啦。
二女兒　那大嫂改天帶老爸去看房子好了。
阿公　但是這間老房子要怎麼辦呢？
二女兒　留著啊。
阿公　我不要啦，我住在這邊很好啊，我已經住了三四十年了，朋友鄰居都在隔壁啊，我真的搬過去又人生地不熟的。不習慣啦！
大嫂　哎唷！你這麼老人家！怎麼那麼固執嘛！住那邊多好。
阿公　鄰居都在隔壁，我偶爾也可以去串串門子啊，住台中……不好啦！
大嫂　爸，等房子都整理好了，你就先搬過來跟我們住幾天試看看嘛！
三女兒　你跟大嫂一起住，我們也比較放心啊。
二女兒　而且最近台中好像也規劃得不錯啊，我們就去住看看嘛！
三女兒　對嘛！這樣以後我就可以常常去台中找你跟大嫂啦。
二女兒　對啊！老爸，搬啦！試試看嘛。
阿公　也不是我真的不想搬，是我不想麻煩你們，你們每個都長這麼大了，有了自己生活，工作都忙不過來了，還要照顧我這個老人家？麻煩啦！
二女兒　你怎麼這樣講？我們是一家人啊！
阿公　但是這間老房子要怎麼辦呢？
大嫂、二女兒　留著啊！
阿公　那我還是會想要回來住啊！

大嫂　等台中那邊的房子都安頓好了之後，你就先來住住看，你老人家心情好，也可以這邊住住，那邊住住，當休息度假也不錯啊！
三女兒　對啊，這樣很不錯耶。
二女兒　（撒嬌的）對啊，老爸！搬啦，試試看嘛！
阿公　（猶豫、終於說服）好吧，就……試試看吧。

△所有人定格。

小如　搬了家，開心方便的到底是誰啊？
大嫂　終於！
三女兒　YES！這樣我就不用在交通上花這麼多錢和時間了！
小敏　新年快樂。
大女兒　搬了家，老爸有人照顧，也好。
阿卿　妳們決定好就好，我沒意見。
小美　蛤？
二女兒　台中！住住看也不會怎樣啊！不好就再搬回來嘛！

△燈暗，演員下。

【第二幕】

△音樂轉，聖誕節的氣氛，阿公站在窗邊發呆，二女兒上，在對話的同時，大嫂拿著包包和鑰匙準備要出門，開了門之後，聽完爸爸說的話，又走回來。

二女兒　爸，爸，準備好就出門啦！
阿公　要去哪？
二女兒　吃大餐啊！
阿公　為什麼要吃大餐？
二女兒　昨天就跟你講過了，今天是小敏生日。
阿公　小敏生日又到啦！
二女兒　對啊，小妹已經訂好一家日本料理等我們過去了。
阿公　日本料理？
二女兒　小妹說那家日本料理很有名，叫我們一定要去吃吃看。

阿公　不是每次都去老家旁邊吃川菜嗎？
二女兒　爸～你今年都到台中來了，吃附近的就好啦！走吧！
阿公　（停頓）妳們去吧。
二女兒　你不去？大嫂已經在下面等了啦！
阿公　妳們去吧，我吃不習慣。
二女兒　爸，小敏沒看到你會很失望的啦！
阿公　不會啦，妳們去玩吧！

△大嫂發現門沒鎖，上。

大嫂　大妹，好了沒啊？走啦—

△二女兒和阿公沒注意到大嫂，大嫂在一旁偷看。

二女兒　爸，你不去，你待在家裡要做什麼？
阿公　我可以在家裡睡覺、看電視啊。
二女兒　爸……你開了電視，就站在窗戶旁邊發呆，你說累了要睡覺，也是在房間走來走去。現在我們要出去外面透透氣，幫小敏過生日，你卻要待在家裡，爸……
阿公　妳快點去吧，妳大嫂他們在等妳。

△沉默，大嫂突然走向前。

大嫂　老爸，走啦！
阿公　我老了，走不動了。
二女兒　爸，你上禮拜說你要回老家住，還有力氣跟鄰居去趴趴造，你出去玩回來也不到三天，怎麼今天就說你走不動了？
阿公　我也不知道，每次回來這裡，我真的變得很沒有力氣，也常常覺得很累想睡覺，但是真的到房間躺下，發現自己明明精神很好，不想睡，只好在房間走來走去……
二女兒　（緊接）你還是不習慣這裡，對不對？
阿公　（搶話）沒有，這裡很好啊！
二女兒　你每次回老家都很高興，一到這裡你就都把自己關在房間，搬到這裡之後，話講得少就算了，飯吃得更少，笑容也變少了……

大嫂　大妹，老爸說的也沒錯，附近也沒有鄰居可以一起聊天。
阿公　我真的沒有不習慣這裡，我只是……只是需要一點時間適應。
大嫂　爸，我們搬回去陸光吧？
二女兒　大嫂！
大嫂　既然爸住的不習慣，我們看了也捨不得，就搬回去吧！
二女兒　大嫂，我們勸老爸這麼久，妳一句話就要搬回去啊？
大嫂　爸，今天我就先載你回家，你的行李這兩天我會請人搬過去，好嗎？
阿公　這……
二女兒　老爸，大嫂為了要搬這個家，忙東忙西的，你怎麼—
大嫂　我之前就講過了！如果你老人家不習慣，我們就再搬回去嘛！
阿公　但是這間房子要怎麼辦呢？
大嫂　留著啊！到時候大哥就會回來住啦！
二女兒　大嫂，這樣不好意思啦！
大嫂　沒關係，我可以體諒老爸想家的心情，因為我剛嫁過來的時候，也很想家。
二女兒　想家？
大嫂　可能是妳還沒結婚，還沒經歷過從女兒，變成人家的媳婦是什麼感覺……當然，娘家和婆家都是我的家，但是，妳也明白，自己從小生長的環境和回憶，是永遠沒辦法被取代的。
阿公　（一邊點頭）我們剛到陸光的那天，妳還記得嗎？
二女兒　我知道，那天我也在。
阿公　我們才剛到陸光，妳就第一個衝進院子，好像那裡就是妳家一樣。
二女兒　我怎麼會知道啊，我就覺得那裡很舒服啊！
阿公　所以啊，妳媽就跟我說，可能找不到第二個讓你這麼自在的地方了。

△兩人微笑。

阿公　我那個時候問妳，ㄚ頭，喜歡這裡嗎？妳記得你那時候回答什麼嗎？
二女兒　（想一下）喜歡。
三女兒　喜歡。
阿公　妳們想要我搬家的心意我明白，我雖然老了，但我還是想回到自己充滿回憶的家裡，就算是發呆，也可以看著一個茶几、或是一張椅子，想起妳們生活的點點滴滴，這樣就夠了。

二女兒　（撒嬌的）爸～

大嫂　爸，放心，我今天就帶你回去！

二女兒　大嫂，這樣的話，我也可以搬回老家住嗎？放老爸一個人，我不放心啦。

大嫂　當然可以啊！我的房間要幫我留著哦！我也會常常回去的。

二女兒　（感謝狀）大嫂～

大嫂　爸，我也會常回去找你聊天喔！

阿公　（豁然開朗）當然沒問題啊！

二女兒　（對阿公）好了，這樣開心了吧？我們快點出發去吃日本料理了啦！

大嫂　對吼，小妹還在等我們耶！快點走吧！

阿公　等一下等一下，所以我今天就要回陸光了？

二女兒　對啊，剛剛大嫂不是說要載你回去嗎？

阿公　但是這間房子要怎麼辦呢？

大嫂、二女兒　（彼此對看，對阿公）留著啊！

△燈暗。

【第三幕】

△鞭炮聲四起，家家戶戶過新年。

△燈轉，舞台的中間是一張圓桌，圓桌旁擺滿椅子，一首新年的歌曲。

△阿卿小如依然在廚房忙進忙出，大嫂，大女兒，二女兒，坐在中間。

△三人玩著牌，邊玩邊聊天，阿卿端了一盤菜上桌，三人見狀馬上一起到廚房幫忙上菜。

△三女兒進門，帶著小美和小敏。

三女兒　我回來了！

小美、小敏　（逐一的）新年快樂！

△小朋友們到右下舞台玩樂。

大嫂　唷，小妹，回來啦！今年有沒有又塞車啊？
三女兒　每年都馬塞車！但是還是要回來啊！
二女兒　怎麼，想透啦？
三女兒　沒有，是老爸住在這幾個月，我們很多聚會、活動都不見了—
小美　對啊對啊！端午節原本都會一起包粽子的，去年竟然只吃油飯？
小敏　還有，中秋節本來都會來找阿公烤肉的，結果上次吃的燒烤店，超難吃的！
大女兒　對啊！就連小敏生日去吃的那家日本料理，也覺得少一個味道⋯⋯
二女兒　都是老爸啦！要搬不搬，人家大嫂二嫂都出錢買一間房子要給他，他也不習慣，一下太無聊一下又什麼的。
三女兒　對啊！我也有去台中看過他幾次，但是覺得他在這邊，氣色比較好，還是住老家最好啦！

△大人們又開始玩牌。

小美　我還是喜歡隔壁雜貨店飲料的味道！
小敏　可是妳喝的飲料，便利商店也買的到啊！
小美　妳不懂啦！
小敏　小如姊姊，妳覺得阿公他們住哪裡比較好？
小如　當然是住這裡啊，只是每次過年，我媽媽都好辛苦喔！
小敏　可是小舅媽煮的菜很好吃啊！
小如　那是當然的啊！她是我媽耶！

△阿卿端最後一道菜上桌，所有人圍在圓桌旁。

大嫂　老二辛苦妳了！
阿卿　哎唷，說甚麼辛苦了，這是我應該做的啦。
大嫂　小朋友，妳們小舅媽每年都這樣做菜給我們吃，我們要跟小舅媽說什麼？

△謝謝二嫂，謝謝舅媽⋯⋯。

阿卿　好啦！幫你們做菜雖然辛苦，但是我很幸福啊！

二女兒　大嫂，我們每年過年餐桌永遠是這樣滿滿滿。真好，難怪老爸要在過年前吵著回家。

大嫂　二妹，妳不要再罵老爸了，他還是習慣這裡的。

二女兒　不會啦，我也是講講而已啦，我自己後來也有想過啊，如果有一天我老了，走不動了，我還是要待在我的老家，就算我的家人、或是兒子女兒都不在我身邊，我還是喜歡待在我熟悉的地方，因為家，永遠是最舒服、最溫暖的地方。

△燈暗。

阿公　來喔！領紅包啦！

△全體演員混雜著說「阿公」「老爸」，接著是一陣笑聲。

全體　新年快樂！

△劇終

長篇卷
劇本

破窗

規　　劃：陳義翔
集體創作：黃琪登、李子萱、劉振良、陳鄭祐、洪采聲、簡琳晏、洪成碩、王映傑、劉蘋誼、胡若水、黃芷芸、徐毓翎、陳孟濂、孟容瑄、胡嘉芸、曹語涵

人物

簡琳晏	振良父（os）	劉蘋誼	孟容瑄
黃琪登	振良母（os）	黃芷芸	胡嘉芸
李子萱	洪成碩	徐毓翎	曹語涵
劉振良	王映傑	陳孟濂	老師（胡若水飾）

△場燈三閃—燈暗。
△音樂進。

【第一場】今年夏天

舞台上有一個盒子，盒子裡有許多紙卡。十年後，同學們回到了學校（十年前與班導一起埋藏盒子的地點）同學們上舞台（唯獨簡琳晏不在），同學們各自走到盒子前找尋、拿起十年前自己寫給十年後的自己的紙卡，一邊看著紙卡上的文字一邊回憶。

△燈亮，舞台中央延伸至上舞台有兩階平台。下舞台中央有一個時光膠囊（盒子）。
△畢業十年後，老師及學生回到學校埋藏時光膠囊的地點，紛紛走向盒子前，尋找當年寫下的紙卡，拿起紙卡各自散落在舞台上，或坐或站的回憶著。
△琳晏從右舞台進，蹲下將盒子打開，翻開裡面的紙卡，回憶著，繞過左舞台後，從右舞台下。

△歌曲進【註一】～老師、子萱唱至第四小句時開始交錯獨白，所有人哼著歌曲自然地排列出當年畢業的隊形。

老師　十年過了，我們回到學校。
子萱　現在的大家都還像以前一樣嗎？
老師　拿出當年一張張的回憶。
子萱　還是都揹負著各自的夢想，準備飛翔了？
老師　讓我們想起那最美好的時光。
子萱　九年X班的同學，你們都還好嗎？
孟濂　我想回到過去！（語畢，跌坐在地）

△所有人看著陳孟濂。
△燈暗。

【第二場】自我介紹

國一開學第一天，彼此陌生，有人進入教室撞到桌子或遲到。老師進入教室，要各位同學自我介紹，並說：「要是同學能以英文自我介紹的話，老師我給你們加分！」同學們自我介紹完之後，有位同學問老師：「那換老師你自我介紹啊！」老師：「我就是你們的班導。」

△音樂進。（琳晏回憶獨白）
△燈漸亮～教室場景。

琳晏　（回憶著國一開學第一天）非常期待的國中生活終於來臨了！雖然和大家都還很陌生，但我希望可以交到一些好朋友，因為，我覺得朋友就像家人一樣，可以陪我談心，而且傷心時也有朋友陪伴著。（轉身看著進入教室的同學）咦！沒有一個是我國小同學耶……都沒看到認識的，那個女生看起來好聰明喔！如果跟她坐在一起的話，或許可以教我功課呢！可是……要怎麼認識她呢？（焦慮的來回踱步，然後停下腳步）你好，我叫簡琳晏……不行！感覺怪怪的……嗨！我叫簡琳晏請多多指教……這樣應該可以了吧！（語畢，走到位置上還是不敢介紹自己，坐下）

△同學們從左舞台紛紛走入教室。

△班導—老師從左舞台進。

老師　各位同學！今天是開學的第一天，我們先來點個名；等一下點到名的要請你自我介紹，要是同學可以用英文自我介紹的話，老師會給你加分喔！好，首先一號洪成碩。

成碩　有（尷尬的）呃……大家好！我叫洪成碩……

老師　好，王映傑。

映傑　大家好！我叫王映傑，我很喜歡hip-hop，謝謝！

老師　劉蘋誼。

蘋誼　我叫劉蘋誼，生日是11月11日，天蠍座，我喜歡唱歌和跳舞，請大家多多指教。

老師　孟容瑄。

容瑄　呃……大家好！我叫孟容瑄，天秤座A型，生日是10月6日。然後，我人有點白癡、智障，希望大家不要太介意。

老師　徐毓翎。

毓翎　大家好！我是徐毓翎，我最喜歡看電視，最不喜歡讀書，很高興認識你們，很高興認識你們，謝謝。

老師　陳孟濂。

孟濂　大家好！我是陳孟濂，我的生日是10月10號，那我習慣做的一個動作就是皺眉頭笑。

大家　皺眉頭笑？

孟濂　這是我很自然的一個動作，不知道大家會不會？謝謝。

△許多同學跟著試試看皺眉頭笑，發現不太會，氣氛顯得有趣。

老師　黃芷芸。

芷芸　有。

老師　要不要試著用英文講講看呢？

芷芸　喔……那我就講第一句就好了！My name is（ABC的腔調）黃～芷～芸。

△所有人大笑。

老師　大家不要笑，她勇氣可嘉耶～

芷芸　那個……大家看我就知道我有點內向，其實我……（不停的搓手掌）我生日是6月11號，雙子座A型……手機號碼可以私底下找我要（ABC的腔調），謝謝～

△黃琪登遲到從左舞台走進教室。

老師　黃琪登。（重複叫了幾次都沒有人回應）

琪登　（散漫的）喔……我是黃琪登。

老師　胡嘉芸。

嘉芸　大家好～我叫胡嘉芸，擅長數學，如果數學有不懂的，可以問我～

老師　曹語涵～

語涵　大家好，我是曹語涵，獅子座O型。

老師　簡琳晏。

琳晏　（害羞）有，大家好……我是簡琳晏。

老師　李子萱～

子萱　Hello every body！My name is A-Kai. I like to play basketball and listen to music. Thank you for listening.

老師　劉振良。

振良　（有精神的）有！我是劉振良。不要看我這樣，其實我人很好相處的，你不犯我我不犯你，不過只要你犯到我，我就會讓你生不如死！

老師　好，都點完名了，有沒有人沒點到的？沒有，很好！

子萱　老師，啊妳沒有自我介紹。

老師　我就是你們的班導。

△燈暗！音樂進（過場＋老師獨白）。

△燈微亮，老師在舞台上獨白，介紹著第一次認識這些孩子的感覺。

老師　第一次認識這個班級，覺得他們挺可愛的。自我介紹都不會扭扭捏捏、在台上傻笑。要他們用英語說，也能侃侃而談。雖然有些人遲了些進教室，有些人自我介紹還是有點兒小聲，但我依然認為這些學生十分活潑、率真。

△燈暗。

【第三場】開班會

國一下學期，教室裡有同學正在聊天、玩脫褲、抓鳥（抓彼此的小雞雞，呈現出同學們已有一些熟識），老師進入教室，有位同學向老師說了些話（此話令同學覺得白目），老師請同學開始進入班會。

△班上同學有的在一起聊天、有男生玩的脫褲子抓鳥的遊戲。
△音樂進，上課鐘響。
△老師一進入教室。

老師　同學們，上課了！這一節是班會課，大家坐好。這一週的主題呢，是兩性平等，我來問各位同學幾個問題，你們認為在家裡做家事的時候，家事都給媽媽做就好了嗎？還是爸爸也要一起分擔呢？有哪位同學想對這個問題來先做回答呢？

△班上同學互相看了一下，有的同學還在思考著。

子萱　（舉手）老師，我有問題！
老師　好，李子萱妳說。
子萱　老師，我覺得家事應該要分工合作，有的時候也要讓爸爸一起分擔。
老師　好，很好！那第二個問題，有一句話叫做男尊女卑，男生是不是真的就比女生重要呢？有沒有人要回答？

△班上同學有人咳嗽、有人不好意思作答，班上氣氛些微顯得尷尬。

子萱　（舉手）老師，我有問題！
老師　李子萱。
子萱　我覺得現在是一個性別平等的時代，這是老古板的想法。
老師　好，很好！那我們現在來選幹部，陳孟濂妳是班長請妳出來主持，我們來選下學期的班長還有其他幹部。

△陳孟濂起身至講台，老師在班上看著同學們選幹部的情況。

孟濂　各位同學，你們知道我們今天要幹嘛嗎？

△同學們亂答腔，想製造輕鬆的氣氛。

孟濂　不是，我們今天要選下學期的幹部。
大家　選幹部。
孟濂　我們先從班長開始好了，有沒有人要提名？
振良　我！李子萱。
孟濂　（暗示性語調）好！李子萱！還有呢？孟容瑄！
容瑄　（舉手）陳孟濂。
孟濂　為什麼又是我？
子萱　（舉手）徐毓翎。
孟濂　好，徐毓翎。那現在先提名先表決吧！那……（竊笑）有人要投李子萱嗎？

△全班的人都舉手，全班大笑。

孟濂　（笑）全數通過，掌聲鼓勵！Ya～
子萱　等一下！我有問題。
孟濂　妳有問題！
子萱　對！我有問題。
孟濂　妳有什麼問題？
子萱　既然妳是上一任的班長，妳應該要來幫忙，當我的副班長。好不好！好不好！

△孟濂看著同學，也看看老師，大家還在疑惑。

子萱　（問全班同學）你們說好不好！

△班上同學不太認同—發出boo的聲音及做出手拇指往下指的動作。

孟濂　老師……

老師　　李子萱，妳要看陳孟濂自己願不願意呀！
子萱　　（撒嬌）好不好嘛～
孟濂　　好，但是妳不可以每件事情都給我做！
子萱　　那當然！（起身）好，那既然我是你們的班長，那今天其他幹部我來選好了！

△班上同學發出不願意的聲音。

子萱　　喔什麼喔！好，我們現在來選風紀股長。那……（看了看了一下班上同學，突然用手指出）洪成碩！是你了！

△班上同學發出笑聲。

成碩　　（無奈）吼……（站起來）
振良　　活該啦！

△全班同學掌聲。

子萱　　接下來選體育股長。（往容瑄那看去）
容瑄　　（舉半手）我……我……我。
子萱　　孟容瑄！～旁邊的王映傑！

△班上發出笑聲。

子萱　　拍手通過！

△全班拍手。王映傑尷尬的起身站著。

子萱　　我們現在來選總務股長！嗯……（思考著看著班上同學）

△劉蘋誼用手偷指著孟容瑄，暗示李子萱選她。

子萱　　孟容瑄！就是妳了！拍手通過～

△全班同學拍手，孟容瑄起身站著。

子萱　　好，現在來選學藝股長，都是男生，找個女生好了。
振良　　妳是性別歧視就對了啦！

△班上男生大笑，一直亂指女同學。

子萱　　曹語涵！就是妳了！拍手通過！

△全班同學拍手，曹語涵起身站著。

子萱　　（大笑）我們還有個衛生股長還沒選。
振良　　選那個最常遲到的啊。

△班上鬧哄哄的討論著。

子萱　　我們來選個常常是打掃時間才會來的人好了！
振良　　垃圾！

△引來班上共鳴，許多人笑著說：垃圾！

子萱　　黃琪登～拍手通過！

△全班拍手，原趴在桌上的黃琪登起身站著。

琪登　　妳才是垃圾！

△燈暗，過場樂進。

【第四場】小團體

（教室內，打掃時間）有各自的A、B、C小團體分散在教室間，有許多同學在打掃時邊玩樂（例如灑水的像是在作法）小團體聊天時彼此產生些內鬨，最後都轉移至簡琳晏，在同學與簡琳晏的對話之間產生了衝突，最後，簡琳晏離開教室被同學取笑。

△燈亮。
△同學們分成幾個小團體在教室內聊著天。
△子萱、振良、映傑三個人聊著天，琪登靠近加入聊天。

振良　欸，小傑，昨天公園那件事很好笑對不對？
映傑　喔對呀！超爆笑的！
振良　超爆笑。
子萱　甚麼事甚麼事？
振良　甚麼事妳想知道嗎？妳昨天也在現場，妳問我甚麼事。
子萱　喔我知道了！
振良　等一下妳就會知道了。
子萱　欸，什麼意思啦？
振良　等一下妳就會知道啦，就是……

△琪登拿著掃具跑過來，手正在往振良的衣服上擦來擦去。

振良　（轉身）欸！等一下……你用什麼東西擦我？
琪登　哪有誰用東西擦你
振良　你啊！髒鬼（發現琪登石門水庫沒拉）有尿騷味—你在幹嘛？欸，幹嘛用尿擦我？你白癡啊你！
琪登　我是那種人嗎？
振良　蠻像的。
琪登　你們剛剛在講甚麼？
振良　你真的想知道？
琪登　對！（臉色有點不耐煩）
振良　真的—
琪登　對
子萱　你真的想知道？
琪登　（比中指）
振良　（笑）真的要講嗎？你講啦！
映傑　好啦！好啦！就是啊，昨天的時候我們去公園玩，我幫大家買東西吃，結果……

△音樂進。
△燈光變化。

毓翎　（轉身朝孟濂）我想要上廁所！妳陪我去。
孟濂　好呀！

△兩人走至左舞台時停下。

毓翎　哎呀！我沒帶衛生紙……妳有嗎？
孟濂　我也沒帶！不然我去幫妳借好了。
毓翎　好，我在這邊等妳。

△孟濂轉身回去借衛生紙。

振良　妳幹嘛走回來？
孟濂　她沒帶衛生紙，我也沒帶啊。
子萱　沒有衛生紙啦！衛生棉要不要？
孟濂　好啦！隨便啦！

△子萱拿出衛生棉給孟濂，孟濂隨手接過來，轉身大搖大擺的拿著衛生棉走向左舞台。

子萱　妳就拿著衛生棉這樣大剌剌走喔！
孟濂　啊不然勒？

△燈光變化，所有人大笑。

琪登　啊那個人是誰啊？

△琳晏剛好靠近過來。

振良　簡琳晏！是簡琳晏！
子萱　為甚麼是簡琳晏？不是陳孟濂嗎？
振良　是嗎？

振良、子萱、琪登、映傑 欸！衛生棉狗！

△所有人大笑。
△音樂進～
△另一區小團體，芷芸、孟濂、毓翎、蘋誼聊著天。

芷芸　欸？你們知道有一家芒果冰超好吃的嗎？
孟濂　士林前排那一家對不對！
芷芸　沒錯！就是那家！
毓翎　妳們知道嗎？上我昨天去蘋誼她家，覺得她爸長得超像外籍勞工！
孟濂　真的假的？哪一國啊？
毓翎　泰國啦！
孟濂　可是上次我去她家我覺得比較像印尼耶～
毓翎　混種的啦！

△毓翎、孟濂大笑。

芷芸　毓翎！妳在寫罰寫喔？
毓翎　對啊！而且考超爛的！
芷芸　妳考幾分啊？
毓翎　35分！
芷芸　（冷笑）35！我沒讀都80分耶！
蘋誼、孟濂　（齊聲）那張我們都100耶—
毓翎　喔……是喔……（語畢，把考卷丟地上，沉默並離去）
芷芸　其實我……
蘋誼、孟濂　（齊聲）不喜歡吃芒果冰對不對！（語畢，大笑）
芷芸　不是啦……其實我不喜歡毓翎剛說蘋誼她爸像外籍勞工，何況她爸也不是啊！
孟濂　可是……真的有點像啊！
芷芸　如果有人說妳爸像外籍勞工，還討論是哪一國的……妳會高興嗎？還討論是哪一國的？
孟濂　啊……也是啦！
芷芸　喔！毓翎講話真的是很毒耶！這樣多傷蘋誼的心啊—
蘋誼　嗯，其實也還好啦……ㄟ毓翎去哪裡了？這麼久沒回來？

孟濂　和她男朋友聊天吧（竊笑著）好啦！我去看看她。

△毓翎走回教室。

孟濂　妳幹嘛啊？

△毓翎快速走到芷芸面前。

毓翎　妳剛剛真的很過份耶！
芷芸　干我屁事啊
毓翎　還不是妳說我成績爛，說妳沒讀都有80分。
芷芸　所以妳是因為這件事生氣囉！真的很好笑耶妳，敢考這種分數還怕人家看。
毓翎　（生氣）就算我考這種分數干妳屁事啊！
芷芸　誰叫妳剛剛要說蘋誼她爸像外籍勞工。
毓翎　她都沒說甚麼了……

△講到一半，琳晏走靠近出現。

琳晏　哇！毓翎妳好厲害喔！考35分耶——我才考5分而已。

△毓翎有點尷尬，默默低頭。

琳晏　ㄟ蘋誼，我昨天看到妳爸，他長得超像外籍勞工的。
蘋誼、毓翎、芷芸、孟濂　（齊聲）妳白目喔！

△琳晏尷尬的不知如何是好，場面變得像是毓翎在教訓琳晏，但沒有聲音。
△燈光變化。
△右舞台另一區的同學嘉芸、語涵邊打掃邊聊著天，語涵不小心掃到嘉芸鞋子。

嘉芸　掃我鞋子幹嘛？
語涵　唉喲！新鞋嘛～那麼亮又那麼刺眼還NIKE的咧。
嘉芸　我喜歡亮色不行嗎？而且妳自己也是穿NIKE的啊。

語涵　怎樣！不行嗎？
嘉芸：　不行啦！

△容瑄靠近過來聊天。

容瑄　妳們在吵什麼啊？
嘉芸　還不都語涵！說我鞋子又亮又刺眼還NIKE的，啊她自己不也是穿NIKE的！
容瑄　（蹲下看兩人的鞋）妳們有什麼好吵的？兩個人的鞋都NIKE又都那麼醜！吵什麼吵？
嘉芸　妳自己穿PUMA的在那邊叫屁啊！
語涵　又髒又臭！
容瑄　妳們怎麼不去講簡琳晏？她的鞋比我臭又比我髒而且還雜牌勒～
嘉芸　沒事去看她的鞋幹嘛啊！而且妳站在我面前不看妳的看誰的啊？
容瑄　那妳到底要不要去看簡琳晏的鞋？我保證她的鞋子一定比我的難看。
語涵　（指著容瑄的瀏海）妳看妳的瀏海亂成這樣都不用整理的喔！
容瑄　怎樣？妳的瀏海就很整齊了嗎？（亂撥語涵的瀏海）
嘉芸　妳看妳的眼鏡黑得跟什麼一樣！
語涵　而且看起來好呆喔！
容瑄　（不爽）欸！妳們到底要不要去看簡琳晏的鞋啊？
嘉芸　好啦～看沒牌的鞋子到底有沒有比妳的好看？

△容瑄、嘉芸、語涵轉身過去看了琳晏的鞋子，大笑！

嘉芸　欸真的是雜牌的耶～
容瑄　而且還是過季的喔～

△燈光變化。
△子萱突然發現琳晏沒有在打掃而生氣。

子萱　簡琳晏！妳沒有拿掃地用具，妳是不用打掃喔？
琳晏　我沒有掃吧啊！
子萱　我給妳啦！

△琳晏轉身往左舞台離開，子萱拿掃把丟向琳晏，卻差點打到振良。

振良　（生氣）丟屁啊！
子萱　丟你喔，丟簡琳晏啦，不打掃的啦。

△琳晏又轉身往右舞台欲離開。

子萱　現在是怎樣，衛生股長，處理一下啊！
琪登　（懶散樣）蛤～

△子萱走到琳晏面前推了她一下，琳晏沒站穩跌倒。
△毓翎拿了團紙屑丟在琳晏頭上。

子萱　看到妳就不爽啦
毓翎　趕快掃一掃啦！
振良　（推了琪登肩膀）欸，衛生股長處理一下！

△琪登伸手拉琳晏起來，卻放掉手讓琳晏再次跌倒，所有人嘲笑琳晏，琳晏難過的離開教室。
△燈暗，過場樂進＋簡琳晏的小報告OS。

【第五場】一生絕望

黑暗中簡琳晏向班導報告同學對她的一些情況。燈微亮，徐毓翎說出心裡的空虛家庭等背景，燈暗。依序出現劉振良、黃琪登也道出他們內心的一些想法成長的事件。燈暗，歌曲進（燈暗）。

△黑暗中，琳晏向班導打小報告，說明被班上同學欺負。

琳晏　老師，我不知道為什麼……他們都欺負我，還有人拿掃把丟我！我沒有故意不打掃，不過他們都認為我是故意的，我不想講是誰！但是他們也都沒打掃啊！為什麼他們要這樣欺負我！就算我講出來，以後他們也只是會更討厭我而已……

△燈亮，毓翎站在左下舞台。

毓翎 我家財大勢大，父母對我姊過度寵愛，（轉變為悄悄話的樣子）趁爸媽不注意時，我姊常常在家欺負我。雖然我常說出心裡的委屈，不過他們始終站在我姊姊那邊，為了讓他們多關心我一點，我決定學壞，吸引他們的注意，聽說這就叫做老二情節，我有很多零用錢，下課或放假，我會請同學去KTV唱歌或看電影……之類的，在外，我還有一群朋友，整天跟他們混在一起。看到簡琳晏覺得她好欺負，我就仗著朋友多霸凌她。

△燈暗，燈又亮，振良出現在右舞台。

振良 以前我喜歡一個人獨來獨往，同學看我好欺負就一直欺負我，但我不敢跟老師說。回家想跟爸媽說，爸媽不是我回家他們就睡著了，就是他們不在家，打電話沒人接要不然就是請我留言，所以沒有人可以聽我訴說。（拿起手機撥打）

△舞台上只出現電話裡的人聲，人並沒有出現。

振良 喂～

母親 喂，阿良啊！我在忙，有什麼事情回家再說，好嗎？（語畢掛上電話聲）

△振良又再撥電話給爸爸。

振良 喂～

父親 喂～你不知道我在忙嗎？有什麼事情你跟妳媽說啊！（語畢掛上電話聲）

振良 一直到有一天，我終於忍不住！把打我的其中一個同學打到送醫院。

△振良開始不斷揮拳，並隨著情緒罵出一些話。

振良 幹你娘哩！從學期初欺負我到學期末，你還要欺負我多久！你說啊！

△舞台裡面傳來聲音：不要再打了！

振良　為什麼不要再打了！他們欺負我的時候為什麼沒有人叫他們不要欺負我？你說啊!?幹！（最後狠狠的揮了幾拳後停止，喘著氣）從此沒有人再敢欺負我，我也覺得要別人不要欺負我，就要讓他們知道我不是好欺負的！你還要欺負我多久你說啊！

△燈暗，燈再亮，琪登從左舞台進，穿過毓翎和振良，走到下舞台中央。

琪登　從小我就很有正義感，我很照顧班上的同學，我記得在國小的時候，每次下課鐘聲一打我就會第一個衝到溜滑梯前面，幫班上的同學佔位子。（轉變語氣）這是我們班蓋的，你們不准玩。還有時候班上同學被人家欺負我就去別班，幫他們討公道！直到有一次，很多人到我們班上找我麻煩，我就在全班面前被他們揍，那個時候竟然沒有一個人站出來幫我……我記得……（記恨著看著觀眾並指向觀眾）我幫過他！他！他！還有他！之後我就漸漸的……跟那群壞學生混，至少我被欺負的時候還會有人出面幫我。之後，愈混愈久，愈混愈大，我就是這個班上的ㄎㄡˇ頭！

△歌曲進【註二】～歌舞著，燈暗。
△過場樂進。

【第六場】作弊

許多同學作弊，胡嘉芸事後跟老師說，但被其他同學阻止，還有同學怕被供出來就一起推給簡琳晏，但又被老師發現這些同學作弊，之後大家更討厭琳晏了。（有幾位同學同情著琳晏，但邪惡勢力強大，無法與他們爭執）

△燈亮。
△教室內同學們看著書和一些準備考試前的動作，琪登進入教室。

振良　欸！你昨天在幹嘛？
琪登　你幹嘛坐我位子？
振良　借我坐一下又不會死！
琪登　去你的！
振良　欸！你昨天在幹嘛？
琪登　看書啊～
振良　屁啦！你會看書？
琪登　我昨天超認真的看—作、弊、大、全！
毓翎　根本沒有這本書好不好！ㄟ，等一下罩我啦！
映傑　ㄟ你們在說什麼阿？怎麼好像聽到什麼作弊大全？
成碩　你們要作弊喔～～～～怎麼能少了我呢？
映傑　那也算我一份吧！
毓翎　嗯，隨便啦！但琪登你剛說作弊大全是真的假的啊！
琪登　騙你們幹嘛！不信你們看！（拿出並翻開作弊大全）作、弊、大、全！
振良　你自己做的吧？
琪登　要價新台幣八千九百六十七萬。
振良　真的假的啦！你證明！證明！
琪登　一、團體版，二、個人版，另外還有分溫柔老師版和機車老師版。
成碩　拿來借我看一下！
振良　不要吵啦！欸，趕快選幾個吧！快點！
成碩　那A就嘟嘴B甩頭髮C挖個鼻屎D當然就豬鼻子囉！
毓翎　這樣好嗎？C和D會不會太像？
成碩　還好吧？
振良　不是啦！
成碩　一個有插進去，一個沒有啊！

△鐘聲響。
△成碩在說作弊暗號時，其他同學跟著做出動作來，並且繼續討論著其他作弊的方法。
△老師進入教室。

老師　考試了！趕快回座位！桌上書本記得要收起來。（開始發考卷）拿到考卷向後傳。

△開始進行考試。
△逗趣的作弊音樂進。
△許多同學都在作弊，琪登一群同學很明顯的表現出作弊的暗號動作，發展出許多趣味的畫面；這些同學作弊被嘉芸看見。
△鐘聲響。

老師　鐘響了！考卷收上來！
琪登　我絕對兩百啦！
映傑　真的假的？
琪登　（對著老師）兩百。

△老師收齊考卷，離開教室往下舞台移動走至左下舞台，嘉芸追上老師。

嘉芸　（喘氣）老師！剛才我看到……

△琪登、振良、毓翎、映傑、成碩立刻衝過去嘉芸身邊。

琪登　老師！我們剛才看到簡琳晏作弊（瞪嘉芸一眼）
振良　對！還以為別人不知道。
毓翎　動作這麼明顯。
映傑　對嘛。
成碩　就是說啊！
老師　（看著嘉芸）妳是要說簡琳晏作弊嗎？
琪登　對不對？
振良　是不是？
嘉芸　（愣著了僵硬的點點頭）嗯。
老師　（嚴肅）好！那我會處理。你們都先回去吧！

△琪登、振良、毓翎、映傑、成碩得意的離去。

子萱　（走到嘉芸身邊按住嘉芸肩膀）簡琳晏作弊喔？
嘉芸　我……
芷芸　她作弊喔？
語涵　誰？簡琳晏？

嘉芸　　其實我剛剛是看到琪登、振良、毓翎、映傑、成碩他們幾個作弊……

孟濂　　啊！真的假的！

芷芸　　那他們剛剛還叫那麼大聲！

容瑄　　真不要臉！

蘋誼　　對嘛！自己作弊還敢說別人！

△子萱和這幾位同學繼續的討論著這件事情，聲音漸弱。

△燈暗！過場樂進。

【第六之一場】體罰

徐毓翎、黃琪登、劉振良三人屌兒啷噹的站在舞台上，班導從左舞台進……

△燈亮。

老師　　你們幾個！作弊叫你們來找我，站在這邊還給我一副什麼樣子！作弊誣賴別人……

毓翎　　我們又沒有作弊！

老師　　沒有作弊！沒作弊的話，分數怎麼會一樣！連錯的也一樣！答案要你們寫1234，你們竟然都給我寫ABCD！

△三個同學自覺好笑，笑了起來，老師繼續碎碎念。

老師　　（生氣）你們三個波比（Burpee／波比跳一種無氧運動）預備！

△三人做出藝人王彩樺〈保庇〉的招牌動作。

老師　　叫你們做波比你們還給我鬧！

琪登　　什麼是波比啦！

毓翎　　對啊！我們不會做！

琪登　　妳做一次給我們看啊！

老師　　你什麼身分啊！叫我做給你們看啊！

振良　　不然不要做啊！

老師　好，我教你們誰敢不做就給我試試看！先蹲下去。

△琪登一直不蹲下去。

老師　（大叫）黃琪登你就蹲下去啊！
琪登　煩死了！
老師　還敢回嘴！你就再多做20下啊！

△老師瞪了黃琪登一眼。

振良　啊是要蹲多久啦!?
老師　就等你們三個蹲好啊！

△三個人隨便換個蹲法。

老師　（嘆了一口氣）往後跳。劉振良快點跳啊！
琪登　跳啦！就這樣跳啊！
振良　煩死了就只會叫！

△老師搖了搖頭。

老師　跳回來！往上跳、拍一下！就這樣，黃琪登70下、劉振良、徐毓翎50下！開始！你們好好做，我在旁邊看，要是偷懶的話我就再加！（語畢，掉頭往右舞台離去）
毓翎　煩耶！為什麼只有我們要做？
琪登　對啊！簡琳晏都不用做喔！
振良　她就小狗啊！做事不敢承認！
琪登　煩死了！
毓翎　那還用說？一定是簡琳晏跟老師講的啊！
琪登　煩耶！不要做了啦！（停下來休息一下）
老師　（大聲地突然說話）黃琪登不要偷懶，再加50下，偷懶再加！

△三位反應出錯愕，念了幾句後不語，繼續波比。

毓翎　我們回去嗆她好不好！
振良　如果有人不配合呢？
毓翎　應該不會吧？誰敢反抗我們啊？
振良　試試看！
琪登　等一下就回去嗆她。
振良　好！

△三人繼續波比，燈漸暗～
△過場樂進，mix以下廣播。
△訓導處報告：請九年級各班班長在吃完飯後，12點20到訓導處前面集合，（重複一次）報告完畢。

【第七場】陰謀

（午休左右）吃完飯，同學要琳晏去打掃，其他同學在午休時討論畢旅的事情。

△燈亮。
△吃完午餐後，班上同學閒聊著，曹語涵和胡嘉芸從左舞台進。

語涵　餐車好髒喔！
嘉芸　對呀！好油呢！

△胡嘉芸用手擦在曹語涵背上，兩人打鬧著走回座位坐下。
△李子萱愉快的跳進教室。

子萱　（愉快的）各位同學！我已經知道我們畢業旅行要去哪裡了！

△班上同學開始興奮的起鬨。

琪登　峇里島。
映傑　峇里島。
子萱　去……綠世界博覽會。

△全班錯愕且發出失望的聲音。

子萱　（得意）騙你們的啦～我們要去三天兩夜。

△全班同學耐不住性子，猛追問也胡扯出許多國家的名字。

子萱　首先，第一天早上八點我們要坐遊覽車到高雄義大世界。
同學們　義大利！
子萱　是義大世界，不是義大利。逛一下。
同學們　都逛一下。
子萱　接著往墾丁大街方向走，也是逛一下，接著我們去看《海角七號》水蛙的機車店。
容瑄　水牛。
毓翎　水蛙。
孟濂　水雞。
子萱　還有茂伯他家，晚上我們會在電影裡友子奶奶家—
同學們　友—子—奶—奶？
子萱　—附近的民宿住下來。第二天，早上六點就要起床囉。
成碩　哇靠！這麼早喔！都還沒醒欸……
子萱　沒辦法，七點就要吃早餐了！八點我們會坐遊覽車去劍湖山世界玩一整天。
同學們　一—整—天。
子萱　晚上會吃當地的海產，吃素的同學有水生植物可以吃。
容瑄　海藻。
毓翎　海膽。
孟濂　海雞海狗海鴨。
振良　海牛。
琪登　海豚啦！
子萱　好，接著，晚上我們會睡小木屋。最後一天早上，我們會去《海角七號》阿嘉他們演唱會的沙灘走走。
同學們　比基尼比基尼—
毓翎　三點全露！
子萱　然後就一路回到桃園。
成碩　這行程有點怪怪的，為什麼到高雄然後去屏東，又去高雄？

子萱　沒辦法！這行程是主任定的，你去問他。

△李子萱走到徐毓翎身邊，想坐在毓翎的位置，將毓翎擠下去，毓翎跌倒後又踢椅子，讓子萱差點摔倒。
△同學們開始興奮地換了座位討論著關於畢業旅行的事情。

子萱　欸，位子借我坐一下，我要跟她們討論啊～
毓翎　不要！
子萱　借一下會死喔？
毓翎　好啦！我要去後面跟他們討論，（到後面坐下後生氣對著琳晏說）簡琳晏！快去掃地啦！
琳晏　我又不是值日生……
振良　快去啦！
毓翎　叫妳去妳就去！

△簡琳晏無奈的走去教室後面拿掃具打掃，並在教室內打掃著。
△老師從右舞台走進。

老師　欸～你們（對著黃琪登那群同學說），午休了！趕快睡覺。（轉頭對著李子萱這群同學）你們也是！
子萱　（撒嬌）老師～我們在討論畢業旅行要帶的東西，給一點時間討論嘛……
老師　趕快睡覺啦～
容瑄　拜託嘛～
孟濂　老師、老師、老師～
老師　哎呀～睡覺啦！
孟濂　老師～妳現在讓我們討論，以後我們一定會好好報答妳！
子萱　沒錯！
容瑄　沒錯！
子萱　她會考武陵！
容瑄　我會考台大醫學院。
子萱　我會考獸醫系。
老師　好啦！就給你們5分鐘，快一點～

△同學們開心的發出YA的聲音，老師也留在李子萱這邊一起聊著，其他教室裡的同學討論著，但沒有聲音。

子萱　好，我們畢業旅行要帶什麼？
容瑄　帶泡麵……撲克牌……嗯，PS3
孟濂　（看著李子萱）李子萱，妳在想什麼？
子萱　刮鬍刀。
孟濂　要刮哪裡？
子萱　腋毛阿！不然刮哪啊？還有……衛生棉！

△陳孟濂大笑，三位同學笑著，因回想起以前衛生棉的事情。

子萱　妳該不會又忘了帶了吧！
孟濂　沒關係呀！我忘了帶就找老師借啊！
子萱　欸～老師，妳停經了沒啊？
老師　妳們才停經了勒～

△李子萱三位同學齊聲：我們才剛來耶～！

老師　好，以後我也可以跟你們借，（模仿剛剛同學的口吻）反正妳們也才剛來耶～
容瑄　對了！妳們有沒有覺得衛生棉很像一種食物。
子萱　熱狗！
孟濂　香腸！
老師　銅鑼燒！
容瑄　不對～是豬血糕～

△老師和李子萱、陳孟濂齊聲：為什麼？

容瑄　因為，（帶手勢）豬～血～糕～

△老師和李子萱、陳孟濂齊聲　孟容瑄……好噁喔！
△老師這區無聲的繼續討論著，接著老師離開教室。換黃琪登這一區同學討論著。

琪登　欸～畢旅要幹嘛!?
振良　偷簡琳晏的錢吧！
琪登　（興奮）好！藏她的錢。
映傑　好！
成碩　好！（一邊玩手機一邊聊天）
振良　聽說她很有錢～我們來整她一下。
映傑　什麼時候？晚上的時候嗎？
琪登　算了！這樣太沒梗了！你想想看，她被我們欺負了三年，我們要給她一個難忘的回憶。
毓翎　（對著振良）要不然你先姦了她再上了她。
琪登、振良　（齊聲）妳姦啦！
芷芸　（拍了黃琪登的背）黃琪登姦啦！黃琪登！
琪登　去妳的！
振良　你不是很喜歡嗎？
映傑　你最愛她。
振良　好啦！不要這樣子。想一想！想一想！，（大叫拍了黃琪登一下）啊！

△黃琪登嚇了一大跳。

振良　我知道了！我們畢旅剩下最後15分鐘的時候，帶她去玩摩—天輪！
琪登　摩天輪？
振良　嗯，聽說那個轉一圈要15至20分鐘，我們帶她去玩好不好？然後把她自己關在裡面！

△劉振良牽著黃琪登的手，將黃琪登當做是簡琳晏，黃琪登也配合著演出。

振良　我們來練習一下！來來來，簡琳晏、簡琳晏～我們來去玩那個好不好！
琪登　（耍娘）嗯～好～

△徐毓翎、黃芷芸、王映傑、洪成碩起身也配合著演出。
△劉振良請黃琪登坐在桌子上，然後做了關門的動作。

琪登 他們呢？

徐毓翎、黃芷芸、王映傑、洪成碩 妳先上去。

振良 Bye～Bye～

琪登 （尖叫害怕著）啊！

△劉振良、徐毓翎、黃芷芸、王映傑、洪成碩做出像是再見的動作，並發出聲音，然後漸漸往下蹲，感覺像是黃琪登越來越高，所有人大笑著。

△簡琳晏趴在桌上醒來，轉頭看著黃琪登。

△黃琪登楞了一下，忍不住，狂笑。

△燈暗。

【第八場】遊樂園

（畢業旅行）在遊樂園中，同學開心的玩樂，琳晏依然被排擠，但在琳晏的眼中看見同學們玩得不亦樂乎，琳晏也在一旁開心的笑著。

△歡樂的音樂進。

△燈亮，老師及所有同學揹著背包開心的進入舞台，喧嘩著。

振良 前面有海盜船，我們去玩好不好？

子萱 感覺很恐怖耶～

△同學們起鬨，慫恿李子萱一起玩，說著：不會，不會恐怖啦！

子萱 好吧……

△所有人將背包放置在舞台上，依序排成兩排，走上海盜船，老師坐在左舞台的最後一位。

△孟容瑄轉變成遊樂園小姐。

容瑄 各位遊客您好，請您將安全桿向下壓，海盜船準備啟動，謝謝您的合作！

△所有人做了拉安全桿的動作。

琳晏　　開始了……開始了。

△海盜船開始啟動，所有人興奮的叫著，左右來回晃得越來越高，突然靜止不動。

振良　　欸，我們吐口水給對面的吃好不好？
琪登　　好啊！

△兩人向對面吐了口水，海盜船的動作變成慢動作進行著。
△所有同學看著口水飄飛過來，眼睛睜大，一個個閃躲著，唯獨老師在最後來不及看見閃躲。
△老師嚇得張大了嘴，一不小心剛好吃進了口水。
△海盜船靜止不動，老師感到噁心、反胃……忍不住，開始狂吐。
△海盜船又再啟動，所有同學被老師的嘔吐物噴灑到臉、身體，也有同學感到噁心。
△燈暗。
△刺激音樂進。
△燈亮，看見簡琳晏提著所有人的背包在一旁看同學們玩雲霄飛車。

容瑄　　各位遊客，現在你們來到的是雲霄飛車區，請你們將前面的安全環扣上，我們馬上啟動，謝謝您的合作！嗶嗶～

△所有人尖叫　　加速了！救命啊～
△雲霄飛車起起伏伏，速度漸緩下來，開始繼續升高，停在置高點突然急墜。
△所有人再次大聲尖叫，簡琳晏在一旁看著同學玩的不亦樂乎，自己也開心的笑著。
△燈暗，遊樂園—咖啡杯—音樂進。
△燈亮，所有同學愜意的坐在咖啡杯上旋轉，劉振良調皮的加速著，速度漸漸失控，劉振良這杯開始尖叫，其他同學開懷大笑。
△燈暗，遊樂園—旋轉木馬—音樂進。
△同學們圍成一圈轉變成旋轉木馬，簡琳晏站在中間笑得很開心，燈暗。
△夜晚環境音進。

【第九場】畢旅的夜

（畢業旅行的晚上）大家玩遊戲，說鬼故事和真心、內心話（在校共同的回憶片段），琳晏在今晚感受到與同學有較近的距離。（琳晏說著、回憶著這個當下。）

△同學們或坐或躺在小木屋內，也有同學在聊天。

琳晏　欸～我們來講鬼故事好不好？
成碩　妳有鬼故事嗎？
琳晏　沒有。

△簡琳晏被所有人公幹。

容瑄　神經病！
成碩　沒有妳還講！
琪登　講三小鬼故事啦！幹。
孟濂　不然……我有一個鬼故事，你們要不要聽？

△所有人同意期待陳孟濂講鬼故事。

毓翎　好啊～好啊～好啊。
容瑄　好啊～好啊～好啊。

△所有人開始圍坐在一起。

孟濂　有一次放假。

△恐怖音樂進。

孟濂　我和我的朋友一起出去玩，晚上就住在小木屋裡面，我們一起聊天聊得很開心，但是我卻聽見一個腳步聲……離我越來越近……越來越近……

△曹語涵和胡嘉芸開始坐著踏步，一邊踏步一邊轉向正面，然後再踏步走回來並發出淒涼鬼叫的聲音。

孟濂　我跟朋友都不敢問是不是聽到了什麼聲音……只是看見彼此的臉越來越緊張，扭曲在一起……這時，我從我的餘光似乎看見了一個東西，然後，我想，我的朋友可能也看見了，但，他們都不敢往我這邊看，只是把頭轉向另外一邊……

△徐毓翎、孟容瑄將頭轉向另外一方，也開始低頭，發出淒涼的鬼叫聲。

孟濂　我好緊張，我不知道該怎麼辦？我就鼓起勇氣……往回看，但是……我看見了一顆頭，上面有兩個青綠色的臉！

△徐毓翎、孟容瑄將頭緩緩升起，許多頭髮都蓋住了臉淒涼的說：我死的好慘啊！

△黃琪登突然大叫，嚇壞了所有同學，燈暗。

△過場樂進。

△燈亮，同學們分散成三區圍坐在一起，或坐或躺的彼此聊天，玩撲克牌。

語涵　今天是畢業旅行的最後一天了。

嘉芸　對呀，時間怎麼過得這麼快。

琳晏　嗯。

蘋誼　好捨不得你們喔！畢業之後不要忘記我喔！

△燈暗。陳孟濂區燈亮。

孟濂　三年了耶，有甚麼有趣的事情嗎？

毓翎　沒有耶……

容瑄　啊！有！八年級那一次，超誇張那一次！

孟濂　啊！妳說大隊接力那一次對不對！

容瑄　對！

孟濂　對啊！那個太可怕了！

容瑄　對呀！哈哈～整個，咻啪～

孟濂　對啊太誇張了。

毓翎　哪一次？
容瑄　妳失憶是不是啊妳？

△燈暗，音樂進。
△燈亮，黃琪登轉變為運動會主持人，其他同學在上舞台加油著。

琪登　現在，已經進入了運動會最高潮的時刻，也就是大隊接力的最後一圈！目前領先的是八年Y班！

△劉振良慢動作的跑出來。

琪登　而目前緊追在後的是八年Z班！

△李子萱也隨後跟上，依然是慢動作跑著。

琪登　就在這個時候！我們看見後面有一位同學不斷的加速往前、不斷的加速，這究竟是哪一個班的選手呢？

△洪成碩慢動作跨大步的跑了進來，樣子似乎會追過第一、二名。

琪登　竟然是八年X班的同學！就在這個時候，我們看見八年X班的選手追過第二名，又追過了第一名！沒想到竟然會衝出一匹黑狗，真是太令人感到神奇了！就在這個時候，我們突然看見天空飛來一個不明物體！（從背後拿出一條內褲）是內褲！怎麼會突然飛來一件內褲呢？它降落了！內褲降落了！它會降落在哪裡呢？天啊！竟然降落在八年X班的選手臉上，哇，八年X班的選手似乎感覺到很難過，我們也不知道這條內褲有沒有洗過？還是剛剛有人拉屎忘了穿回去飛出來的？真是太噁心了！

△劉振良和李子萱恢復正常的速度，輕鬆的追過洪成碩，往左舞台跑進去。
△洪成碩難過的拿下臉上的內褲。

成碩　（生氣）這是誰的內褲！（手上拿著內褲往左舞台走進去）

△燈暗。

△簡琳晏區燈亮，其他同學都趴在地上睡覺。

語涵　欸，簡琳晏，這次來畢業旅行，讓我想起了印象深刻的事。

琳晏　什麼事情？

語涵　就是我媽帶我和我哥去清境農場的事，然後，她買了一包飼料讓我去餵羊。

△音樂進，燈光變化。

△胡嘉芸轉變成曹語涵的媽媽，起身。

嘉芸　語涵啊！這包飼料給妳拿去餵羊吧。

語涵　（高興，起身接過飼料）謝謝！

△趴著的同學都轉變成羊，有的在睡覺、磨蹭、交配等……

語涵　（對琳晏說）妳看，這些羊很可愛吼～

琳晏　對呀！羊好可愛喔！

語涵　妳看，這隻羊還在睡覺。

△曹語涵開始走進入羊群。

語涵　小綿羊！你們要不要吃飼料啊？

△綿羊們群體移動到曹語涵身邊，爭先恐後的想吃到飼料，曹語涵嚇得跑倒下舞台，又繞到左上舞台。

語涵　（驚恐）救命阿！（語畢，丟飼料）

△曹語涵將飼料往下舞台丟去，所有綿羊疊在一起搶吃飼料。

△燈暗，音樂進。

△燈亮，所有同學都入睡了，簡琳晏起身獨白。

琳晏　畢業旅行那天我感覺跟同學們的距離拉近了，我跟他們一起聊天、說鬼故事、知道了很多人的事情，我也跟他們聊了一些我家的事，感覺真的好開心！真的好開心～（坐下漸漸躺下）真希望畢業旅行可以不要結束，或是時間可以暫停……

△燈暗。

第9-1場【掉錢】第二天醒來，琳晏的錢竟然不見了！沒有同學理會琳晏……（琳晏繼續像說書人一樣回憶、介紹著，並說出最後一段話。）

△燈亮，同學們漸漸醒來。

琳晏　哈囉！同學！起床囉！咦……？我的錢包不見了！有沒有人看見我的錢包？
容瑄　誰會看到妳的錢包啊？
毓翎　不要吵好不好？
孟濂　閉嘴！

△有些同學驚訝的幫忙找，關心琳晏，也有同學漠不關心的說一些風涼話。但所有人要趕遊覽車，就急忙著換衣服打包行李，突然所有人靜止不動，簡琳晏開始獨白……
△音樂進。

琳晏　畢業那天，我們班哭的很少……可能是害怕表達自己的情感，也或許是不懂得怎麼表達，但我覺得大家都很期待這個班會更團結、更凝聚。這三年當中，我不斷的嘗試想跟同學們親近，但都……所以，我偷偷地觀察他們，我想知道他們有什麼喜好？有什麼事情是可以讓他們感興趣的？也因為這樣，我開始知道，其實我們班的每個人都很Nice，本性也很好，只是……只是某些緣故……只是……，班上有些同學其實想親近我、認識我，但，他們害怕……害怕跟我走的比較近，也會被其他同學欺負或是排擠。妳知道嗎？其實我很瞭解你們的；徐毓翎，在家裡我也有哥哥姊姊，我姊姊排行第二，家裡爸媽最疼我哥和我，所以姊姊也常常欺負我，我跟妳一樣，不過妳不用擔心，漸漸長大之後，我姊姊也對我很好！很照顧我。劉振良，其實你應該替你自己感到高興，我知道以前你是被欺負過頭了，然後報復，擔心別人再欺負你，不過你沒發現嗎？現在的你變得很喜歡跟同學們互動，不會有人再因為你獨來獨往而欺負你。黃琪登，我有聽說你的事情，我知道你很講義氣，因為發生一些事情而變得冷漠、學壞，這樣好不值得，好可惜……我替你感到難過，希望你可以知道，很多人不像你一樣這麼勇敢！你知道嗎？因為你，讓大家知道要勇敢，要勇敢！還有……我相信大家畢業後，一定會希望再見面的，一定會！

△燈暗。過場樂進+陰沉漸漸沉重的音樂貫穿第十場整場。

【第十場】考箱

不斷的考試，但琳晏都沒有出現。此場發展一整天的考試狀況。

△燈亮，所有同學在教室內準備考試，唯獨黃琪登趴在桌子上睡覺。

成碩　（點名）簡琳晏又沒來喔？
子萱　畢業旅行後就沒來啦！
映傑　她失蹤了啦！
成碩　（笑）桌椅怎麼還在？

△全班發出笑聲。

子萱　轉學了嗎？
映傑　幽靈人口。
毓翎　要不要報案？
子萱　報什麼案！

△老師拿考卷進入教室。

老師　好，同學我們這一節要考國文，桌上書本收起來，（語畢，發考卷給每排第一位同學）黃琪登起床了！

△同學們開始傳發考卷，老師走到講台邊監考。
△燈暗。
△燈亮，同學們稍微顯得疲倦，老師拿考卷進入教室。

老師　這節呢！是要考英文。黃琪登你怎麼還在睡？
映傑　他爽。
振良　他垃圾。

△同學們發出不耐煩的聲音。
△老師依然發著考卷。
△燈暗。
△燈亮，老師拿考卷進入教室，同學們幾乎都趴在桌上，唯獨黃琪登有精神的坐著。

老師　同學，考數學囉。
琪登　同學，醒一醒！

△老師邊發考卷一邊輕輕叫醒同學。

琪登　不認真！
老師　黃琪登不要說別人，你自己趕快寫考卷。

△燈暗。
△燈亮，班上同學趴得亂七八糟不成人行，都已經累翻了，黃琪登站在講台邊說著話。

琪登　這就是莎士比亞發現的地心引力。我就說啦！該休息的時候就是要兼具身心靈放鬆的狀態，像你們這樣每天讀書又有什麼用呢？愛因斯坦曾說：（停頓）「To be or not to be.」我不入地獄！誰入地獄啊！這樣子拼死讀書不過是在等待理想的高中罷了！他還說過　弱者等待時機，強者製造時機，你們都在等待罷了，而我是在創造啊！我是神！（自我陶醉）

△老師進，手上拿著考卷。

老師　黃琪登你在幹嘛？
琪登　我是神。

△燈光變化，音樂進。

【第十之一場】

幾位同學在考試時起身獨白，各自敘述了對國中生活、這個班、與對簡琳晏的不捨和感慨。

蘋誼　不知道過了多久，琳晏依然沒來上課，為什麼班上就不能和諧一點呢？真的快畢業了，以後，我們還會像現過去一樣，天天打打鬧鬧的嗎？
成碩　這三年來做了很多對不起妳的事，但是我從來沒有開心過，一切都只是配合同學起鬨，不敢讓他們把我當作異類，每一次看到妳，我的臉上勉強掛著笑容，其實心裡面並不開心，有時候，我還會討厭缺乏勇氣的自己，我常在想，能不能做些甚麼幫助妳，想不出來，我……想不出來。

孟濂　其實，我覺得這個班還蠻團結的，但……我想琳晏這種人可能只是不懂得怎麼和別人相處，她常常想幫忙、想參與但不知道為什麼時機總是不對……我們應該給她多一點溫暖的關心。

△燈暗。

【第十一場】最後一堂課

班導很有感情的向同學們說了畢業前的一段話時，學校廣播畢業班集合，琳晏來到教室裡，依然被同學排擠。

△燈亮，班上同學胸前別著畢業生的牌子，在教室裡開心地打屁聊天，劉振良坐在簡琳晏的桌子上。
△老師手上拿著盒子（時光膠囊）及紙卡進。

老師　等一下要集合啦！趕快回位子坐好！要畢業了，有什麼感覺呢？李子萱妳說說看。
子萱　我最大的感觸就是我沒有好好的整簡琳晏，這是我最大的悲哀。
老師　都要畢業了妳還在想這些東西！
芷芸　老師，那簡琳晏咧？
老師　被你們氣跑了啦！
振良　真的喔!?好可憐喔～
老師　陳孟濂，那妳呢？
孟濂　我覺得我們班沒有資格畢業。

△所有人聽了大笑，以為陳孟濂在開玩笑。

老師　嗯，黃琪登，那你呢。
琪登　（假哭）謝謝老師這三年來的照顧……
老師　黃琪登謝謝你吼～我有一個主意，我們來寫一封信，給以後的自己，然後埋在學校一個角落，過十年，我們再一起回來看，想不想試一試啊？

△同學們覺得有趣，都顯出同意。

老師　現在老師把紙卡發下去，你們趕快寫，待會就要去畢業典禮了。

△同學們寫著紙卡，老師—胡若水說出內心的獨白。
△音樂進。

老師　三年來，你們一定對彼此認識了許多，印象或許是好的，也可能是負面的。但相處了這麼久，應該會有些依依不捨吧？三年，實在有點短，但是你們的國中生活，可以讓你們回味一輩子，因為這個班是獨一無二的，你們會擁有與任何人都不一樣的回憶。（語畢，顯得有些感傷，看看班上的同學）

△簡琳晏進入教室，老師突然發現。

老師　（興奮）欸，簡琳晏，妳也來啦！一起來寫紙卡吧！

子萱　　咦？新同學耶！
老師　　劉振良！快回位置坐啊。
振良　　我的位置在這邊啊！
老師　　（手指教室後方）你的位置在那。
成碩　　這是我們墊腳用的啊！
映傑　　嗯啊！
老師　　快點回去！那不是你的位置。
振良　　好啦好啦（起身將椅子拿起來）小心喔！這椅子死過人。

△同學們聽了劉振良的話笑了。

振良　　來，幫妳寫符咒，（在座位上寫符咒）請登上衛冕者寶座。

△同學們聽了劉振良的話又再次笑了。
△簡琳晏問了劉蘋誼為什麼寫紙卡，但沒有聲音。

子萱　　老師，都最後一天了還有新同學喔！
老師　　你們怎麼還這樣。
子萱　　誰叫她長這麼抱歉。
老師　　都是人生父母養的有什麼不一樣嗎？
映傑　　啊摘。
老師　　還沒寫完紙卡的趕快寫！人家最後一天都鼓起勇氣回來了，你們還這樣打擊她。
振良　　來拿肄業證書的阿！
子萱　　她是拿結業證書的啦！
琪登　　遺書啦。

△有些同學聽了話笑了。

老師　　三年來你們為什麼對彼此沒有感覺呢？（生氣）還一直講話！你們怎麼笑得出來呢？

△音樂進。
△班上氣氛顯得安靜，有些同學繼續寫紙卡，有些人注意聽老師訓話，

有些人樣子顯得不想聽老師說話，心裡卻是認真在聽。

老師　要畢業了，你們難道沒有任何感覺嗎？從明天開始，我們就不會在同一間教室一起上課、吃午餐、聊天和遊戲了，你們為什麼不好好珍惜最後相處的片刻呢？一定要在那嘻皮笑臉嗎？我很珍惜和你們相處的這些時間，在我的心中，你們都是最可愛、最貼心的，希望各位同學都能有好的將來，不一定要飛黃騰達，也不一定要富貴功名，即使是平淡安穩的生活，也可以很幸福。

△OS（訓導處報告×2請九年級畢業班到指定地點集合，我們準備進行畢業典禮，報告完畢。）

△有些同學聽了廣播之後，高興的大叫。

老師　今天，真的要畢業了！不是預演，也不是什麼遊戲！說不定以後就再也看不到了，國中三年的回憶難道就只是值得這樣嗎？這間教室，曾經有那麼多大家的夢想、快樂，你們就這樣豪不留戀的離開它了嗎？（生氣）你們到底懂不懂啊！（停頓了一會兒，平復一下情緒）好啦！趕快去外面排隊！

△同學一一上前放紙卡，離開教室。

老師　沒想到，你們這麼快就畢業了……

△教室只留下老師和簡琳晏。

△音樂進，燈漸暗。

【第十二場】被雨傷透

（音樂進，燈亮）同學們各自讀了自己紙卡中的內容，盒子裡還留著一張沒有人拿，大家很好奇，有人提議拿起來代讀，所有同學及班導圍在一起一人一句的代讀著（琳晏十年前留下的話語，），下雨了，有些同學撐傘，有些同學則直接淋著雨，琳晏出現（穿著國中制服），琳晏穿著制服與老師同學們雖出現在同一個舞台上，卻是在不同的時空，所有人幾乎都哭了……，（最後琳晏與所有人同時讀出最後一段話（歌曲進

【註三】）琳晏轉頭看著同學後轉身回來，不捨的唱出第一句歌詞。）彼此對唱著；在間奏時琳晏依然回憶從前開學時的樣子，燈暗。

△燈亮。
△下舞台擺放著盒子（時光膠囊）。
△老師及同學們各自散落在舞台上手上拿著紙卡，呈現第一場的畫面。

子萱　當初做錯的事，還可以彌補嗎？大家還會回來嗎？
嘉芸　一直以來很想幫她，一直以來。
孟濂　像有一道牆無形的隔開了彼此之間的距離，同學們還像現在一樣自我嗎？
成碩　雖然現在的感情還不錯！但，以後呢？
芷芸　下次打開這張紙時，是什麼時候？是怎麼樣的心情？
毓翎　我是不是像以前一樣壞呢？大家都過得好嗎？我很想你們。
映傑　十年過去了，回想起來還是很幼稚，希望，可以跟她道歉。
振良　大家都有回來嗎？大家還認識我嗎？
蘋誼　一直很遺憾，不敢說出事實真相來幫助妳，其實，這個班可以很和諧的吧！
容瑄　幫我對她說聲抱歉吧！當然，我很喜歡班上的每一個人。
老師　十年過啦！有沒有覺得很快呢？記得那群孩子當年活潑率真的模樣嗎？想必妳也依然忘不了，他們那時做出令妳心痛的事。現在過得如何？當初的熱情還在嗎？替我問侯當年的學生吧，他們十年後不曉得是什麼模樣呢！
琪登　十年後的我，應該為了自己的夢想而忙碌，應該不致於像這樣，一天天渾渾噩噩的過。
語涵　她並沒有做錯什麼，我們應該去關心她的。
嘉芸　（轉身看像盒子）咦！那邊還有一張紙卡！

△所有人轉身看向盒子。

嘉芸　不知道是誰的？

△大家輕聲細語的討論著，希望拿起來讀。

語涵　　我們把它拿起來看吧！

△細雨聲進。

△幾個人撐開了傘，所有人開始移動到盒子前面，老師在中間，圍成了一圈，語涵將紙卡交給老師。

芷芸　　畢業那天，我們班哭的很少……

老師　　可能是害怕表達自己的情感，也或許是不懂得怎麼表達。

語涵　　但我覺得大家都很期待這個班會更變得團結、更凝聚。

子萱　　這三年當中，我不斷的想跟同學們親近，但都……

容瑄　　所以，我偷偷地觀察他們，我想知道他們有什麼喜好？有什麼事情可以讓他們感興趣的？

孟濂　　也因為這樣，我發現，我們班的每個人其實都很Nice。

嘉芸　　本性也很好，只是……只是某些緣故……只是某些緣故。

蘋誼　　其實，班上有些同學想跟我親近、認識我。

映傑　　但，他們害怕……害怕跟我走的比較近，也會被其他同學欺負或是排擠。

成碩　　妳知道嗎？其實我很瞭解你們的，徐毓翎。

毓翎　　（哽咽甚至哭了）在家裡我也有哥哥姊姊，我姊姊排行第二，家裡爸媽最疼我哥和我，所以我姊也常常欺負我，我跟妳一樣，但是妳不用擔心，漸漸長大之後，我姊也對我很好！很照顧我。

振良　　（哽咽甚至哭了）其實你應該替你自己感到高興，我知道以前你是被欺負過頭了，然後報復，擔心別人再欺負你，但你沒發現嗎？現在的你變得更活潑，更喜歡跟同學們互動，不會因為人你獨來獨往而欺負你。黃琪登。

琪登　　（哽咽甚至哭了）我有聽說你的事情，我知道你很講義氣，是因為發生了一些事情而變得冷漠、學壞，

△簡琳晏穿著學校制服撐著傘，緩緩的從右上舞台出現。

琪登　　這樣好不值得，好可惜……我替你感到難過。希望你可以知道很多人不像你一樣這麼勇敢！

琳晏、琪登　（齊聲）你知道嗎？因為你，讓大家知道要勇敢，要勇敢！還有……我相信大家畢業後，一定會希望再見面的，一定會！

△歌曲進【註三】
△所有人進入歌舞，歌舞結束後，燈暗。
△劇終。

註釋

一、引用〈今年夏天〉，演唱：尹詩涵／作詞：江婉綾／作曲：尹詩涵／編曲：李婉婷，國光中學第九十二屆高三學生為畢業而作。
二、引用〈一生絕望〉，作曲：羅俊霖／作詞：梁智強／演唱：洪俊揚。
三、引用〈被雨傷透〉，作詞：李格弟／作曲：吳青峰／編曲：陳建騏、吳青峰／演唱：吳青峰、魏如萱。

青春代價

規　　劃：陳義翔
集體創作：楊之謙、廖思宜、倪筠、張韶庭、李淨妍（承霖）、
　　　　　常保笙、盧為睿（昱嘉）、古曰庭、郭沛君、
　　　　　許卉禎、劉蘋誼、簡琳晏、洪成碩、陳耀宗

人物

楊之謙	李承霖	郭沛君	洪成碩
廖思宜	常保笙	許卉禎	
倪筠	盧昱嘉	劉蘋誼	
張韶庭	古曰庭	簡琳晏	

△歌曲進【註一】開始歌舞。
△倪筠、保笙、之謙、承霖、曰庭從觀眾席後方走出，一直走向舞台。舞台上有其他演員，飾演舞者。

倪筠　　那是一個荒唐的歲月。
保笙　　那是充滿歡笑與淚水的時光。
之謙　　那一刻，我真的崩潰了。
承霖　　這是一個分享幸福的地方。
曰庭　　誰都不准再提起。

△歌舞結束，燈暗。

【第一場】賣場

△右舞台擺放著由紅藍黃綠及灰色組合成像風車樣子的平台，舞台左區放置了一塊大的白色正方形平台，張韶庭獨自坐在白色平台上，右下舞台站著簡琳晏與倪筠一起看著櫥窗（兩人飾演母女）、舞台中央站著盧昱嘉與許卉禎一起看著書（兩人飾演新婚夫妻）、左上舞台站著

廖思宜與李承霖，廖思宜幫李承霖打理著服儀，像是在挑選服裝一般（兩人飾演曖昧的情侶），右上舞台中區坐著常保笙、古日庭、郭沛君、劉蘋誼四人在討論著電玩遊戲（四人飾演好友），楊之謙（飾演張韶庭的爺爺）獨自在舞台上穿梭著……

韶庭 我到現在都自認。
昱嘉、卉禎 我的童年。
思宜、承霖 過得很快樂。
保笙、日庭、沛君、蘋誼 唯有這件事。
晏琳、倪筠 讓我不想提起。
韶庭 也不敢。
昱嘉、卉禎 當自己一個人。
思宜、承霖 被忘在滿滿都是陌生人的地方。
保笙、日庭、沛君、蘋誼 很害怕。
晏琳、倪筠 很孤單。
韶庭 這種心情。
昱嘉、卉禎 如果能不要再講。
韶庭 就不要再講了吧。

△韶庭與其他人的話語開始重複著，並且越來越快，像是時光在倒轉著，韶庭起身玩玩具，然後發現爺爺不見了！開始哭著找爺爺，其他的人開始走動且對著韶庭指指點點，爺爺在人群中穿梭著沒看見韶庭，所有人來回穿梭數次後，其他人退場，舞台上剩下爺爺發現了韶庭並將她拉到……

爺爺 妳跑去哪裡？妳知道我找你多久嗎？

△韶庭見到了爺爺停止了哭泣，只是把頭低下來。

爺爺 很愛玩很愛跑嘛！問妳話不會回答喔？有沒有想過我會很擔心？妳到底在幹嘛啊？走！

△爺爺拉起了韶庭的手，其他演員進場，坐落在風車型的平台上，爺爺與韶庭也坐了下來。

【第二場】美術課

△廖思宜飾演美術老師，其他演員飾演著學生坐著進入上課的畫面，同學們依照組別坐在平台上。

老師　各位同學，我們現在來分組！這是第一組、第二組、第三組，第一組誰要當組長？

保笙　我！

老師　第一組組長常保笙，第二組誰要當組長？

倪筠、樂樂　（齊聲）我！

老師　兩個人猜拳。

△倪筠和李承霖兩人開始剪刀石頭布，倪筠贏了，開心地坐下來了，而承霖很生氣的坐下了。

老師　倪筠當組長，第三組誰要當組長？

日庭　我！

老師　我現在來分配掃地工作，組長負責檢查，你（指盧昱嘉）掃地，妳（指郭沛君）拖地，掃地（指李承霖）拖地（指之謙）掃地（指卉禎）拖地（指琳晏），我們現在來玩一個小遊戲，就是被叫到「掃地」工作的，如果是你，你就站起來。

△老師開始與同學玩這個遊戲。

老師　掃地，組長，好！醜一！拖地，好，坐下！組長！

△最後某組同學輸了三次，遊戲停止，老師吩咐大家開始打掃。

老師　贏的那組來跟我拿糖果，輸的那一組今天留下來打掃，開始打掃。

△所有演員開始走至打掃的位置，所有人突然停止不動。

承霖　（走去琳晏旁邊）我告訴妳，倪筠說妳很自大，不懂得體諒別人！
琳晏　她說我自大？不懂得體諒別人？她自己也沒好到哪裡去啊！哼！
承霖　對啊！
承霖　（走到常保笙旁邊）欸！我跟你說喔！上次偷筆的人其實是倪筠！
保笙　是喔！我知道了～

△保笙走去蘋誼旁邊。

保笙　欸，劉蘋誼，我跟妳講喔。上次偷筆的人是倪筠欸！
蘋誼　那她幹麻不承認？
保笙　害怕吧！

△保笙走去昱嘉旁邊。

保笙　欸，盧昱嘉！我跟你講，上次偷筆的人是倪筠欸！
昱嘉　（思考了一下）真的嗎？
保笙　真的～

△保笙走去之謙旁邊。

保笙　欸，楊之謙，我跟你講，上次偷筆的人是倪筠欸！
之謙　（倒抽一口氣）真的是她？
保笙　Of course！

△所有人開始走動並複誦著「偷筆的人是倪筠」，不斷重複，且形成另一個上課的畫面。

【第三場】自然課

△所有同學坐在風車型平台上面向白色平台，常保笙轉變成自然課老師，昱嘉飾演著這場戲的主要演員，卉禎則飾演著昱嘉心裡所想起的那位同學……

老師　各位同學，我們今天要做兩個實驗，第一個實驗是接尺，第二

個實驗是膝反射！膝反射是用手敲膝蓋和小腿骨的中間，好，盧昱嘉上來示範一下。好，右腳放這邊。（老師敲昱嘉的右腳）

昱嘉　啊！（踢了老師一腳）

老師　好，接尺是紀錄你神經的靈敏度。來，之謙上來示範一下。

△老師鬆手放開尺，之謙沒接到尺。

之謙　你又沒有告訴我你甚麼時候放！

老師　每一組派一位同學來跟我拿尺，其他人先開始做第一個實驗。

△所有同學開始做實驗，老師開始至各組看同學作實驗。

昱嘉　來，換妳！

△卉禎做到一半，離開，所有同學都依然做著實驗。

老師　（問第二組同學）你們會不會？

△所有人靜止不動。

卉禎　對不起我走了，跟你們相處的這段時間，過得很愉快，我一定會再回來的，大家好好保重！（語畢，往右上舞台下）

昱嘉　（起身走至白色平台）她是我曾經擁有的好朋友，開朗、活潑，跟我很合得來。雖然常常只有上自然課的時候才會講話，可是平常都會傳紙條聊天。她開心，我也會開心；她難過，我會去安慰她。可是她突然就匆忙地走了，我很錯愕，很感傷。希望她早點回來，好想見她⋯⋯

△燈暗。

【第四場】網路遊戲

△楊之謙走向白色平台坐下，敘述著自己的心情，此場簡琳晏飾演著之謙媽媽。

之謙　　曾經，我是個每天都能開心玩電腦的開心小孩……但是，一天只能玩兩個小時，我覺得太少，所以在某天我跑去偷開了網路，好好的大玩特玩！

△音效進～開始倒數，部分演員轉變成遊戲裡的殭屍，部分演員飾演人類，開始對戰，突然間傳來媽媽的聲音，所有人靜止不動。

媽媽　　（大喊）楊之謙～（從右舞台走出，站好盯著之謙陰冷地說）你為什麼可以玩電腦？（語畢，緩緩地轉身退場）

△媽媽退場後，殭屍抓著之謙的背，之謙也變成殭屍，這時人類開始拿槍射之謙，之謙躺在白色平台附近，接著人類不斷向之謙開槍，殭屍都在笑……

△燈暗。

【第五場】再見！流浪狗

△古曰庭為此場主要角色，郭沛君飾演曰庭的好朋友，常保笙飾演阿棕（曰庭的愛狗）、楊之謙飾演阿黑（沛君的愛狗）、昱嘉飾演鄰居。

△阿棕在平台最前面（右下舞台），曰庭騎單車經過阿棕，阿棕在後頭緊跟，曰庭不時回頭（繞場走一圈），曰庭越騎越快，表情驚恐，停下後開始打電話，沛君出場，兩人在講電話。

曰庭　　欸，喂，妳在哪裡啊？
沛君　　我在家啊！
曰庭　　我被狗追耶怎麼辦，我現在可以去找妳嗎？
沛君　　噢，好啊！

△曰庭走向沛君，阿棕依然跟著。

沛君　　欸，幹嘛！我覺得牠滿可愛，滿喜歡妳的啊！
曰庭　　嗯……
沛君　　妳要不要帶回去養？那妳幫牠取個名字吧！
曰庭　　嗯……那要叫什麼好呢？

沛君　　妳覺得牠像什麼就叫什麼吧！
曰庭　　因為牠是棕色的，那就叫牠阿棕吧！

△阿黑出現在平台最前面（左上舞台）曰庭、沛君兩人攜手同行，阿棕跟在後面，走到阿黑後面，沛君衝過去摸阿黑的頭。

沛君　　哇～好可愛！好可愛的狗！
曰庭　　那妳就幫牠取個名字吧！
沛君　　叫阿黑好不好？

△曰庭和阿棕在玩，沛君和阿黑在玩。

曰庭　　阿黑，去撿！
沛君　　阿黑！來，握手！阿黑，握手！

△把瓶子丟出去，阿棕跑去撿，沛君摸摸阿黑的頭。

曰庭　　乖～
沛君　　阿黑！左手！

△曰庭摸阿棕的頭，阿黑伸出左手和沛君握手。

沛君　　欸，我們帶牠們去吃飯好不好？
曰庭　　噢，好啊！
沛君　　走！吃飯！

△曰庭、沛君、阿棕、阿黑走到右下舞臺，阿棕和阿黑趴在地上吃麵包。

曰庭、沛君　哇～好可愛噢。
沛君　　啊，牠吃完了。
曰庭　　沒辦法，沒有了啊～

△阿黑吃完後轉頭看像阿棕，阿黑撲向阿棕，兩隻狗開始打架。

曰庭　　啊～怎麼辦？牠們在打架了！
沛君　　快逃啊～

△沛君抓起曰庭的手，跑離舞台。
△兩隻狗越打越前面，到舞台中央，不斷吠叫。
△鄰居從左舞台走出，拿拖鞋丟向阿棕。

鄰居　　吵死了！這兩隻狗，我一定要叫捕狗大隊來抓你們！

△鄰居離開（燈暗）沛君和曰庭進場（燈亮）

沛君　　（從左舞台衝出）怎麼辦、怎麼辦、怎麼辦！（突然靜止不動）

△曰庭慢慢走出來，走上平台順著平台向前斜行。

曰庭　　真的假的，阿棕阿黑被抓走了、真的假的，阿棕阿黑被抓走了、真的假的，阿棕阿黑被抓走了……

△曰庭蹲下大哭，燈暗。

【第六場】不是你女兒

△思宜獨自一個人在房裡（風車型平台上），爸爸（常保笙飾演爸爸）獨自看著電視，自言自語的說著電視節目的內容。

爸爸　　寶貝女兒，過來一下！
思宜　　幹嘛？（走至爸爸房間）
爸爸　　幫我去買菸。
思宜　　我不要！我要去睡覺了。
爸爸　　對啦！對啦！妳媽媽叫妳去買妳就去，我叫妳去買，妳就不去！
思宜　　對啊！
爸爸　　啊妳沒用啦！妳不是我女兒啦！
思宜　　對啊！我不是你女兒。
爸爸　　妳是送瓦斯的女兒！

思宜　對啊！我是送瓦斯的女兒！
爸爸　妳是送報紙的女兒啦！
思宜　對啊！我是送報紙的女兒。
爸爸　妳沒有用啦！妳不是我女兒！妳閃啦妳！
思宜　對啊！我沒有用！我不是你女兒，那我就不跟你講話了！（語畢，轉身走向自己的房間坐下）
爸爸　唉唷，這樣就生氣喔？

△思宜停頓了一會兒，開始大哭，直到睡著。
△女性演員漸漸從左舞台進入，在舞台上思宜身邊不斷徘徊，且重複說著話語……

沛君　這個家。
韶庭　讓我無法感覺到溫暖。
思宜　我沒有用？我真的不是你的女兒嗎……
琳晏　從那一刻。
蘋誼　你說，我不是你女兒的那一刻。
卉禎　我當真了！
倪筠　或許我不是你女兒。
曰庭　但我不喜歡。
承霖　我真的很不喜歡。
思宜　我只想要有個溫暖的家。

△思宜最後大叫了說：我只想要有個溫暖的家。所有人漸漸停留在幼稚園教室的位置。

【第七之一場】幼稚園婚禮

△此場戲沛君為主要演員，卉禎飾演著幼稚園老師，韶庭飾演著沛君的媽媽，琳晏飾演著沛君的姊姊，其他全部的演員飾演幼稚園的同學，幼稚園放學了，家長一個個來接孩子回家……

△學生們在嬉戲打鬧，老師走進來。

老師　楊之謙回家囉！
之謙　YA！回家！（語畢，奔出舞台）
老師　保笙，你爸爸來接你了！
保笙　蛤～我還想繼續玩……（語畢，漫步嘟嘴離開舞台）
老師　倪筠，妳的阿嬤來了喔！
倪筠　阿嬤～（語畢，奔出舞台）
老師　昱嘉，你的阿祖來了！
昱嘉　蛤？我阿祖？（語畢，驚訝的走出舞台）
老師　曰庭，妳媽來了喲！
曰庭　她是我姊姊啦！（語畢，尖叫奔出舞台）
老師　承霖，妳媽來找妳了！
承霖　不瞞你說！其實她是我爸的小三（語畢，奔出舞台）
老師　蘋誼，妳媽媽來囉～
蘋誼　媽媽！（語畢，奔出舞台）
老師　思宜，妳家人來接妳囉～
思宜　Bye～Bye～（語畢，奔出舞台）

△當學生都走光了，獨留下沛君一個學生在舞台上，老師過來關心。

老師　咦？妳的家人呢？他們有要來接妳嗎？
沛君　我不知道……
老師　那他們有說他們要去哪裡嗎？
沛君　沒有欸……
老師　那老師陪妳等好了！
沛君　嗯！

△老師牽起沛君的手，站著等家人，過了一會兒，飾演媽媽的韶庭與進場，坐在白色平台上，感覺像是坐在轎車裡。

老師　妳的媽媽來了！
沛君　嗯，老師掰掰！（語畢，走向白色平台上，像是坐到轎車裡）
姊姊　媽媽，我們現在要去哪裡呢？
媽媽　回家呀！
沛君　妳們剛剛去哪裡？

姊姊　　看新娘呀！媽媽，剛剛那新娘好漂亮對不對？
媽媽　　對呀！那新娘超漂亮的！
沛君　　噢！（沉默轉頭低下一旁）

△姊姊和媽媽假裝繼續聊天，車子繼續行駛，人離沛君越來越遠，也感覺像是心離沛君越來越遠，沛君坐在白色平台上轉身面相觀眾。

沛君　　（生氣）到底是看新娘比較重要，還是我比較重要？

△燈暗。

【第七之二場】洗個澡

△昱嘉飾演沛君的爸爸。
△姊姊走出正在準備開水洗澡，沛君站在後面探頭探腦。

姊姊　　妹，沒有熱水？
沛君　　那怎麼辦？
姊姊　　妳去叫爸爸好不好？
沛君　　爸爸～

△爸爸走進浴室。

爸爸　　幹嘛？
姊姊　　那個……沒有熱水……

△爸爸低頭抬頭，屌兒啷噹的看。

爸爸　　我不是叫妳們泡澡嗎？
姊姊　　可是……等水放好要很久啊，所以……我們就想說用淋浴的……
爸爸　　（生氣）這麼喜歡淋，我幫妳淋啦！

△爸爸手伸出去拿蓮蓬頭，開始向姊姊和沛君身上沖，姊姊和沛君不斷地尖叫，姊姊伸手把水關閉，爸爸打姊姊，再次將水打開，繼續沖，

媽媽在一旁角落冷眼旁觀。

爸爸　（對太太說）把小的帶走！

△媽媽拉走沛君，留下姊姊的尖叫和哭聲，不斷的重複著，沛君再次出場。

沛君　你們，欺騙自己，爸媽還說是我們在作夢，他們，依然不敢面對這個現實，在這方面，我們都像孩子一樣。

△燈暗。

【第八場】愛的不一樣

△沛君飾演媽媽，蘋誼飾演姊姊，此場承霖為主要角色，飾演妹妹。
△承霖在右舞台上跌倒受傷，姊姊坐在下舞台的平台上，承霖打電話給媽媽。

承霖　媽，我跌倒受傷了。
媽媽　妳不知道我上班工作很忙嗎？
承霖　可是我有流血欸，妳可以來接我回家嗎？
媽媽　很重要嗎？不會去健康中心擦擦藥就好啦！
承霖　噢，好吧……
姊姊　喂，媽～
媽媽　妳怎麼了？
姊姊　我感冒了。
媽媽　蛤？等我一下，我馬上去接妳。

△媽媽整理辦公的東西後，立刻走到姊姊旁邊。

媽媽　妳還好吧？
姊姊　還可以。
媽媽　走！媽媽帶妳去看醫生。

△承霖走到白色平台後，做了翻衣服的動作，再走到媽媽和姊姊身邊。

承霖　媽！那邊有件衣服超好看的！
媽媽　醜死了！
承霖　妳又還沒看到……
媽媽　妳衣服還不夠是嗎？
姊姊　媽～這包包好好看，我喜歡！
媽媽　真的很好看！
姊姊　我要買～
媽媽　好啊！多買幾個不同顏色的吧～

△承霖走向白色平台，狀似到家後使用著用電腦。

姊姊　我要去洗澡不要跟我搶喔！（語畢，從左舞台下）
媽媽　是妳自己不買東西的欸，擺什麼臭臉啊！

△姊姊從左舞台走出。

姊姊　欸！妹，妳起來！我要用。
承霖　啊妳不是要去洗澡……
姊姊　齁～我在等熱水器啊！
承霖　等一下。
姊姊　快點現在給我起來用咩！
承霖　啊我就剛用咩～
姊姊　吼～媽！妹都不給我用電腦啦！
媽媽　起來給姊姊用。
承霖　啊她不是要去洗澡？
媽媽　她要等熱水器啊！

△承霖感到委屈走去看電視（韓國節目）。

承霖　哈哈哈～太好笑了吧！
媽媽　看這幹什麼？沒有意義！
承霖　看這很好啊～我還可以學韓文
媽媽　台語都講不好了，學韓文？！
承霖　（台語）其實我台語講得還不錯！

媽媽　所以咧？
承霖　（台語）啊看這個又沒有不好。
媽媽　都幾點了？還不整理整理去洗澡！
承霖　（台語）不行啊。
媽媽　為甚麼不行？
承霖　（意指姊姊）不是要去洗？
媽媽　不洗就去睡覺。

△承霖無奈地進房間看自己收藏的明星周邊商品。

承霖　oh my gosh！Super Junior 超帥的！
媽媽　媽的～那些當飯吃嗎？妳們這些白癡花錢供養他們，他會回過頭養妳啊！花一堆錢，我問妳妳哪來的錢啊？買那些東西有意義嗎？看到這些東西，我他媽就心痛！買一堆垃圾、廢物幹嘛啦？說啊！妳哪裡來的錢啊？
承霖　過年壓歲錢啦！
媽媽　哼！壓歲錢還不是我的錢！
承霖　啊就不是啊！
媽媽　妳再這種態度試試看，信不信我把它全部丟掉！媽的～我怎麼會生出這種敗類啊！

△燈暗。

【第九場】身體髮膚

△此場常保笙飾演主要演員、之謙飾演保笙的哥哥、廖思宜飾演常保笙的媽媽、盧昱嘉飾演常保笙的爸爸、許卉禎飾演理髮師A、倪筠飾演著被卉禎剪髮的客人、簡琳晏飾演常保笙的理髮師B。
△常保笙自己在房間上網，爸、媽和哥哥三人在房門外討論著，爸爸走進房間關掉電腦的電源。

保笙　幹嘛！要去哪裡啊？

△爸爸拉起常保笙到車上去。家人一同上車，直接開到理髮院。

爸爸　　到了，下車。

△全家走到理髮院。

理髮師B　請問有誰要剪頭髮？
爸、媽、哥　（齊聲並指著保笙）他。
保笙　　啊？我？
理髮師B　怎麼剪？
保笙　　前面頭髮剪到眉毛下就好。
媽媽　　眉毛上面！
理髮師B　那這邊請坐。你心情不好喔？我放歌給你聽。

△理髮師B把保笙頭髮抓起來綁著，保笙試著轉移心情強忍著

理髮師　這樣可以嗎？
媽媽　　可以！
理髮師　謝謝～

△剪完後，保笙走到車上哭了。

爸爸　　哭什麼哭啊!?
媽媽　　有什麼好哭的？男生留那麼長幹嘛!?
保笙　　為什麼我都不能留頭髮!?
媽媽　　你是男生還女生啊!?頭髮那麼長！
爸爸　　看你這個頭髮，跟女生一樣長，真的讓我很不爽！
保笙　　我的頭髮又不是給你看爽的！
媽媽　　你再說一次給我試試看！
爸爸　　到了！下車！

△保笙下車走到房間坐下。

保笙　　（哭著說）為甚麼我的頭髮總是不能自己管理!?當初孫中山革命，不就是為了民主自由嘛!?那為什麼我的頭髮卻還是受他控制!?如果在古代，我媽就是康熙，而我就是那個被管理頭髮的

人，如果我能自己管理頭髮，那該有多好！

△哥哥走進保笙房間。

哥哥　誰叫你要留那麼長！

△燈暗。

【第十之一場】爸媽

卉禎和琳晏分別在舞台中央上區及右下區的平台上，兩人交錯著內心獨白……

卉禎　之前爸媽吵架。
琳晏　事情為什麼會變成這樣。
卉禎　都很大聲。
琳晏　我真的不明白。
卉禎　我每次都被嚇哭。
琳晏　你們都只會互相指責。
卉禎　那些畫面現在還歷歷在目。
琳晏　妳還說那些話。
卉禎　一想到我的心就抽痛一下。
琳晏　妳知道對我來說傷害有多大嗎？
卉禎　現在只要是有人吵架。
琳晏　妳有想過妳說的話我會記多久嗎？
卉禎　我就很怕。
琳晏　對我來說是個很難忘的痛苦回憶。
卉禎　會被嚇到。
琳晏　我不想我的家是這個樣子的。
卉禎　我無法想像女兒拿給爸爸離婚協議書的感覺。
琳晏　想變也變不了。
卉禎　一定很痛苦。
琳晏　我真的好痛苦。
卉禎　很傷心吧！

琳晏　我對那些事的想法。
卉禎　我很想跟爸爸說聲。
琳晏　還有我的內心在想什麼。
卉禎　對不起。
琳晏　你們都不了解，也根本不想了解。
卉禎　雖然發生了這麼多事。
琳晏　對我來說待在這個家。
卉禎　但。
琳晏　壓力真的很大。
卉禎　我們都愛你。
琳晏　你們知道什麼是關心嗎？
卉禎　爸爸。
琳晏　關心自己的小孩？

【第十之二場】碎片

△此場許卉禎為主要演員，李承霖飾演媽媽、常保笙飾演爸爸。
△卉禎坐在黃色平台上，琳晏站在綠色平台看著卉禎的故事發生，卉禎的媽媽走向卉禎。

媽媽　女兒，把這個拿給你爸爸。
卉禎　嗯……離婚協議書？
媽媽　對，拿給妳爸。
卉禎　喔。

△卉禎的爸爸在幕後發出撞擊聲。

爸爸　幹！

△爸爸搖晃地走向卉禎，卉禎站起來。

卉禎　爸爸，媽媽要我拿這個給你。

△爸爸一拿到就把那張撕成對半，卉禎撿起撕掉一半的其中一張。

卉禎　爸爸，媽媽要我拿這個給你。
爸爸　幹！

△爸爸把那一半再撕成一半，卉禎再撿起那一半。

卉禎　媽媽要我拿這個給你。
爸爸　妳煩不煩啊！

△爸爸再撕成一半，卉禎撿起那些紙屑。

卉禎　爸爸，媽媽要我拿這個給你。
爸爸　操！

△爸爸再撕成一半，卉禎再撿起那些紙屑。

卉禎　爸爸，媽媽要我拿這個給你。
爸爸　煩死了！

△爸爸將那些紙屑往天空丟。燈暗，卉禎和琳晏交換位置，燈亮！換琳晏的故事開始。

【第十之三場】陌生的入侵

△此場簡琳晏為主要演員，常保笙飾演哥哥、張韶庭飾演大嫂、李承霖飾演媽媽。
△琳晏坐在綠色平台上，哥哥坐在旁邊打電腦，大嫂站在哥哥旁邊，一副有話要說的樣子。

大嫂　為什麼每次樓下那個都要在那邊管東管西？
哥哥　不要在那邊（台語）哭爸！
大嫂　你繼父他叫我把小孩拿掉我就要拿掉嗎？小孩算什麼？我算什麼？
哥哥　（明顯比剛剛更怒了）妳在（台語）哭爸一次試試看！
大嫂　你到底還是不是男人啊！別人欺負我，（諷刺的）你還忍氣吞聲？

△哥哥打平台一下，站起來。

哥哥 現在是怎樣？

△哥哥推了大嫂一下。

大嫂 （哭了）我要搬出去！

△哥哥拿起一旁的衣服、包包、砸在大嫂身上，大嫂倒在地上。

哥哥 要搬就搬啊！（兇狠地）滾啊！

△琳晏從綠色平台起身，走到了白色平台，坐下。
△大嫂從地上拿著包包、衣服，走向琳晏，然後坐下。

大嫂 （難過的說）妳哥哥都不關心我，生病也不帶我去看醫生，還叫我搬出去。
琳晏 真的假的？太誇張了吧！
大嫂 （哭著說）真的，而且妳繼父……

△琳晏在大嫂未說完話之前激動的說。

琳晏 他不是我繼父，他和媽媽還沒結婚！
大嫂 隨便，我管不了那麼多！都是妳繼父害的，挑撥我和妳哥的感情。
琳晏 好啦！我幫妳去問媽媽，那個男的為什麼叫妳把小孩拿掉？

△大嫂拿著包包和衣服從左舞台下，琳晏起身走向黃色平台前，定格不動，直到媽媽走出來坐上白色平台，琳晏這時才轉身，開始問媽媽。

琳晏 媽！為什麼每次他都要在那邊挑撥？
媽媽 他哪有挑撥？他只是說出事實！
琳晏 那他幹嘛叫大嫂把小孩子拿掉？害大嫂跟哥哥的感情變得那麼複雜，這樣他就開心了喔!?
媽媽 所以妳也聽妳大嫂在挑撥啊！叫她把小孩拿掉是因為他們現在

經濟根本不穩定，自己都養不好了，還想養孩子？而且沒有妳繼父妳也活不下去啦！在外面也只會被看笑話而已！不是嗎？

琳晏 是嗎？我怎麼覺得是因為妳把他帶回家裡才被笑的？用不著這麼可恥！說的自己都對一樣！妳有想過我們孩子的感受嗎？外面的男人有比自己的家人好喔？

△媽媽站起來，打了琳晏一巴掌。

媽媽 妳態度可以再差一點，沒人像妳這樣跟自己的媽媽說話，沒有人像妳一樣會侮辱自己的媽媽，早知道妳會這樣，妳出生的時候應該要把妳掐死！

琳晏 現在我恨不得妳把我掐死好了！妳以為我喜歡對自己的媽媽大小聲嗎？是因為妳變得不像以前的媽媽了！變得我不認識了，真的……

△媽媽定格不動。

△燈漸暗

【第十一之一場】貓咪的窩

△蘋誼為此場主要角色、盧昱嘉飾演貓和蘋誼的爸爸、倪筠飾演蘋誼的妹妹、李承霖飾演媽媽。蘋誼和妹妹兩人坐在舞台右區，像是在房裡，妹妹玩著電腦。

△貓從左舞台跑出，跳到白色平台上，再跳下，到中下舞台做了個貓的動作後，又繞回白色平台的後方，跳上去。

蘋誼 剛搬家不久，我家聰明的貓，娃娃，開了窗戶，溜了出去。

△貓在白色平台上做了開窗的動作，上看看下看看，然後跳了出去，到中下舞台做了貓的動作後，走至右下舞台，玩著逗貓棒

蘋誼 以往牠看玩風景就會自己從窗戶跳回來，而這次牠卻一去不回。

△貓從右舞台走下。

蘋誼　（點點妹妹的肩膀）妹，我們去找娃娃好不好？
妹妹　好！

△蘋誼和妹妹站起來，其他演員從幕裡走進來在後面排排站好。

蘋誼　我和妹妹不停的找，為了牠，還貼了尋貓啟事。

△妹妹走到左舞台後，繞回來往右走，從每個演員面前經過，演員依序舉起尋貓啟事，妹妹走回到蘋誼左邊後，其他演員交錯往左有舞台來回走一趟，回到定位後齊聲發出貓叫。

蘋誼　我們又去拜拜，希望牠能早點回家。

△蘋誼和妹妹雙手合十跪拜，其他演員隨著蘋誼和妹妹一起膜拜，蘋誼與妹妹起身，其他演員俯伏跪拜不動。

蘋誼　但是到最後，牠還是沒有回來。

△蘋誼坐下，妹妹走到蘋誼右邊坐下。

蘋誼　在牠走前幾天，我還和牠一起看電視。

△其他演員此刻坐下，貓從右舞台走出，從妹妹和後方演員中間穿過，走到蘋誼腳邊，臉放在蘋誼腿上，後方演員也做了和貓相同的動作，所有人看著電視，蘋誼和妹妹笑了，貓叫了一聲，微笑。
△貓走到白色平台旁眺望。

蘋誼　寒假，我和妹妹還陪牠一起等日出（語畢，轉頭和妹妹說）妹妹，我們去陪她等日出吧！
妹妹　走吧！

△蘋誼走到貓的左邊微蹲，妹妹走到貓的右邊，蹲下。

蘋誼　欸～太陽出來了耶！

妹妹　　終於出來了……

△妹妹揉揉眼睛。

貓　　喵～
蘋誼　　但是幾天後，牠卻失蹤了。

△貓再次跳上平台，做出開窗戶的動作，上看看下看看，跳下去後，到中下舞台做了貓的動作，叫了一聲，慢慢從右舞台下。

蘋誼　　那幾天，我幾乎天天以淚洗面
蘋誼和妹妹　（齊聲）天天（停頓一下）以淚洗面。

△燈光變化。

【第十一之二場】我在乎

蘋誼　　我爸和我媽在我小時候就離婚了。
蘋誼和妹妹　（齊聲）我和媽媽一起住。
妹妹　　之後，我們見到阿公阿嬤的次數比我爸還多。
蘋誼　　我爸那時候很少來看我們。
妹妹　　三個月一次。
蘋誼　　半年一次。
蘋誼和妹妹　（齊聲）似乎有沒有來都無所謂了。

△爸爸從右舞台走出。

爸爸　　孩子們，爸爸帶你們出去玩囉～

△蘋誼和妹妹轉過頭，開心的看著爸爸。

蘋誼和妹妹　（齊聲）爸～
妹妹　　等我一下，我去叫媽媽。

△蘋誼面向觀眾。

蘋誼　去年開始吧！爸爸工作有點不順利，常常找媽媽聊天。

△媽媽從左舞台走出。

爸爸　走吧！

△一行人繞過右舞台轉身。

蘋誼和妹妹　爸爸，我們要去哪裡？
爸爸　去大湖採草莓。
妹妹　哇～好多草莓！
蘋誼　妹～（指向左上舞台）那裡啦！

△蘋誼和妹妹往左上舞台方向走，一家人開始蹲著做出採草莓的樣子。

爸爸　我們再去放天燈。
蘋誼和妹妹　哇～

△一家人散落在舞台上放著天燈，一起看著天燈漸漸望向天空。

妹妹　還有還有～我們還一起去看燈會！

△爸爸媽媽和妹妹往右舞台走，坐在平台上，狀似聊天。

蘋誼　我慢慢發現，我錯了！我還是很希望爸爸媽媽能住在一起，每天見面，其實我一直都很在乎，只是我沒有仔細去想而已。

△歌曲進【註二】～演員開始歌舞。

【第十二場】我想跟您說

△此場，蘋誼轉變為貓，爸爸和妹妹在對話，像是透過了貓說出了心裡

的話，也與離婚的爸爸說出自己心中的話語……
△貓從左幕出來，跳上白色平台，做出了開窗戶的動作

妹妹　　娃娃！（拉爸爸衣服）娃娃回來了！

△爸爸看到娃娃回來了，難以置信的表情看著娃娃，慢慢站起來。

爸爸　　娃娃，妳跑去哪裡了？
貓　　　我只是出去逛逛，看看風景嘛！沒想到就迷路了嘛！
爸爸　　妳不知道我們找妳多久了嗎？
貓　　　對不起嘛！我又不是故意的！
爸爸　　既然妳再也不會回來了，那……妳要過得快樂一點喔！
貓　　　喵嗚～

△蘋誼在白色平台上變回一般坐姿，妹妹走到白色平台旁跪坐。

蘋誼　　那幾天，我幾乎天天以淚洗面。
蘋誼和妹妹　天天，以淚洗面。
爸爸　　孩子們，爸爸帶你們出去玩囉！
蘋誼和妹妹　爸！
妹妹　　我去叫媽媽

△媽媽從左舞台走出。

妹妹　　爸爸，我們要去哪？
爸爸　　去大湖採草莓。

△分開各自採草莓。

爸爸　　我們再去放天燈。
蘋誼和妹妹　哇～

△蘋誼和妹妹把手慢慢地放下，爸爸和媽媽直到蘋誼叫他們，開始講話才放下。

△蘋誼一副心事重重的樣子，在白色平台前走來走去。

蘋誼 到底該不該說呢？

△妹妹跑到蘋誼身邊。

妹妹 說什麼啊？

△蘋誼轉過身。

蘋誼 就那件事啊！
妹妹 就說吧！讓他們知道我們的想法！
蘋誼 嗯！

△蘋誼再轉向爸媽

蘋誼 爸媽，慢慢發現，我錯了，我還是很希望我們能夠住在一起，每天見面，其實，我一直很在乎，只是我沒有去想而已。
媽媽 對不起，我以前一直忘記了妳們的感受。
爸爸 （看著蘋誼）我還是很愛妳們的。
爸爸 （看著媽媽）這些年，妳辛苦了。
媽媽 過去的，來不及了，以後，希望你以後能珍惜。
爸爸 我會的！

△燈暗。

【第十三場】家的需要

△琳晏試圖與家人溝通，雖然心中有些挫折，但受了知心朋友的鼓勵，也許會敞開心裡的話語，有智慧的跟家人溝通……
△大嫂坐在紅色平台上，繼父坐在白色平台上，琳晏坐在綠色平台上。

大嫂 總有一天我要把他趕走，因為我恨他！
琳晏 妳有資格嗎？妳做的也沒比繼父好啊，這個家會變得連一點溫暖也沒有，都是你們害的！

△琳晏走向白平台（看著繼父）。

繼父　少和妳大嫂在一起，不要幫她們做東做西，他們又不是沒手沒腳！還有，妳高中就直接去台南讀書，反正妳考不上復興！
琳晏　你怎麼知道我會考不上？而且，我也不想待在這個家，我想搬出去住！
媽媽　妳不會考上的啦！妳有能力養活自己嗎？不要笑死人了好不好？
琳晏　每天猜忌，懷疑對方，這裡就是你們所謂的家嗎？

△琳晏一人飾演兩角（爸爸和琳晏）。

琳晏　爸爸……為什麼你可以丟下我們？讓家裡變成這樣，媽媽也不愛我了，沒有人相信我會考上復興，爸爸，連媽媽都不愛我了！（哭泣）
爸爸　對不起，爸爸沒辦法陪在你們身邊，但是，爸爸也是逼不得已的啊！除了爸爸，還有很多相信妳，關心妳的朋友啊！
琳晏　但是，我好想你，我不想要失去你！爸爸，你不要走好不好？

△爸爸抱著琳晏。

爸爸　對不起！爸爸會再回來看妳，會在天上保護妳，也許妳看不到，但是，記住，爸爸永遠愛妳，爸爸也不想要失去妳！

△爸爸退場，曰庭、昱嘉走向白台坐下，搭著琳晏的肩膀。

曰庭　簡琳晏！簡琳晏！妳不會是自己一個人，我們永遠都會陪在妳身邊。
昱嘉　對啊！不管妳媽媽他們怎麼說，但……妳還有我跟她啊！
曰庭　別人不相信妳，但我和他是妳的知心好友，我們會相信妳，如果真的考不上，妳又想搬出去，不用擔心房租，搬來我家住，我也可以照顧妳啊！
琳晏　謝謝你們，你們就像哥哥姊姊一樣，隨時守候在我身邊。

曰庭 也許，妳也可以試著去接受妳身邊的繼父，或許，他會是個好爸爸。

琳晏 我懂的，我會努力接受的！只想要這個家是和樂的，但是，需要彼此相信吧？還有溝通……

△燈暗。

【第十四場】我沒有，我想你

△在過去卉禎還小，來不及說出一些話，這次，她決定：我要告訴爸爸，不論只是在心中或是……我要告訴爸爸……

卉禎 爸爸，我拿給你離婚證書時，你一定很傷心吧……我不是有意要拿給你的，我小不懂事，我一點都不想要你和媽媽離婚，對不起……

爸爸 禎禎，妳不要一直把這件事放在心上了，我知道妳不是有意的，不要難過了。

卉禎 爸爸……你為什麼就這樣離開了呢？你知道媽媽從年輕扶養我們到現在很累嗎？你知道媽媽每天上班賺錢很累嗎？為什麼你就這樣不負責任的離開了？

爸爸 對不起……爸爸我沒有盡到一個爸爸應有的責任，我不應該直喝酒，一直依賴妳媽，辛苦妳們了，爸爸就這麼離開，真的對不起……

卉禎 爸爸……我很想你，我們都很想你，真希望你還能在身邊……

爸爸 禎禎，乖，妳長大了。

△燈暗。

【第十五場】溝通吧！

△保笙被家人抓去剪了頭髮，心情相當難過，哥哥進房間與保笙聊天，產生了有趣的對話……

△哥哥走進保笙房間。

哥哥　誰叫你要留那麼長！
保笙　唉～煩死了！我頭髮又被媽媽剪了！
哥哥　我也常被剪啊！
保笙　哪有!?你以前都可以留那麼長，想剪甚麼，就剪甚麼！
哥哥　當然！我都喝（台）三民威士忌！（三洋維士比的諧音）
保笙　福氣啦！（台語）
哥哥　兄弟～（台語）
保笙　好啦好啦，不要講這些啦！不然你都怎麼跟媽媽講的？
哥哥　山人自有妙計！
保笙　可是我們只有兩人欸！
哥哥　誰跟你講三人！我講山人啦！
保笙　你都怎麼跟媽媽講的？
哥哥　（台語）你喝我的屎我就跟你講啦！
保笙　（台語）好！你便出來！

△保笙抓之謙褲子。

保笙　好！跟我講，你都怎麼跟媽媽講？
哥哥　山人自有妙計！
保笙　可是我們只有兩人啊！
哥哥　啊就跟你講山人啊！就不是講三人啊！
保笙　好啦你不要再鬼扯了啦！
哥哥　我才不怕她勒！
保笙　好！那我就讓你試試看！（起身轉變為媽媽的樣子）
哥哥　來啊～
保笙　楊之謙！頭髮怎麼留那麼長！都不剪！
哥哥　我幹嘛要剪？你剪我就剪啊！
保笙　（假裝摸著長長的秀髮）人家可是林老木呢！
哥哥　可是這樣沒有我的style啊！
保笙　style!?你看看你這甚麼臉！豬臉！頭髮留這麼長！豬毛！指甲還不剪！豬蹄！你該不會也有豬尾巴吧！要不要剪下來燉湯！
哥哥　（慢動作）不要這樣子嘛！媽～妳拉鏈沒拉欸～

△慢動作的說出話來之後，行為也慢動作，說完話，想偷跑，從媽媽身

後走，一副得意的樣子；剛經過媽媽身邊，媽媽轉身伸手抓住之謙，將之謙拉住順時鐘甩，之謙被抓著之後，發出豬叫聲直到被甩落至紅黃平台上，之謙與保筌敲打平台，打出節奏）

△唱歌。

哥哥　我不要剪頭髮，妳卻逼我剪頭髮唉呦喂呀！我們像是阿呆（呆瓜部分保筌唱第一次，第二次合唱）與阿瓜X2

保筌　你給我剪頭髮，你是皮在癢嗎？你再不去剪頭髮，我就把你喀擦x7喀～

哥哥　oh～（嚇死了將雙手檔在褲檔前，歌唱結束）欸我就不要剪咩！你很奇怪欸！

保筌　那你到底想留甚麼頭髮！你知道每天生教、主任、班導都打電話過來！很煩嗎！如果你有辦法讓他們不要打過來！我就讓你留～

哥哥　好！我不會讓他們打過來的！

保筌　那……還是不能超過鼻子，不然真的太長了。

哥哥　好～

△燈暗。

【第十六場】媽，我愛妳

△承霖不甘於媽媽與姊姊對待自己的方式，她認為自己一直處於不平衡的那方，無論如何，她只想告訴媽媽……

媽媽　妳真的很不孝順，就只知道亂買東西！成天就只知道偶像崇拜，叫妳看書也不看！真是不要臉到了極點！

承霖　妳就不能看看我的優點嗎？妳叫我做的事，我都有做喔！不要太強人所難好嗎！

媽媽　妳真的很不孝順，就只知道亂買東西！成天就只知道偶像崇拜，叫妳看書也不看！真是不要臉到了極點！

承霖　妳每次就只會罵這些，妳到底有沒有想過我的感受啊？

媽媽　妳真的很不孝順，就只知道亂買東西！成天就只知道偶像崇拜，叫妳看書也不看！真是不要臉到了極點！

承霖　為什麼妳一個做媽媽，能夠完全無視我的優點？是妳自己從來沒有真心關心過我的啊！

媽媽　妳真的很不孝順，就只知道亂買東西！成天就只知道偶像崇拜，叫妳看書也不看！真是不要臉到了極點！

承霖　崇拜偶像有什麼不好？他們是我的生命意義妳懂嗎！

媽媽　妳真的很不孝順，就只知道亂買東西！成天就只知道偶像崇拜，叫妳看書也不看！真是不要臉到了極點！

承霖　我都有在看書，成績還比一些有在補習的好，雖然沒有進前十名，但至少我努力了！

媽媽　妳真的很不孝順，就只知道亂買東西！成天就只知道偶像崇拜，叫妳看書也不看！真是不要臉到了極點！

承霖　妳可以試著去了解他們，了解我，不要只會一味的批評！

媽媽　妳真的很不孝順，就只知道亂買東西！成天就只知道偶像崇拜，叫妳看書也不看！真是不要臉到了極點！

承霖　姊姊就沒有錯嗎？不然我從今天開始孝順啊！

媽媽　妳真的很不孝順，就只知道亂買東西！成天就只知道偶像崇拜，叫妳看書也不看！真是不要臉到了極點！

承霖　如果妳認為我不要臉，當初又何必生下我？每個人都有權力擁有自己所愛，我不懂妳在不爽什麼，姊姊就沒有錯嗎！為什麼我就不能和她平等？我根本不想吵妳懂嗎？

媽媽　妳真的很不孝順，就只知道亂買東西！成天就只知道偶像崇拜，叫妳看書也不看！真是不要臉到了極點！

承霖　媽，我知道錯了，昨日的以前以後，甚至以前的那一切，對不起我們是否可以各退一步，妳，體諒、了解，關懷用心包容，也請試著往別人的角度想，我知道我不乖不孝，只會亂買東西，但妳知道，因為妳和姊姊永遠不是跟我在同一條線，即使是同樣的家，流著相同血液，為什麼卻要這樣互相排斥呢？我努力容忍，付出了這些，妳卻始終沒有看見，我到底該如何是好？

媽媽　妳真的很不孝順，就只知道亂買東亂買西！成天就只知道偶像崇拜，教妳看書也不看！真是不要臉到了極點！

承霖　媽，我愛妳。

△燈暗。

【第十七場】爸媽呀！

△在沛君心中，一直存在著小時候爸媽曾給予的傷痛，對大人而言或許不是件重要的事，但在沛君的心中所留下的是一道一道的傷痕……

老師　　妳的媽媽來了耶！
沛君　　嗯，老師掰掰。

△媽媽和姊姊坐在白色平台上像是開車，沛君走向白色平台坐進轎車。

姊姊　　媽媽，我們現在要去哪裡呢？
媽媽　　回家啊！
沛君　　妳們剛剛去哪裡？
姊姊　　看新娘啊！媽媽，剛剛那新娘好漂亮對不對？
媽媽　　對啊，那新娘超漂亮的！
沛君　　到底是看新娘比較重要，還是我比較重要啊？

△媽媽和姊姊站緩緩起站在白色平台旁邊，沛君回到舞台中央，姊姊、媽媽坐回原來的位置。

沛君　　嗯，老師掰掰！

△沛君轉身踱步，向前抱住媽媽哭泣，兩人抱住漸漸轉身，沛君緩緩坐下，也漸漸恢復情緒。

沛君　　媽～～
姊姊　　媽媽，我們現在要去哪裡呢？
媽媽　　回家啊！
沛君　　妳們剛剛去哪裡？
姊姊　　看新娘啊！媽媽，剛剛那新娘好漂亮對不對？
媽媽　　對啊，那新娘超漂亮的！
沛君　　到底是看新娘比較重要，還是我比較重要啊？
媽媽　　妳那是什麼態度啊？

沛君　　妳知道，一個人被留在幼稚園的心情有多傷心、多害怕嗎？一個人的心情，妳到懂不懂啊？

△媽媽和姊姊緩緩站起在白色平台旁邊，沛君回到舞台中央，姊姊、媽媽坐回原來的位置。

△幼稚園的所有學生回到舞臺上，所有人原地坐下，姊姊和媽媽才坐下。

老師　　楊之謙，回家了喔！
之謙　　YA！回家。（語畢，奔出舞台）
老師　　保笙，你的爸爸來了！
保笙　　蛤～我還想繼續玩……（語畢，漫步嘟嘴離開舞台）
老師　　倪筠，妳的阿嬤來接妳了喔！
倪筠　　阿嬤～（語畢，奔出舞台）
老師　　昱嘉，你阿祖來了！
昱嘉　　蛤？我阿祖？（語畢，驚訝的走出舞台）
老師　　曰庭，妳媽媽來囉！
曰庭　　她是我姊姊啦！（語畢，尖叫奔出舞台）
老師　　承霖，媽媽來了！
承霖　　不瞞你說！其實她是我爸的小三（語畢，奔出舞台）
老師　　蘋誼，妳媽媽來囉～
蘋誼　　媽媽（語畢，奔出舞台）
老師　　思宜，妳家人來了～
思宜　　Bye～Bye～（語畢，奔出舞台）

△學生都走光了，老師走過來關心。

老師　　欸？妳的家人呢？他們要來接妳嗎？
沛君　　不知道欸……
老師　　那他們有說他們要去哪裡嗎？
沛君　　沒有欸……
老師　　那……老師陪妳等好了！
沛君　　嗯！

△老師牽起沛君的手，站著等家人，過了一會兒，媽媽和姊姊進場。

老師　　妳的媽媽來了耶！
沛君　　嗯，老師掰掰！

△老師帶著沛君去坐車，媽媽也和老師打招呼，彼此寒暄。

姊姊　　媽媽，我們現在要去哪裡呢？
媽媽　　回家啊！
沛君　　妳們剛剛去哪裡？
姊姊　　看新娘啊！媽媽，剛剛那新娘好漂亮對不對？
媽媽　　對啊，那新娘超漂亮的！
沛君　　到底是看新娘比較重要，還是我比較重要啊？
媽媽　　妳那是什麼態度啊？
沛君　　妳知道，一個人被留在幼稚園的心情有多傷心、多害怕嗎？一個人的心情，妳到底懂不懂啊？
媽媽　　我知道了，是我不好，把妳一個人留在幼稚園，我沒有想過妳的感受，對不起……
沛君　　如果，還有下次，或許妳可以事先告訴我，或是幼稚園老師，妳甚至可以叫親戚先來接我，而不是把我一個人留在幼稚園。
媽媽　　嗯！

△媽媽像是開車一般，往右舞台退場，姊姊走向黃色平台上開連蓮蓬頭的水。

姊姊　　妹妹！沒有熱水～
沛君　　那怎麼辦？
姊姊　　妳去叫爸爸好不好？
沛君　　（轉身開門）爸爸爸爸～
爸爸　　幹嘛？
沛君、姊姊　那個～沒有熱水。
爸爸　　我不是叫妳們泡澡嗎？
沛君、姊姊　可是……等水放好要很久啊！所以～我們就想說用淋浴的～
爸爸　　這麼喜歡淋，幫你淋啦！

△沛君和姊姊不斷尖叫和後退，姊姊衝向前把水關掉，爸爸打姊姊，再次將水打開繼續沖。

爸爸　（對太太說）把小的帶走！

△媽媽把沛君拉走，在右中舞台停下，沛君走到右上舞台轉向爸爸，爸爸依然拿水沖著姊姊。

沛君　（將媽媽的手甩開）到底夠了沒？不要拿水沖姊姊！為什麼你要拿冷水潑我們？

△沛君面向觀眾。

沛君　欸，爸，你知道嗎？我小的時候啊，在冬天的時候，被潑冷水，你還記得嗎？那年寒流來襲，你潑我們冷水，我真的不知道有什麼樣的事情，可以讓你這樣潑我們冷水。
爸爸　（轉身面向觀眾）有嗎？我看……是妳們在作夢吧！不要一天到晚把妳的夢境拿出來說笑好不好？
沛君　既然你覺得是我在做夢，那麼，你在緊張什麼？而且，哪有可能兩個人同時做同樣的夢啊？
爸爸　妳到底在神經什麼？
沛君　你為什麼不敢坦承？
爸爸　沒有就沒有的事情，妳要我坦承什麼？
沛君　我真的不知道，我不知道你為什麼可以這樣，如此痛的事情，就這樣全都忘了？你知道嗎？現在，最刻骨銘心的不是那些冷水、那些責備，而是你居然可以像小孩子一樣逃避，不敢承認！我真的不知道……你知道那些痛，那些難過嗎？到現在，我依然記得那冷水的冰冷，姊姊的尖叫是多麼的可怕，我甚至感覺我當時害怕的心情還在……
爸爸　我也不知道，或許我們也只會逃避，不敢面對，我不知道我為什麼當初會這麼衝動，過了幾年，我也忘了，現在妳一說，我是想起來了，但是，大人也和小孩一樣，不敢承認。
沛君　所以你是承認了？
爸爸　這種事情，妳清楚我明白就好了，或許我已經忘了這件事，我想，妳也知道，我有更改管教的方法，這幾年，沒有冷水沒有棍子，妳應該感受得到。
沛君　嗯，其實，我只是希望你承認而已。

△姊姊尖叫，燈暗。

【第十八場】我喜歡你這個爸爸

△思宜的爸爸喜歡跟思宜開開玩笑，這種玩笑在大人眼裡感覺很有趣，是一般大人覺得在調劑親子間感情的玩笑，但思宜不這麼認為，因為……

△爸爸獨自在房間看著電視，說著電視裡的情境。

爸爸　寶貝女兒，過來一下！
思宜　幹嘛？（走至爸爸房間）
爸爸　幫我去買菸。
思宜　我不要！我要去睡覺了。
爸爸　對啦！對啦！妳媽媽叫妳去買妳就去買，我叫妳去買，妳就不去！
思宜　對啊！
爸爸　（台語）啊妳沒用啦！妳不是我女兒拉！
思宜　對啊！我沒有用！我不是你女兒。
爸爸　（台語）妳是送瓦斯的女兒！
思宜　對啊！我是送瓦斯的女兒！
爸爸　（台語）妳是送報紙的女兒啦！
思宜　對啊！我是送報紙的女兒。
爸爸　（台語）妳沒有用啦！妳不是我女兒！
思宜　你怎麼可以這樣講，你知道我很難過嗎？我真的很喜歡你這個爸爸！

△爸爸站起來往上舞台的灰色平台走去（思宜的房間），爸爸坐下後，思宜走向白色平台後坐下，學起爸爸看電視的樣子。

思宜　親愛的爸爸過來一下。
爸爸　幹嘛？
思宜　幫我去買東西。
爸爸　我不要！
思宜　對啦！對啦！媽媽叫你去買妳就去買，我叫你去買，你就不去買！
爸爸　對啊！
思宜　（台語）啊你沒用啦！你不是我爸爸啦！

爸爸　（台語）對啊！我不是你爸爸。
思宜　（台語）你是送瓦斯的爸爸！
爸爸　（台語）對啊！我是送瓦斯的爸爸！
思宜　（台語）你是送報紙的爸爸啦！
爸爸　（台語）對啊！我是送報紙的爸爸。
思宜　（台語）你沒有用啦！你不是我爸爸！閃啦！
爸爸　妳怎麼可以這樣講，妳知道我很難過嗎？我很喜歡妳這個女兒！
思宜　好啦好啦！（過去勾起爸爸的手）我帶你去買東西！

【第十九場】狗是我的欸

△曰庭憶起曾養的狗狗，當初沒能給牠好的居所，也在意外中失去了牠們，她想未來還有養狗狗的話，我不會在自己手中失去牠們，如果可以我也會……

△阿棕與阿黑兩隻狗在左下舞台悠閒的嬉鬧著。

沛君　（從左上舞台衝出）怎麼辦、怎麼辦、怎麼辦！（突然靜止不動）

△阿棕與阿黑漸漸走向舞台中央左區，鄰居從左舞台走出。

鄰居　（丟東西在阿棕與阿黑身上）吵死了！這兩隻狗，我一定要叫捕狗大隊來抓你們。（定格不動）

△曰庭從右上舞台走出至平台，同場五一樣，同時說著一樣的話。

曰庭　真的假的，阿棕阿黑被抓走了、真的假的，阿棕阿黑被抓走了、真的假的，阿棕阿黑被抓走了……

△曰庭蹲下大哭，沛君走向曰庭，沛君蹲下雙手搭在曰庭肩上，兩人漸漸起身轉圈，身分像是交換了一般，曰庭移至沛君剛剛的位置，沛君則蹲下哭泣。

鄰居　吵死了！這兩隻狗，我一定要叫捕狗大隊來抓你們！（手中拖鞋丟向阿棕）

曰庭　（衝出來擋下拖鞋，眼神充滿著憤怒的瞪著鄰居看，慢慢走向鄰居）狗是這樣給你丟嗎？你不知道很痛嗎？狗是我的欸！媽的！你欠丟喔？

△曰庭從屁股口袋拿出藍白拖鞋打鄰居的頭，鄰居頭痛退出舞臺。

沛君　（起身轉向曰庭）謝謝妳救了我的狗。（微笑）

△曰庭走向沛君身邊坐下。

沛君　（抬頭仰望）牠們在那裡會過得很好吧？
曰庭　希望牠們過得很好。
沛君　在遙遠的那一端……
曰庭　我說，當初如果沒有發生那一切，該有多好？
沛君　是啊～一切都只是想像。

△曰庭嘆了口氣，兩人同時起身，轉身背台，齊步走向右上舞台。

沛君、曰庭　（齊聲）真的假的，阿棕、阿黑被抓走了、真的假的，阿棕、阿黑被抓走了、真的假的，阿棕、阿黑被抓走了、真的假的，阿棕、阿黑被抓走了、真的假的，阿棕、阿黑被抓走了……

△燈暗。

【第二十場】遊戲惡夢

△之謙喜歡玩網路遊戲，在上次媽媽的勸說後，自己不聽勸繼續遊戲，心中產生罪惡與不安感，後來會發生的事……可能是夢境也可能是現實。
△之謙坐在灰色平台上玩電腦，媽媽從右幕走出。

媽媽　楊之謙～你為什麼可以玩電腦？
之謙　喔。
媽媽　喔什麼？
之謙　不然，妳也來玩啊！

媽媽　好啊！
之謙　來啊！

△音樂進，媽媽往左舞台走過去，之謙做出摔鍵盤的動作，往右下舞台走，分別做出遊戲中的動作，之謙攻擊媽媽，媽媽閃開並往前揮了兩刀，之謙閃開後再度攻擊，媽媽又一次的閃開了之謙的攻擊，衝向之謙翻轉並揮刀，之謙被爆頭後倒下，媽媽走向之謙，往之謙的肚子捅了三刀後，丟下刀子，並擺出不屑的表情。

媽媽　（不屑的說）玩遊戲的時間總是過得特別的快，好好充實自己吧！

△媽媽從右舞台離開後，大聲嘲笑。燈暗。

【第二十一場】親愛的同學

△昱嘉聯絡起出國遙遠的同學，心中想著……從國小時大家班上這麼凝聚，至今少了一個人，似乎在心中就少了些什麼？假如可以，我希望能有這樣的畫面出現，至少我們依然……
△兩人從左舞台走出至舞台中央。

卉禎　我從小開始就有很強烈的不安全感。
昱嘉　一直都需要有人陪在身邊。
卉禎　身邊的範圍是。
昱嘉　身旁的任何人。
卉禎　又因為非常討厭這種感覺。
昱嘉　所以想保護別人。
卉禎　挽留別人。
昱嘉　我曾跟自己說過。
卉禎　不要輕易哭。
昱嘉　不是所謂的男兒有淚不輕彈。
卉禎　而是好好面對自己的心、情感。
昱嘉　現在唯一想做的。
卉禎　不是她回來。
昱嘉　就是我過去。

卉禎、昱嘉　如果是她回來。
卉禎、昱嘉　我的第一句一定是。
卉禎、昱嘉　歡迎回家。
卉禎、昱嘉　如果是我過去。
卉禎、昱嘉　就不知道會有什麼反應了。
卉禎、昱嘉　過得好嗎？這樣吧？

△兩人開始輕鬆的交談，像是在公園一般。

昱嘉　妳終於回來啦！怎麼樣？在那裡過得好嗎？
卉禎　沒什麼，ㄟ！我現在變這麼胖了！能不好嗎？
昱嘉　那……妳還會再回去嗎？
卉禎　我媽是說不會，好像是工作的關係，會有很長的時間在這裡。
昱嘉　這樣喔！呼～～
卉禎　幹嘛？
昱嘉　沒事沒事！我跟妳說喔！妳不在的這段時間，發生了很多事，大家都變好多。小胖越吃越多，更……鸚鵡還是一樣矮，跟變很高的餅乾站在一起超奇怪的，章魚燒老師還是一樣，那個臉總是臭臭的，現在被調到其他學校去了，不知道人在哪？主任跟巧妃老師大吵一架，不知道是什麼原因……我呢，還是沒什麼變化。神經的小瑄倒是念念不忘的等著妳回來。走吧！先去找她，她看到妳可能會嘰哩呱啦的說個不停！妳要有心理準備喔！

△卉禎打個大大的哈欠。

卉禎　欸，其實你的廢話也變很多耶，快走啦！

△兩人緩緩地退場。

昱嘉　一回來就罵人？啊對對對，明天同學會，所有人都會到喔！連妳也回來了，大家都沒有忘記妳，看到妳一定都很高興吧！

【第二十二場】妳是我的同學

△倪筠的好朋友作了偷竊的事情，讓倪筠知道了！並要倪筠幫她保密，經過這一切後，她們會成為共犯……還是好朋友？

△同學們邊走邊複誦「偷筆的人是倪筠」

倪筠　（大喊）偷筆的人不是我！

△同學們看著倪筠竊竊私語的說：「明明是她還不承認」。

倪筠　（指承霖）是她！

△同學們複誦著「偷筆的人是樂樂」

承霖　（結結巴巴）不是我啊！

△同學們停止不講話，慢慢坐下。

倪筠　當初不是說好要我幫妳保密嗎？為什麼偷筆的人是我？

△同學們做出雙手摀住嘴做出驚訝的表情。

承霖　妳不要亂講話好不好！

倪筠　我沒有亂講啊！這是事實，當初妳很討厭她，所以偷她筆，老師在檢查時，是妳自己叫我幫妳保密的欸！

△同學們手隨機指一方向，並齊聲：他們兩個吵架了。

承霖　跟妳做朋友我很不滿，妳成績比我好，每一次選組長都是妳，什麼好處都是妳，跟妳做朋友讓我真的很不舒服！

倪筠　妳有本事的話妳也可以做啊！我們現在就去跟老師說，偷筆的是妳，幫妳保密的是我。

承霖　我不要！

倪筠　我希望妳可以承認這個事實。
承霖　我不想！
倪筠　我們都做了，我希望妳可以勇敢承認。
承霖　我不要！
倪筠　走！我們去找老師

△倪筠抓著樂樂，樂樂把手甩開。

承霖　不要！妳幹嘛？我不要啦！
倪筠　我們兩個是好朋友欸！

△倪筠和樂樂停住不動，同學們起身走動並複誦著「他們兩個是共犯」。

【第二十三場】迷路，也不錯！

△韶庭小時候就有跟爺爺去賣場跟丟的經驗，這個經驗使她感覺到成長，似乎像是不斷的在找尋出口，或是方向；找到方向之前，有時候還需要多一點體驗，甚至迷路……讓自己能與內心對話，找到方向。
△韶庭坐在白色平台上。

韶庭　（平靜的說）我到現在都自認，我的童年過得很快樂。唯有這件事，讓我不想提起也不敢，當自己一個人，被忘在滿滿都是陌生人的地方，很害怕，很孤單。這種心情，（停頓了一會兒，仰望著天空）如果可以分享那就分享吧！
韶庭　（哭泣）我迷路了～

△其他演員走出來，各自表現出迷路的樣子，有的哭，有的慌張，不時的說出像是迷路時所說的話語（舞台上除了韶庭外，會輪流出現四個演員），爺爺也在尋找著韶庭，演員們反覆的出現在舞台上，呈現出迷路、找尋的畫面。

韶庭　我迷路了！
爺爺　我迷路了……

△演員們在舞台上定格不動。

之謙　我也曾經迷過路！
韶庭　我也曾經迷過路！
全部人　我也曾經迷過路！
韶庭　（喜悅的說）我們都迷路過，我們也曾迷惘過，其實，迷路也不錯！

△歌曲進【註三】～演員開始歌舞。
△四個人拿著裝滿紙飛機的布進場。
△歌舞間，不時射出紙飛機，歌舞結束時，所有人躺在地上，射出紙飛機，燈暗。
△劇終。

註釋

一、引用南拳媽媽〈破曉〉。
二、引用蘇打綠〈你在煩惱什麼〉。
三、引用蘇打綠〈無與倫比的美麗〉。

以愛制ㄞˋ

規　　劃：陳義翔
集體創作：古曰庭、楊之謙、葉叡謙、莊巧惠、李淨妍（承霖）、臧成廣、張哲瑋、劉蘋誼、廖思宜、陳絜如、陳品妤、劉蘋瑢、林宣諭、潘芳恩、薛亭妤、洪成碩、薛乙羚、陳思怡、許家馨、林瑀婕、戈臻妮

人物

法官	書記官／（含播放影片投影）	張主任
原告（家長）	檢察官／（含播放影片投影）	楊董
被告（學生）	陪審團／現場觀眾。	同事
關係人	人證、小孩A	楊太太
原告律師	人證、小孩B	葉太太
辯護律師（公設辯護人）	媽媽	陪審團／觀眾飾演

【序】

△歌曲進【註一】。

【第一場】法庭

△黑暗當中，原告家長與被告學生在法庭上爭論著談戀愛這件事。
△燈亮，法官從幕裡走出。

書記官　起立。

△法官坐下。

書記官　坐下。
法官　書記官朗讀案由。
書記官　102年度情字第77號謀殺案件於102年5月31日晚上7點在刑事大法庭開始審理。
法官　請檢察官陳述起訴要旨。
檢察官　根據校園的警方表示這場校園謀殺案，發現死者化名毛毛是在凌晨3點33分33秒，陳屍在教室內，我們正朝謀殺的方向偵辦調查，檢方透過原告家長的證詞，起訴被告臧成廣、劉蘋誼、張哲瑋、廖思宜。
法官　請檢察官拿出物證，將屍體帶上。

△檢察官脫出行李箱，打開，眾人看見屍體（一支玩具熊），有許多反應。

法官　肅靜！請檢察官說明死者的死因為何？
檢察官　庭上，死者化名毛毛……
法官　我知道，請檢察官說明一下化名毛毛的死者死因為何？
檢察官　初步調查死者化名毛毛的死因有可能是因為失戀、戀愛、曖昧、愛與不愛、沒人愛、你愛我、我愛你、你愛她、他不愛她、他愛不愛她、他們相愛不相愛以及暗戀、同性戀、異性戀、雙性戀、狗鍊、人狗鍊、鑽石項鍊綜合產生的一條謀殺案。
法官　請原告說明。
原告律師　我是原告家長聘請的委任律師，我叫腦逼，我現在代表原告家長控訴這群被告涉嫌簽入這樁謀殺案。
辯護律師　我是被告聘請的律師，我是碩哥，依據檢察官說的，毛毛是在凌晨3點33分33秒陳屍在校園內，被校警發現，我們可以想像就算被告們有參加補習班、安親班、夜自習……等也早就該回到家了，況且原告家長才是這些被告最有利的不在場證明，怎麼會反過來告這些孩子是參與這場謀殺案的兇手呢？

△所有人吵鬧議論紛紛。

法官　肅靜！請原告律師繼續說明。

原告律師　庭上，被告正值叛逆期又怎麼能確定他們有準時回家？
辯護律師　庭上，就算他們正處於叛逆期，管教小孩也是父母的責任。
原告律師　庭上，這些家長們每天早出晚歸只是為了讓小孩過活。正值叛逆期的孩子怎麼可能讓家長們進入他們的房間？關於這起謀殺案我們很確定是因為孩子們談戀愛而引起的集體謀殺。
法官　請問臧成廣是否跟劉蘋誼談戀愛？
劉蘋誼　哪有啊！怎麼可能！
臧成廣　屁啦！不要亂說話……
法官　傳喚證人許家馨。

△許家馨上場。

法官　這位證人，請問妳叫什麼名字？
許家馨　法官大人我叫許家馨。
法官　許家馨妳有看到任何人在談戀愛嗎？
許家馨　我在第5節下課時，有看到張哲瑋跟林宣諭在操場上談情說愛。

△張哲瑋與廖思宜各自有了驚訝的反應。

法官　妳怎麼會在那裡？
許家馨　我剛上完體育課，體育老師要我搬東西。
法官　有其他證人在場嗎？
許家馨　有，林瑀婕。
法官　傳喚另一位證人，林瑀婕。

△林瑀婕上場。

法官　這位證人請問妳叫什麼名字？
林瑀婕　法官大人，我叫林瑀婕。
法官　林瑀婕，許家馨說當時上完體育課，妳和她都有看到張哲偉和林宣諭在談情說愛，是嗎？
林瑀婕　是的。
法官　那妳當時在做什麼？
林瑀婕　挖鼻孔。

法官　那麼妳除了挖鼻孔之外，妳還看見了什麼嗎？
林瑀婕　我還看到張哲瑋和廖思宜在操場上談情說愛。
法官　妳還有什麼要補充的嘛？
林瑀婕　有，在放學時，又看到高蘋瑢和張哲瑋在操場上手牽著手。

△張哲瑋和廖思宜有驚訝的反應。

法官　妳確實是看到高蘋瑢和張哲瑋牽手嗎？
林瑀婕　有啊！這是事實，這件外套確實是張哲瑋平常在穿的。
法官　請問張哲瑋，放學後你確實有在操場嗎？
張哲瑋　不，我沒有！我當時在導師辦公室補考，而且那天我也沒穿外套啊。
法官　請問證人—許家馨，妳們還有在其他地方看見其他人談戀愛嗎？
許家馨　我還有在陽台上看到臧成廣跟陳品妤在抱抱。
臧成廣　怎麼可能！哪有啊！
林瑀婕　他不是跟劉蘋誼在一起嗎？
林瑀婕　妳有近視嗎？
許家馨　有啊！近視500度。
林瑀婕　我怎麼都沒有看妳戴眼鏡？
許家馨　我戴隱形眼鏡。
法官　肅靜！妳可以證明他沒有跟劉蘋誼在一起嗎？
許家馨　他們早就分了！

△劉蘋誼和臧成廣躁動。

法官　請注意你們的言詞。

△原告律師上前。

原告律師　庭上！根據證人的說詞我們可以確定他們確實有談戀愛，請庭上讓被告們模擬最後一節課的情境。
辯護律師　庭上！放學時大部分同學都在教室裡寫罰寫，根本沒有必要模擬當時的情境。
原告律師　庭上，對不起，我要表達的是請他們模擬放學後的教室的現場。

法官　你們放學的時候還有人留在教室嗎？
臧成廣　我們全班幾乎都留在教室，因為被老師罰寫。
法官　請被告模擬放學後教室的現場，請檢察官將物證屍體帶到旁邊。

△檢察官殭屍體裝箱帶下場，被告們開始模擬放學後教室的現場。

被告　怎麼模擬啊！
原告律師　請你們直接到中間，依照教室位置坐好，開始進行模擬。
原告律師　請你們開始模擬。
臧成廣　劉蘋誼，妳可以借我一支筆嗎？我筆沒水了！
劉蘋誼　喔～好～

△劉蘋誼把自己在用的筆給臧成廣。

原告律師　再重複一次！
臧成廣　蘋誼，妳可以借我一支筆嗎？我筆沒水了！
劉蘋誼　喔～好呀！

△劉蘋誼把自己在用的筆給臧成廣。

原告律師　做得很好！同學，換你們了！
張哲瑋　廖思宜妳考幾分？
廖思宜　90啊～我好冷喔……

△張哲瑋脫下外套遞給廖思宜。

原告律師　好！你們可以回去了。庭上，（指臧程廣和劉蘋誼）他們確實有在談戀愛，一般同學會直接叫對方名字而不加姓嗎？另外，我已經明白他們兩個關係並不單純（指張哲瑋和廖思宜），天氣這麼冷怎麼還會借外套給廖思宜？
辯護律師　庭上，其實同學間友誼也會直接稱呼對方的名字，借同學筆也是應該的，還有，同學借同學外套也只是為同學著想，怕對方生病而已！
法官　原告律師，妳還有要補充的嘛？

原告律師　我想這群被告的感情交友這麼複雜，我希望庭上能要求檢方改以情殺事件來處理，我說完了。
辯護律師　庭上我要求詢問原告當事人幾個問題。
法官　好。

△辯護律師走向原告區。

辯護律師　（手指向比畫原告家長）請問你們是夫妻嗎？還是你們是夫妻？
原告家長（蘋誼爸爸，牽起蘋誼媽媽）　我們是夫妻。

△辯護律師走向下舞台。

辯護律師　請問你們結婚幾年了？
原告家長（蘋誼爸爸）　共12年。
原告家長（蘋誼媽媽）　15啦！你忘了嗎？已經15年又3個月8天9時6分42秒。
其他原告家長　（齊聲讀秒）43～44～45～46～47
原告家長（蘋誼爸爸）　48，讓我死吧！我每天都過著度日如年的日子！不對！是度秒如年的日子。
辯護律師　這不重要！請問你們是對方的初戀嗎？
原告家長（蘋誼爸爸）　是啊。
原告家長（蘋誼媽媽）　不是。
原告家長（蘋誼爸爸）　蛤？我還以為我們兩個是初戀……
原告家長（蘋誼媽媽）　怎麼可能！我那麼多人追～
原告家長（蘋誼爸爸）　妳還不是被我追到了！
原告家長（蘋誼媽媽）　如果再給我一次機會，我絕對不會嫁給只有初戀經驗的男人！一點都不浪漫！
辯護律師　那請問妳的初戀經驗在什麼時候？
原告家長（蘋誼媽媽）　大班。
原告家長（蘋誼爸爸）　原來妳經驗這麼豐富啊……
原告家長（蘋誼媽媽）　我剛剛就說了我那麼多人追。

△蘋誼爸爸起身。

原告家長（蘋誼爸爸）　（模仿律師的口吻）那請妳描述一下當時的情形。

原告家長（蘋誼媽媽）　（站起來，回想美夢般，蘋誼爸爸配合動作）當時我穿著一件粉紅色的小洋裝，前方來了一位隔壁班的風流男子，嘴裡還含了一支棒棒糖。

被告律師　夠了！我快問完了！（一個手勢叫蘋誼爸爸回到位子）所以妳在幼稚園已經有戀愛的經驗，卻反對國中生們談戀愛，是嗎？

原告家長（蘋誼媽媽）　是的。

辯護律師　為什麼？

原告家長（蘋誼媽媽）　因為幼稚園時並沒有能夠殺人的能力，而且在大班畢業之後我就沒有再談過戀愛，直到大學畢業出社會之後才又開始談戀愛。

辯護律師　妳說妳有很多人追，所以妳有幾次戀愛的經驗？

原告家長（蘋誼媽媽）　16次。

辯護律師　每個妳都能清楚記得他的名字嗎？

原告家長（蘋誼媽媽）　當然。

辯護律師　那妳國中時候的男朋友叫什麼名字？

原告家長（蘋誼媽媽）　李小龍。

△一群學生就坐在椅子上一起模仿李小龍的叫聲及動作做完又跳起來擊掌說YA～

法官　肅靜！

原告家長（蘋誼媽媽）　（氣憤孩子們的舉動）啊！加罪啦。

辯護律師　庭上，我問完了。

△原告家長們躁動，要求原告律師加告青少年們一條喜歡人的罪行。

原告律師　庭上，依照剛剛在法庭上模擬被告放學後的現場，已經可以證明他們之間的關係並不單純，我的當事人要求加告他們一條彼此喜歡的罪狀，請庭上斟酌證人的說詞，並請他們同學間複雜的關係人到案說明。

△被告彼此躁動，似乎開始不太信任彼此，燈暗。

【第二場】案發現場

△燈亮，關係人陳品妤、林宣諭、高蘋瑢、陳絜如坐在下舞台模擬現場。

法官　因為一樁謀殺案所以請妳們到案說明。

書記官　102年度情字第77號謀殺案件於102年5月29日下午1時整在刑事大法庭開始審理。

法官　請檢察官陳述起訴要旨。

檢察官　根據校園的警方表示這場校園謀殺案，發現死者化名毛毛，陳屍在教室內，我們正朝謀殺的方向偵辦調查，請關係人陳品妤、林宣諭、高蘋瑢、陳絜如到案說明。

法官　請問妳們叫什麼名字？

陳品妤　（舉手）法官大人，我叫陳品妤。

林宣諭　（舉手）法官大人，我叫林宣諭。

高蘋瑢　（舉手）法官大人，我叫高蘋瑢。

陳絜如　（舉手）法官大人，我叫陳絜如。

法官　請問林宣諭是否有和張哲瑋在操場上談情說愛？

林宣諭　（站起來）是他自己跑過來先跟我講話的。

法官　那麼妳跟他在談論什麼？

林宣諭　（結巴）他只是問我有關課業的問題。

法官　為什麼說話結結巴巴的？他還跟妳說了什麼嗎？

林宣諭　他跟我告白，而且他跟我說他已經有女朋友了，還問我要不要跟他在一起。

法官　他女朋友是誰？

林宣諭　是廖思宜！

法官　請問被告廖思宜，她所說的是事實嗎？

廖思宜　（生氣）這件事情應該要問張哲瑋不是問我！

法官　請問被告張哲瑋，有這件事情嗎？據說你還和高蘋瑢牽過手？對於你和她們三個的事情，你否認嗎？

張哲瑋　我……不知道什麼是談戀愛，你說我有沒有跟她告白過，其實我也不知道這算不算是告白，你說有沒有牽到高蘋瑢應該是不小心碰到的吧！

檢察官　（激動）你這是在狡辯嗎？庭上，我要求對張哲瑋進行現場模擬！

法官　張哲瑋，請你現在站到林宣諭旁的邊，重複一次你當天對她所說的話。

張哲瑋　妳做我女朋友好不好？

林宣諭　可是你不是有女朋友了嗎？

張哲瑋　沒關係啦！不要讓她發現就好了啊。

廖思宜　（激動）你竟然敢這樣對我！

法官　高蘋瑢，依照證人林瑀婕的說詞，她看到妳和張哲瑋在牽手，這是事實嗎？

△林宣諭坐下，高蘋瑢起立。

高蘋瑢　當然不是事實啊！

法官　那為什麼證人會看到你們手牽著手？

高蘋瑢　張哲瑋跟我說他會看手相，我就把我的手給他看，所以可能是因為看到這樣，才認為我們有手牽手吧！

原告律師　那請張哲瑋再看一次高蘋瑢的手相，請你們再做一次！

△張哲瑋牽起高蘋瑢的手。

張哲瑋　妳的手好漂亮我來幫妳看手相……

高蘋瑢　你會看手相喔？

張哲瑋　嗯～（看著高蘋瑢點點頭後，又低下頭看手相）妳的事業線好長喔！

△眾人在法庭上哄堂大笑。

原告律師　庭上，我要對關係人陳絜如問一些問題。

法官　請說，

原告律師　請問妳跟這些被告有什麼關係？

陳絜如　我跟他們只有同學關係，但我有一點欣賞臧成廣。

原告律師　確定只是欣賞嗎？

陳絜如　我……不確定。

原告律師　那妳對他感覺如何？

陳絜如　我覺得他好帥唷～我想我可能喜歡上他了吧！

原告律師　那請問被告臧成廣你對陳絜如的感覺如何？
臧成廣　沒什麼感覺啊！只是覺得她還蠻可愛的。

△劉蘋誼驚訝。

原告律師　那陳絜如有跟你告白嗎？
臧成廣　（遲疑）有，但我還沒有回答她。
原告律師　那我再問陳品妤，依照證人許家馨的說詞，她看見妳和臧成廣有在陽台上抱抱，這是事實嗎？
陳品妤　當然不是啊。
原告律師　那妳跟臧成廣有什麼關係？
陳品妤　同學關係。
原告律師　那為什麼證人許家馨看見你們在陽台上抱抱，你們當天在陽台上做什麼？
陳品妤　我們本來在聊天然後……
檢察官　庭上，我要求他們立刻模擬當天的現場！
陳品妤　可以不要模擬嗎？
辯護律師　庭上，我認為這不需要進行模擬！我要求拒絕模擬。
法官　陳品妤妳有什麼話要說嗎？
陳品妤　我覺得好丟臉！
法官　請你們現在立刻進行模擬。

△音樂進，燈光變化。

陳品妤　喔～（語畢看向遠方）
臧成廣　怎麼啦？妳的心情不好啊？
陳品妤　應該吧！
臧成廣　為什麼？
陳品妤　到了國中後，課業壓力變得很大，好懷念以前小時候可以玩鬼抓人。
臧成廣　那我陪妳玩啊！
陳品妤　就我們兩個人嗎？
臧成廣　來猜拳吧！

△陳品妤大笑後兩人猜拳，陳品妤輸了。

臧成廣　好，那妳先來抓我吧！（開始跑）

△很快的抓到臧成廣。

臧成廣　那換我來抓妳了。
陳品妤　（尖叫，一個人四處亂竄）救命啊～救命啊！！救—命—啊—

△臧成廣並沒有走動。

臧成廣　（大笑）就算妳叫破喉嚨也不會有人來救妳的。
陳品妤　嗯……因為就只有我們兩個人在玩啊……
臧成廣　那我要開始追妳了！

△臧成廣語畢向前跑去（慢動作），陳品妤尖叫。

陳品妤　（蹲下）啊！有蝸牛！
臧成廣　啊～我最怕蝸牛了～！（蹲下向前抱上去）

△許家馨突然登場，進入現場。

許家馨　怎麼一上來就看到這麼不乾淨的東西。
臧成廣、陳品妤說　事情就是這樣。
法官　好！那你們可以分開了。
原告律師　庭上，我問完了，但……在校園的案發現場，檢方應該有蒐集一些物證吧？我要求檢方將物證帶上。
辯護律師　庭上，我認為剛剛在法庭上已經清楚模擬了整個事件，事情都交代的很清楚，不必再拿出物證，況且，物證有可能會混淆整個案件，請庭上斟酌處理。
法官　不管如何，先將物證帶上。

△檢察官播放出高蘋瑢跟張哲瑋牽手的照片。

原告律師　看手相有必要牽兩隻手嗎？要不要直接公證比較快？

△再播放出陳品妤和臧成廣擁抱時，地板上根本沒有蝸牛的照片。

原告律師　地板上連隻犀牛都沒有哪來的蝸牛？

△再播放出林宣諭幫張哲瑋拉拉鍊（外套）的相片。

原告律師　兩個人公然在操場上談戀愛，天氣那麼熱還穿甚麼外套？被愛情沖昏頭了是不是？

△再播放出影片，看似臧成廣有正面回答陳絜如告白的畫面。

原告律師　這哪算告白啊～告白兩個人還抱在一起，這算是在交往了吧！

△再播放出臧成廣握住劉蘋誼的手借筆的照片。

原告律師　借筆就借筆，手有必要握在一起嘛？指甲還留那麼長，男不男女不女的樣子，像什麼東西？

△再播放出張哲瑋幫廖思宜披外套的影片。

原告律師　這個影片說明得很我就不多說了

△原告家長先高興的歡呼像是贏了這場官司，再轉變成生氣斥責這些被告。

原告律師　這個影片是由檢察官提供的，是一家不錯的徵信社，家長們如果以後有需要可以聯絡這家徵信社。
辯護律師　庭上，我要求休庭。
法官　本庭准許休庭。

△燈暗。

【第三場】失望

△燈亮。

法官　依據兩位人證的說詞，皆看見被告臧成廣、張哲瑋皆和被告劉蘋誼、廖思宜以及連帶關係人陳品妤、高蘋瑢、林宣諭、陳絜如有戀愛、曖昧、喜歡之實，以及檢方提供的影片及相片的物證和被告及關係人到現場事件的模擬，確有戀情、曖昧之實。（語畢，走至下舞臺，詢問觀眾）各位陪審團，雖然本庭心中已有判決，但我還是想聽聽各位陪審團，你們的意見，請問有誰可以給我點意見？

△與陪審團互動，一一詢問陪審團的意見。

△法官收集好陪審團的意見後，開始進行表決，第一先詢問認為被告有罪的請舉手，第二再詢問認為被告無罪的請舉手。

法官　謝謝各位陪審團，本庭已知如何判決（回到台上）請問檢察官還有什麼需要補充的嗎？

檢察官　沒有。

法官　再請問原告有什麼話要說嗎？

△原告議論著期待勝訴的判決。

原告律師　庭上，沒有。

法官　再請問被告有要補充嗎？

辯護律師　庭上，我相信您會有明智的判決，我這邊要補充的是，就算有人證物證都無法證明他們彼此的真心，真心和誰交往過，除非他們親口承認彼此的真心，否則，庭上應該宣判被告無罪釋放。

法官　請問被告臧成廣對劉蘋誼是真心的嗎？

臧成廣　不！我不是真心的！

劉蘋誼　（生氣的）我也不是真心的啊！

法官　你們兩人說的話是否屬實？

劉蘋誼　（激動）當然！

臧成廣 當然是真的啊，白癡！
法官 被告臧成廣，請注意你的言詞！請問被告廖思宜對張哲瑋是真心的嗎？
廖思宜 （沉默點了幾下頭）我對他一點感覺都沒有！
張哲瑋 我也對妳一點感覺都沒有！
法官 你們兩人說話是否屬實？
廖思宜、張哲瑋 我說的是實話！
法官 請問關係人陳品妤，對被告臧成廣是否是真心的喜歡？
陳品妤 不是！怎麼可能！
劉蘋誼 賤貨！不是真心攪什麼局！
陳品妤 干妳屁事！妳也不是真心的啊！
劉蘋誼 賤貨！閉嘴！
陳品妤 妳才是賤貨勒！閉嘴
陳絜如 妳們這兩個賤貨！都給我閉嘴！
臧成廣 這樣太不值得了。
劉蘋誼、陳品妤、陳絜如 你這個賤貨！給我閉嘴！！！
法官 你們這幾個賤貨！不！被告，請注意你們的言詞！請問關係人高蘋瑢對被告張哲瑋是否是真心的喜歡？
高蘋瑢 當然不是真心的啊！只不過是玩玩而已！
法官 妳說的是否屬實？
高蘋瑢 廢話！當然是真的！
法官 請勿藐視法庭！被告張哲瑋換你回答！
張哲瑋 我怎麼可能會看手相！當然是假的！我只會看事業線而已。
原告家長（蘋誼爸爸） 欸～我也會看事業線耶！
原告家長（成廣爸爸） 我也會看耶！

△兩個人握握手。

原告家長（蘋誼媽媽、成廣媽媽） （轉過頭）嗯？

△蘋誼爸爸和成廣爸爸感到尷尬，蘋誼爸爸乾咳兩聲

原告家長（蘋誼媽媽、成廣媽媽） （轉回來）我也會看事業線啊！
原告家長（蘋誼爸爸、成廣爸爸） 呵呵～早說嘛！

原告律師　（轉過頭）那你幫我看一下事業線如何！

△蘋誼媽媽幫原告律師看手相，蘋誼爸爸和成廣爸爸伸長脖子，由上往下看原告律師。

法官　（敲兩下桌子）肅靜！你說的是否屬實？
張哲瑋　我不是真心的，我剛剛講的都是真的。
法官　請問關係人林宣諭對張哲瑋的感情是否是真的？
林宣諭　我雖然介入了張哲瑋和廖思宜的感情，但我不是真心的，我只是看他們兩個在班上卿卿我我的，很不爽所以就介入了他們的感情。
法官　妳說的是否屬實？
林宣諭　是的。
法官　請問關係人陳絜如是否對被告臧成廣是真心的喜歡？
陳絜如　當然是……沒有，只是因為他帥，如果他是我的男朋友就可以滿足我的虛榮心。
法官　所以妳不是真心的囉？
陳絜如　當然不是真心的！

△被告與關係人開始爭吵對彼此感到失望難過傷心。
△歌曲進【註二】。

【第四場】曾經真心

法官　誰叫你們唱歌跳舞的？被告藐視法庭，本庭宣判被告禁足一年且不得上網，有無異議？

△原告歡呼，被告生氣難過。

辯護律師　庭上，被告皆為青少年，現階段任務為學習課業，全國各校都以多元化發展為基礎，若庭上宣判禁足又不得上網將會造成學生課業上的學習困擾，請求庭上從輕量刑。
法官　請問原告律師有什麼話要說嗎？
原告律師　庭上，被告雖皆為青少年，但他們所犯的是一起集體謀殺案，並藐視法庭，在庭上這樣的判決下，有何不妥？況且都還沒正式進入謀殺案的判決呢！

辯護律師 庭上，請注意這樣的判決會造成社會輿論的壓力！

原告律師 庭上，我認為這樣的判決是必要的，如果以後有人再藐視法庭又該如何處理？況且我有辦法證明他們是真心的。

法官 怎麼證明？

原告律師 這些被告皆是由這些原告曾經認識、相愛後所產生下來的愛的結晶所以在這些基因當中，可以證明這些被告就算否認互相喜歡，甚至談過戀愛，但曾經絕對是真心喜歡過的，對於剛才輕率的表現，請求法官從重量刑。

法官 原告律師，我認同妳的想法和建議，就是應該這樣判決，讓他們除了在學校學習之外，就該回到家裡自習，才能專注於課業，也方便家長管理，掌握孩子們的行蹤。

廖思宜 （站起來，生氣的）媽！妳夠了沒！（眾人錯愕）妳不能因為妳自己有一段不堪的過去，而限制我們去認識愛情的自由。

法官 （站起來）妳就是這種態度，所以我才限制妳談戀愛。

廖思宜 這根本就是兩回事！

法官 我當初就是把愛情想的這麼單純，所以才會生下妳！我為了保護妳，妳還用這種口氣對我說話，妳到底有沒有把我當成妳媽啊！（生氣拍桌）

廖思宜 我希望妳去談個戀愛，重新認識愛情，不是每段愛情都是不好的結局。

△法官拍桌，衝下去想要打廖思宜。

廖思宜 （向前走幾步）妳打啊！

△法官手舉起，停住，愣了一下，把手甩下，轉身走回原位。

原告家長（成廣媽媽） （起身，對被告說）怎麼會有這麼沒禮貌的小孩子啊！我告訴你們！就算結了婚，也不見得會得到好的愛情，像我先生常常工作在外不跟我聯絡，我就懷疑他（手指向成廣爸爸）有小三！

原告家長（成廣爸爸） （起身，向前走幾步）我是一個家庭裡的支柱，每天工作在外為了養活妳跟我們的孩子，妳卻這樣懷疑我……我才懷疑妳外面有個老王！

原告家長（成廣媽媽）　我整天在家裡照顧小孩服侍你，還要處理家裡那些瑣碎的事煩都煩死了，你不感謝我就算了，還敢懷疑我在外有老王……我告訴你！我現在還真的希望在外有個老王等我！

臧成廣　你們每次一見面都這樣吵，天哪！夠了沒啊……我都會背了……

原告家長（成廣爸爸）　大人在吵架，小孩子插什麼嘴，都幾歲了還不懂這種禮貌嗎？妳媽到底怎麼教你的？！

原告家長（成廣媽媽）　管教小孩子你也有份，如果你覺得我教小孩子教的不好，那你就回來教小孩子，換我出去外面工作！

原告家長（成廣爸爸）　好啊！我看妳多會做！以為在外面工作很輕鬆喔？笑死人了！

原告家長（成廣媽媽）　你以為當個家庭主婦很輕鬆嗎？你才笑死人了！

法官　原告請注意你們的言詞。

原告家長（蘋誼媽媽）　好了別吵了，我們應該要趕快將他們判刑才是重點吧？

原告家長（蘋誼爸爸）　對啊……要吵可以回家吵。

張哲瑋　賣溝剎啊拉！每天都只會吵架……

辯護律師　庭上，因原告家長過於忙碌，還有家長在孩子面前爭吵都將使孩子感到心理不平衡或傷害，我認為有業務過失之罪。

檢察官　庭上，請求趕快判刑。

法官　讓我再想一下。

△燈暗。

【第五場】判決

△燈光變化，被告及關係人在下舞台站定位置，唯有廖思宜跪下。

廖思宜　我只是想認識一下異性朋友啊，從小就沒有爸爸的疼愛，所以我也希望有人疼有人愛。

劉蘋誼　（跪下）我爸媽都忙於工作，從沒好好跟我說過話……我只是希望有個人能夠關心我。

張哲瑋　（跪下）很空虛，我只是想找一個人陪而已，難道不行嗎？

臧成廣　（跪下）我爸媽每天吵架，所以我對愛情一點安全感都沒有，我現在會談戀愛也只會讓自己處於優勢的感情位置。

陳絜如　（跪下）我對愛情感到好奇，希望能夠談一場轟轟烈烈的愛，真的好浪漫喔……

陳品妤　（跪下）最討厭看到身旁好友們幸福，噁心死了！常常在我耳邊說來說去，說他們有多幸福，為了讓他們忌妒，所以我也要談一場戀愛。

高蘋瑢　（跪下）電視裡的偶像劇情節都好浪漫，我也想跟他們一樣，感覺超幸福的～

林宣諭　（跪下）我是一個單親爸爸家庭中的小孩，雖然已經有個依靠，但也想要找到一個更懂我的人，找到屬於自己的另一半。

△燈光變化。

辯護律師　庭上，我認為被告皆為青少年，荷爾蒙會使得他們蠢蠢欲動，然而，就像這些被告所說的，家長過於忙碌，又在孩子面前的爭吵，都會使得孩子感到心裡上不平靜或傷害，他們為了想得到心靈上的慰藉，才會想去認識什麼是愛？也就因為如此，才會忽略了死者的存在，讓毛毛死去。

△原告家長躁動吵鬧。

法官　肅靜！（敲了敲槌子）本庭宣判被告青少年們的罪刑成立，因藐視法庭所以判刑禁足一年，且不得上網。原告又再提出，被告青少年們在青春期時不應談戀愛，也不應喜歡任何同學，未將注意力專注在課業上導致謀殺毛毛，罪名成立，宣判被告張哲瑋、臧成廣、劉蘋誼、廖思宜連帶關係人高蘋瑢、林宣諭、陳絜如、陳品妤處無期徒刑，終生學習什麼是愛！

△原告家長與高采烈的歡呼。

法官　肅靜！又因被告及連帶關係人，轉述青春期的心路歷程期間真情流露，得以同理，處禁足一年得以緩刑三個月，又因原告工作忙碌，讓被告懷疑彼此是否不相愛，導致毛毛死亡，屬業務過失將毛毛致死，罪名成立，宣判原告從此身分交換，含工作領域、穿著、生活舉止交換，直至白頭偕老，或禿頭、骨質疏鬆、行動不便才得以交換身分回來，以上，不得上訴。

△原告家長驚訝喧嘩，燈暗。

【第六場】愛是什麼

△小孩A、B（以下簡稱A、B）坐在白色平台上。

B　　ya～今天是我的生日欸！
A　　（打B）笨蛋！今天也是我生日啊，我跟妳同一天生的ㄟ～
B　　對喔～我跟妳同一天生的，（停頓了一下）可是媽咪都還沒回來ㄟ～
A　　應該等一下就回來了吧！
B　　真的嘛！！！那我們來玩怪獸遊戲吧～妳下去！

△邊說邊把A從白色檯子上推下去。

B　　我是動感超人！哈哈哈（做出動感超人的樣子）。
A　　我是小雞～咕～咕～咕（做出雞的樣子）。

△B跳下去打A一下。

B　　小雞不是怪獸啦！我們再重來一次
A　　喔！好啦！

△B跑回白色的檯子上。

B　　我是動感超人！！哇哈哈哈！（裝出動感超人的樣子）。
A　　我是大雞雞怪獸！！！哇～哇～哇～
B　　動感光波～波～波～波～（做出動感光波的樣子）。
A　　哇～哇～哇～

△A裝作沒看到B的樣子，B跺腳。

B　　我已經射動感光波了！妳要死掉！
A　　喔～好啦
B　　動感光波～波～波～波～

△B做出動感光波的樣子。

A　　哇～我死掉了！

△A躺在地板上抽蓄，B跳下去輕輕的踩A。

B　　我打敗姊姊了～哇～哈哈哈哈～哇哈哈哈哈～（比出勝利的姿勢）。

△媽媽走進來。

媽媽　　我回來囉～來～先去那邊坐好。
B　　我不要！我還要玩～
媽媽　　等一下再玩～先去那邊坐好～

△A、B兩人坐到白色檯子上。

媽媽　　今天是妳們生日想不想要禮物啊？
A　　我想要！
B　　我要！我要！
媽媽　　妳們等我一下，我去拿妳們等我一下喔～

△媽媽走進幕後。

A　　媽媽要給我們禮物欸。
B　　禮物不知道是什麼？
A　　我的一定是大～ㄅㄨ～ㄅㄨ～
B　　我的一定是大熊熊，而且比妳大

A　　我的這麼大！！！
B　　我的那麼大啦！！！

△A、B兩人比手畫腳，媽媽走進來，把禮物藏在背後。

媽媽　　來給妳們，這是我去巴黎出差買回來的
A、B　　哇～～～是小熊
媽媽　　雖然我們沒有爸爸，但是有熊爸爸（指著A的熊）、熊媽媽（指著小孩B的）在我出差時陪著妳們，妳們就不會孤單了。
媽媽　　媽媽還要去日本要先走了喔！
B　　媽媽～不要走～不要去那個什麼本的地方～

△B大哭。

媽媽　　妳知道我去工作是為了養活妳們嗎!?我每天那麼辛苦！好不容易可以回來休息！妳卻一直吵！煩死人了！

△媽媽生氣的走掉。

B　　媽媽～不要走～

△B抱著A大哭。

B　　姊姊～媽媽不愛我們了～
A　　好啦！不要哭了～我來陪你玩警察追小偷的遊戲。
B　　好～我要玩！我來當警察！

△B跟A跳下檯子。

B　　我是警察！！！
A　　我是小偷！！！
B　　妳是小偷要偷東西！
A　　那妳的熊媽媽借我
B　　喔！好～

A　　哇～哈！哈！妳的熊在我手上了」（跑走）
B　　看我的！我有槍～碰！碰！

△兩人跑來跑去，B滾在地上假裝自己是警察一樣的開槍，B站起來。

B　　哦～那是我的熊媽媽！！！還給我～

△A把熊媽丟在地板上。

B　　妳為什麼要丟我的熊媽媽！
A　　我才沒有丟妳的熊媽媽咧！而且熊媽媽說她喜歡被丟！

△A拋熊自拋自接。

A　　妳幹嘛拿我的熊爸爸啦！！

△B把熊搶過來跑到白色的檯子上，A跟著跑上去坐下。

B　　熊爸爸他說他喜歡我！
A　　才沒有咧！熊爸爸他明明就喜歡我，不信我來問他

△A把熊爸爸拿過來放在耳邊。

A　　熊爸爸～熊爸爸～妳喜歡我還是喜歡妹妹？

△A好像聽到熊爸的聲音一邊點頭。

A　　嗯～我知道了！熊爸爸說他喜歡我！
B　　熊爸爸明明就喜歡我！
A　　才沒有咧！熊媽媽她說她喜歡我！不信我來問她！

△A把熊媽拿走放在耳邊。

A　　熊媽媽～熊媽媽～妳喜歡我嗎!?

△A好像聽到熊媽的聲音一邊點頭。

A　　嗯～嗯～我知道了！熊媽媽說……她喜歡我！討厭妳！

△B大哭。

B　　熊爸爸跟熊媽媽明明就喜歡我～嗚～嗚～
A　　好啦不要哭了我來陪妳玩警察抓小偷的遊戲，咦！哦～現在不該玩對不對？對齁！哎呀熊媽媽還給妳！

△B拿著熊媽。

B　　熊媽媽～愛是什麼？妳會像媽媽一樣跑去那個什麼本的地方嗎？還是妳會像爸爸一樣丟下我們！我們會變成孤兒嗎？
A　　妳又知道孤兒長怎麼樣子了喔？
B　　熊媽媽說她知道！熊媽媽說孤兒長怎樣？

△B把熊媽放在耳邊。

B　　嗯～！熊媽媽說孤兒就長……這樣！！！

△B指著熊媽媽。

A　　那我們也會變成那樣嗎？
B　　可能吧？到時候我們也會像那些孤兒一樣，沒有家沒有爸爸媽媽嗎？
A　　有可能唉～我們已經沒有爸爸了！而且媽媽也不愛我們了！
B　　愛是什麼？為什麼會不見？我們要怎麼找回來？
A　　我來問問看熊爸爸！

△A把熊爸爸放在耳邊。

A　　熊爸爸～熊爸爸～愛是什麼呢？嗯……嗯……蛤？你說什麼我聽不到～

△A認為機器故障一樣拍打熊爸爸。

A　　再說一次！快說話（看著B）熊爸爸壞掉了～
B　　我來問熊媽媽！

△B把熊媽媽放在耳邊。

B　　熊媽媽～愛是什麼呢？嗯……蛤？說什麼？

△B像機器故障一樣拍打熊媽媽。

B　　（看著A）熊媽媽也壞掉了～
A　　可是我現在就想知道什麼是愛？
B　　我們去找愛好不好？
A　　好啊……可是我們要去哪裡？
B　　就到處流浪啊！反正我們有兩個人！不用怕啦！
A　　那我們走吧！
B　　嗯！

△A、B輕輕地放下熊。

A　　（對熊說）我要走了喔！掰掰～
B　　（對熊說）我會早點回來的！要等我喔！

△A先走，B在後，B走到一半停下來轉身看一下熊。

A　　（拉著B）快走了！快走了！」

△燈暗。

【第七場】家庭主夫

△燈暗，黑暗中OS進。
△蘋誼爸爸飾張太太，蘋誼媽媽飾張主任（男女身分交換）。

△法官飾同事，臧成廣媽媽飾楊董。

OS張太太　都幾點了才回來啊？
OS張主任　我這次這筆生意非常重要，決定我在公司的去留啊！
OS張太太　到底是生意比較重要還是我重要？
OS張主任　我辛苦賺錢也是為了養活家裡呀！我這麼累這麼辛苦，妳是來亂的是不是啊！快累死我了！

△燈亮。

張主任　快累死我了！報告還沒打完，待會還要跟代銷公司的楊董報告這次公司的新商品企劃。每次都挑下班時間才要來看企劃，真的是整死人！
同事　唉就是說啊！辛苦啊！每次一來就要喝，搞不好喝不夠又要找我們去酒店，公司又沒有補貼我們公關津貼，也沒有加班費，今天回家又會被我老婆罵死的。
張主任　這次這筆生意一定要談成功啊！我可不想年紀輕輕回家吃自己。
同事　是啊！一起加油吧！要不是要養家糊口，我才不想作這工作呢！
張主任　（嘆氣）我晚點還得去工地看一下這次新建案的進度，公司有任何事情再麻煩你通知我吧！
同事　都幾點了？他到底還要不要來啊！

△這時楊董大步踏進辦公室。

楊董　哎呀～公司怎麼才你們兩個人!?是不是快倒了啊！
張主任　楊董！好久不見啊！有楊董在照顧我們公司，怎麼可能會倒呢？你說是不是呀！
楊董　廢話不用多說！你們那什麼新東西的企劃案，是不是該拿來給我看看呀？
張主任　是啊是啊！楊董真是快人快語，（趕緊拿企劃遞上）您過目一下，希望您能仔細看看我們公司這次新推出的商品！絕對包君滿意！
楊董　這麼有把握！好啊好啊，來！先坐下來陪我，我們喝兩杯，不趕時間吧？

張主任　（看看手錶）不急不急，只要您願意看，我們有的是時間呀！
楊董　那還不趕快去開瓶酒來喝一下！
張主任　是是是……（轉頭看同事）還不快去！
同事　真的要喝!?
張主任　快去呀！
同事　喔！

△同事轉身下舞台去準備酒水。

張主任　楊董，趁這時間我們先來看企劃好嗎？
楊董　急什麼？我這不就看了嗎？（翻了翻企劃案）預算金額一億六千萬，你們公司就占了一億四千萬！那剩下兩千萬是施捨給我楊董嗎？

△同事將酒送上，倒著酒。

張主任　楊董～你又不是不清楚，我們是建商，你們是代銷公司，通路這方面你們最清楚了！企劃案只是企劃案嘛！再交由你們公司轉售的話，利潤絕對不只這樣子，你說是不是！
楊董　沒關係！喝！
張主任　是……

△張主任手機聲響起。

張主任　不好意思我接個電話。
楊董　接什麼電話!?先喝一杯。
張主任　楊董……
楊董　要先敬我喔！杯子怎麼不拿起來？
張主任　我想先接個電話……
楊董　來！乾杯！我隨意才給你接電話！呵呵呵！

△張主任遲疑了一下，喝完杯子裡的酒。

張主任　那我接一下電話喔！

楊董　　接吧！
張主任　喂～怎麼啦？
OS張太太　你人在哪裡呀!?幾點了你知不知道？你為什麼還沒回家？
張主任　我還再談公事，妳跟孩子吃飯吧！別等我了。
OS張太太　每次都拿工作敷衍我！我看你是去外面喝酒了吧！
張主任　不是的，老婆～相信我，我晚點就回去了。
楊董　　唉呦！張主任！不錯喔！外面還有個小三？還是小四、小五，還是你的幾分之幾呀？不介紹一下怎麼可以？
OS張太太　什麼小三！你外面有別的女人啊！我就知道你在外面喝酒，你今天不要給我回來了！去陪你的小三吧！（語畢，掛電話聲）
楊董　　張主任！你好了沒啊？我們來談談這次的計畫吧！
張主任　是……
楊董　　基本上～這企劃案利潤太少了？不好意思我看不太懂欸（丟企劃案），我看這樣好了！我們再去酒店喝一下，我知道有一間酒店，走啦！走啦！很好玩耶！我請客，你們出錢！搞不好等一下我就看懂你們的企劃案了！來！乾杯！喝完我們就走！
張主任　（乾了酒，用力的放下酒杯）不好意思，楊董，我不去了！

△燈暗，OS進。

OS張太太　都幾點了才回來啊？
OS張主任　我這次這筆生意非常重要，決定我在公司的去留啊！
OS張太太　到底是生意重要還是我重要啊？
OS張主任　我辛苦賺錢也是為了養活家裡呀！我這麼累這麼辛苦，妳是來亂的是不是啊！快累死我了！

【第八場】家庭主婦

△燈亮，挺著大肚子的楊太太上場。
△蘋誼爸飾楊太太，臧成廣爸飾葉太太。

楊　　走路還真有點辛苦呢！小寶貝，我可是冒著生命危險，才揹你出來買嬰兒用品的！奇怪？都已經11點半了，葉太太怎麼還沒來啊？

△葉太太穿著高跟鞋進。

葉　哇！楊太太～幾天不見，妳的肚子看起來更大囉！是不是快要生了！

楊　所以我才找妳陪我出來買嬰兒用品呀！

葉　妳老公怎麼不陪妳出來買呀？

楊　他喔！要上班啊！才沒時間陪我呢～

葉　你們都沒休假嗎？不會利用假日出去買喔！

楊　假日人多，我比較喜歡平常日出來買。

葉　說的也是，難得妳找我，我才有空，特別向公司請假一天，陪妳出來逛街。

楊　真是謝謝妳呢，我們多年的感情總算是沒有白交。

葉　沒有啦！我也是順便出來散散心呀！不然我平常出門也是跟我家那死鬼。

楊　那你們感情很好呀！都結婚這麼多年了他還會陪妳一起出門逛街喔！

葉　我才不稀罕勒！每次要出門就好像打仗一樣，我在那邊打扮準備出門，他在那邊趕我到底好了沒？我們又不像男人一樣，衣服、褲子、鞋子穿一穿，就可以出門了，麻煩的要死！

楊　男人就是不懂當女人的辛苦。

葉　吼～當女人真的很麻煩耶！每天要洗衣煮飯燒菜伺候老公、照顧小孩，真是有夠累的，出門逛街還要穿高跟鞋，每個月大姨媽來的時候，還要痛個幾天，男人都沒辦法體會女人的辛苦，出門逛個街就說我們拜金，在家休息一下沒打扮就說我是黃臉婆，不像你，妳現在可幸福了呢！懷孕生活過得不錯吧！

楊　哪有不錯啊！妳能想像一個大肚婆，跪在地上擦地板的樣子嗎？

葉　是妳擦還是（手指著楊太太的肚子）他擦啊？

楊　他能擦嗎？他會擦嗎？妳擦給我看看啊！（稍微撩起裙子）妳進來擦看看！

葉　我沒懷孕過也沒生過小孩，我哪知道能不能擦啊？

楊　那照妳剛剛說的，妳每天都要洗衣煮飯燒菜伺候老公、照顧小孩，請問，妳是照顧誰家的孩子啊？

葉　（驚訝）啊？誰的孩子啊？（來回踱步）糟糕……到底是誰的孩子？要是不小心懷孕了，我還真不知道是誰的孩子？

楊　　葉太太妳懷孕了？
葉　　蛤！沒有呀！我大姨媽剛來，對吼！我大姨媽剛來所以是不會懷孕的啊，好險，嚇死我了！
楊　　葉太太啊……妳怎麼生活怎麼這麼亂啊！
葉　　我沒有！
楊　　你說謊！
葉　　我沒有！我只是最近壓力太大了，跟老公奮鬥了五年都還沒生出孩子，公婆急著想抱孫子，所以……
楊　　所以？
葉　　所以，我想試試看試管嬰兒，不然就離婚好了……
楊　　嚇死我了！所以妳才說不知道照顧誰家的孩子？
葉　　是啊！只是想想而已還沒去做，而且那要花很多錢耶！唉呦～
楊　　葉太太妳怎麼了？
葉　　大姨媽剛來第一天好痛啊！
楊　　要不要先坐下來？大姨媽第一天來是特別痛沒錯。

△楊太太扶著葉太太到平台上坐下。

葉　　我第一天來，我不是比較痛那一種，我是痛到在地板打滾那種啊。
楊　　那妳幹嘛還答應跟我出來逛街啊？
葉　　（開始非常痛苦）我剛剛不是說過了嗎？我壓力很大生不出孩子，所以藉機會跟妳出來逛街呀……啊～～（語畢，越來越痛甚至開始打滾）
楊　　唉呦！
葉　　妳唉什麼!?趕快去附近看有沒有藥局，買藥給我吃啊！
楊　　我剛剛扶妳到椅子上的時候，好像動……到……了……我……的……
葉　　我什麼我！趕快去買呀！
楊　　我～好～像～快～生～啦！
葉　　啊～～這樣誰買藥給我吃啊！
楊　　妳會不會接生阿？我好痛啊～痛到快受不了啦！妳快幫我打電話叫救護車！我好痛喔！
楊　　救護車要打幾號？
葉　　不知道！應該是119吧！

楊　　我這個狀況算不算是家暴，應該打113吧！
葉　　165吧！
楊　　打電話報警啊！
葉　　報警要打幾號？
楊　　不知道！他要出來啦！

△兩人哀嚎著，燈漸暗。

【第九場】玩具熊

△燈亮，每個人手上都拿著一隻玩具熊，穿著也都一樣，逐一出場。

高蘋瑢　雖然我們有時候會吵架，會鬥嘴，會有時候又莫名的起了小爭執，但是我只要有心事跟你說，你都會給我鼓勵給我建議，你會告訴我我是對的是錯的，對在哪而錯又在哪，我們的感情時好時壞，你會對我不耐煩我也會對你不理不睬的，我們個性很像很像，都是死鴨子嘴硬，脾氣又超級的差，但是隨著日子一天一天的增加，彼此也習慣了，我們的感情似乎也越來越鞏固了……
臧成廣　每當我孤單的時候你都會陪我，每當我睡不著覺的時候你都會陪我一起耍腦，每當我有話要說的時候你都會聽我說，我想你就是我一生中最要好的夥伴吧！
陳絜如　講悄悄話、聽心事、你都會陪在我身邊，你的祕密全都告訴我一絲都不會保留，我不是故意不理你，我會更加愛你。

△燈暗，燈亮。

原告律師　當我孤單的時候，只要有你陪在我旁邊，我就覺得很溫暖。還有，工作遇到瓶頸，遇到金錢與正義掙扎的時候，你都會陪我度過，如果沒有你，我真的很難想到以後我該怎麼辦，我真的很謝謝你，代替我爸媽的腳色照顧我！
書記官　曾經，我們吵架過，但是卻不曾真心的離開過對方。謝謝你，在我開心、難過、生氣時候，你總是第一個出現在我身旁，關心我、替我開心、替我難過、替我打抱不平，真的真的不能沒有你！說好的！手勾著手，一起走到最後哦！

檢察官 每次只要我不開心的時候你總是會逗我笑，不管我跟說你了什麼，你也總是會靜靜的聽我說。你知道我脾氣不是很好你也總是會讓我，我會好好珍惜你在我身邊的每一刻，我們要一輩子都在一起喲！

△燈暗，燈亮。

辯護律師 你是我最好的朋友，不管我開心難過你都會陪我喝一杯，雖然先喝醉的總是你，不過這樣就夠了，謝謝你！

陳品妤 你總是在我身邊陪我，每當我傷心難過時，也都是你在我身邊安慰我。當我遇到挫折時，也都是你鼓勵我，即使我對你兇，你也總是能包容我，我感到很溫暖，我一定更珍惜你這朋友，真的會好好抓住你，永遠不放手。

林宣諭 謝謝你，總是陪在我身邊，當我開心、傷心、挫折、難過時你總是不離不棄的陪著我，如果你離開了，我還能找到一個像你一樣的懂我的人嗎？

△燈暗，燈亮。

廖思宜 你總是在我孤單時陪伴我，在我傷心時安慰我、鼓勵我，雖然常常感到不耐煩，甚至兇你，但你還是不離不棄的陪在我身邊，我居然現在才發現，你是那麼的重要。

劉蘋誼 （摸摸熊的頭後輕輕的抱住他，看著遠方像對熊也像對別人說的）你知道嗎？你總是在我難過無助的時候陪著我，在我茫然失措的時候給我意見，幫助我。我們好像總依賴著彼此……互相分享心事，無論開心的還是難過的。曾經……我們吵架過、冷戰過，可是卻都捨不得彼此，總是很快就能和好，我們能夠互相珍惜，多難能可貴啊……有時候，你會被我忽略，你看起來沒事，心裡卻很受傷，對不起……未來，我希望……我們能一直友好下去，幾十年後，依然有你在身旁（把熊拉開看著他），最重要的是……感情不變（語畢，更加用力的抱著熊）。

△張哲瑋操著偶自言自語。

張哲瑋　歡迎來到這個家～
熊　這個家好漂亮喔！
張哲瑋　喜歡的話以後就住下來吧！
熊　哦，好
張哲瑋　我以後會一直把你當好朋友，不會丟下你一個人的～
熊　那……我們來打勾勾！
張哲瑋　好～
張哲瑋＆熊　不守約定的人會變大肥子！！

△燈暗，歌曲進【註三】，燈亮。
△謝幕曲進【註四】。

註釋

一、引用順子〈寫一首歌〉。
二、引用張智霖〈忽然覺得好想你〉。
三、引用棉花糖〈轉啊轉〉。
四、引用梁文音〈愛是什麼〉。

家有彼得潘

編劇：李蕙菁、陳義翔

人物

彼得爸	彼得妹	彼得同學D	老師
彼得媽	阿拉丁	彼得同學E	巫師
彼得爺	彼得同學A	彼得同學F	
彼得奶	彼得同學B	親弟（彼得潘叔叔）	
彼得潘	彼得同學C	醫生	

【第一場】

△彼得潘爸媽期待彼得潘的出生。

△歌曲進【註一】，燈光變化，媽媽感覺彼得潘在踢，醒來，媽媽開始唱歌，其他演員進來伴舞，爸爸副歌時醒來合唱，第一段合唱結束，舞者退場—歌曲漸收。

△在房間裡彼得爸和懷孕的彼得媽對話，彼得爸對著彼得媽的肚子說話。

爸　這個孩子那麼好動，一定是我期待中的男孩，將來長大我要著帶他到處去打獵。

媽　不！她也有安靜的時候，我希望她是個女孩，將來長大我可以教她唱歌和跳舞。

爸　不管是男孩或是女孩，一定都繼承著妳和我的優點的，都是我們的寶貝。

媽　好了，老公～你早點睡，明天還要上班呢！

爸　嗯～晚安，妳也早點睡吧！

△燈暗，過場樂進。

【第二場】

△彼得潘出生，家人對他的期待。
△彼得潘在家裡出生，家人圍繞在桌邊狂笑，媽媽坐在一旁看著，燈亮。

爸　果然是我期待中的男孩（開心大笑），我要栽培他長大以後會成為森林中最棒的醫生，為人醫病。
媽　你不是說要培養他成為獵人？況且森林裡沒幾個人可以醫……哼～我要栽培他成為森林中頂尖的律師，為人伸張正義。
爸　那他就會專門在處理人跟動物之間發生的糾紛。
爺　我希望他成為領導森林的總統！
媽　聽起來像是伊甸園裡的。
爸媽　（齊聲）亞當！
奶　我希望他成為森林裡最有錢的富翁。
爺　（對奶奶）在森林裡有錢要做什麼？
奶　我也不知道啊！聽說有錢好囉～

△四個人吵成一團，議論紛紛。

爸　好了好了～別吵了！難得他今天出生，我們應該給他取個名字。
奶　嗯～要叫什麼名字好呢？
媽　讓爸取名字好了
爺　我取啊！我想想啊……我們家姓彼……彼此的彼
媽　叫～比基尼
爸　比目魚
媽　比……（舞廳吹哨子的模樣）逼～逼逼～逼逼逼逼～逼逼！
爺　吵死了！就叫彼得潘好了，我記得我小時候看過這個童話故事，名字聽起來很不錯！

△奶、爸、媽三個討論起來，覺得彼得潘的姓應該是潘才對，不是姓彼，爺在一旁覺得大家尊重他的決定，卻顯得不是滋味，媽媽講講著下場。

爺　彼得潘才剛生下來不久，故事很快的就要繼續前進到三年後。

爸　　媽媽又生了一個妹妹。
奶　　我沒生啊！
爺　　妳給我帶綠帽？
奶　　帶你個頭！他是說你媳婦
爺　　喔……（看著桌上）那這是什麼？
奶　　好像是彼得潘的玩具（意識到桌上是布娃娃，不是彼得潘，便拿來把玩）

△媽媽牽著妹妹上場學走路，一邊和家人談論彼得潘。

【第三場】

△家人對彼得潘三歲還不會說話的看法，媽媽心裡存疑是否妹妹也不會說話，妹妹被冷落的感覺。

媽　　隔壁的阿飛都會唱歌了，彼得潘卻連媽媽都不會叫，我覺得好奇怪呀！
爺　　（台語）這是大隻雞慢啼！我的孫子將來一定是個了不起的人物！
媽　　什麼意思？
爸　　大隻的雞雞叫的比較慢～（學雞叫咕咕～咕）
媽　　聽你在亂說
奶　　大隻的雞，因為聲帶比較長，所以叫的會比較慢一點
爺　　唉～叫你們讀書不讀書，（台語）這是大隻雞慢啼！意思就是在說：現在看起來好像什麼都比別人慢，但未來會是了不起的人物！

△奶、爸、媽三人掌聲鼓勵，雖然妹妹才一歲，但是，已經感受到大人關注的焦點都是哥哥，心裡開始不平衡，試圖轉移媽媽注意力。

妹　　哼～啊！啊！（用手指向與眾人相反的方向，想往別的地方去）
媽　　（拿起桌上的娃娃給妹妹）妹妹去玩，我找一下你哥哥唷～（轉向側台叫）彼得潘～彼得潘～都沒回應……不會講話也不知道有沒有聽到？這麼可愛的孩子，怎麼就不會說話呢？（非常煩惱的樣子）

△妹妹將娃娃丟在地上，試圖引起他人注意。

爸　　妳放心啦！彼得潘長得跟我小時候一模一樣，不會有問題的。

△妹妹又發出怪聲，將娃娃連續拿起丟下，試圖引起大家的注意。這時彼得潘出場走過去試圖安慰妹妹，妹妹將手揮向彼得潘。

奶　　對呀！彼得爸小時候也是很晚才講話，彼得潘長大就會好！沒什麼好擔心的啦！我吃過的鹽比妳吃過的米還多，不會看錯的。

△妹妹開始尖叫得令大家煩躁，爸爸開始受不了大喊……

爸　　（生氣）妹妹在叫！妳是沒聽到嗎？把小孩顧好就好，不要整天在擔心一些無關緊要的事好不好！

△彼得潘被爸爸的情緒嚇一跳，跑過去拉著媽媽的衣角。

奶　　你是在教訓我嗎？彼得爸？
爸　　媽～我哪敢，我是在跟彼得媽說話
媽　　（怒吼）妹妹！不要再吵了，沒看到我擔心哥哥的事嗎？

△其他人都走開了，妹妹開始放聲大哭。彼得潘也嚇壞了，放開媽媽的衣角，媽媽一手牽著彼得潘，然後走過去一手抱起妹妹。

媽　　妹妹！對不起！媽媽不是故意對妳兇的，我實在很擔心哥哥。

△音樂進－媽媽也開始哭了起來，彼得潘幫媽媽擦眼淚，妹妹也停止哭泣，睜大眼睛看著媽媽，媽媽也看著妹妹，燈光打在媽媽和妹妹身上，四週黑暗。

媽　　妹妹妳會說話嗎？

△燈漸暗—過場樂持續。

【第四場】

△家人責怪彼得媽生出這樣的孩子，媽媽承受不住這樣的壓力，於是帶著兩個孩子離家出走，準備要自殺時巧遇巫師，巫師算命直指彼得天生就是個禍害，需要花大錢消災，媽媽一氣之下決定自己堅強帶大孩子。
△全家人正在吃晚餐，除了媽媽正在廚房忙。

奶　彼得潘，多吃一點。

△奶奶在夾菜給彼得潘，媽媽正從廚房端出最後一道菜。

奶　人家隔壁和彼得潘同年的阿飛去參加歌唱比賽得了第一名，我們家的彼得潘怎麼連話都不會說一句？真不知道妳這個媽媽是怎麼教的？

△媽媽把盤子用力放在桌子上，拿起碗筷準備吃飯。

媽　媽！我已經很認真在教彼得潘了，可是，他就是不會說話，我也沒有辦法。媽妳之前不是說彼得爸也是很晚才會說話嗎？

奶　呦！才說妳兩句就擺個臭臉給我看，怎麼樣，不高興啊！我看啊！妳一定是一個掃把星，帶衰我們彼家，才會把我的金孫生成一個啞巴！

△媽媽放下碗筷先驚訝的看著奶奶。

爺　對對對！妳一定是上輩子做了什麼壞事，這輩子才會害了我們彼得潘。

△媽媽再驚訝的看著爺爺。

媽　爸！你之前不是也說彼德潘是（台語）大隻雞慢啼嗎？
爺　有嗎？我年紀大不記得了。

△爺爺裝死繼續吃飯。

爸　　好好的一頓飯，妳幹嘛把氣氛搞得這麼糟，我爸媽也是在關心妳兒子呀！

媽　　我兒子！難道就不是你兒子！

△妹妹害怕的溜下餐桌，趁大家不注意的時候溜到媽媽身邊拉住她的衣角，哥哥看到之後也躲在媽媽身後。

爸　　妳這女人怎麼這麼不講理，孩子是從妳肚子生出來的，不是遺傳妳的基因，難道是遺傳我們彼家的嗎？

△媽媽後退三步，一付不可置信的樣子。

媽　　你爸媽不諒解我也就算了，怎麼連你都誤會我？！這個家我一點都待不下去了！

△媽媽一手牽著一個孩子奪門而出。媽媽一邊哭一邊跑，妹妹也一邊哭一邊跑，彼得潘是一邊尖叫一邊跑。不知不覺跑到和爸爸以前時常約會的湖邊。媽媽用力抓住彼得潘的肩膀大吼。

媽　　不要再叫了！我今天會這麼慘都是因為生了你！你才是掃把星！

△彼得潘停止尖叫，睜大眼睛看著媽媽，並甩開媽媽放在他身上的手，躲在妹妹後面。

媽　　還有妳！只會哭！我就是給妳帶衰的！

△哥哥跟妹妹嚇得抱成一團。

媽　　這裡是我和爸爸相遇相戀的地方，以前充滿了夢想和美麗的回憶，現在卻只有痛苦。從這裡開始也從這裡結束吧！

△恐怖音樂進，媽媽拉著抱成一團的兩兄妹準備投湖。巫師上場。

巫師　　等一下！

△三人被突然出現的巫師嚇了一跳，媽媽自然的張開雙手面對巫師，讓孩子躲在後面。

媽　　你是誰？你想做什麼？
巫師　　不用害怕，我是神派來來拯救你們的。
媽　　拯救？神派你來的？（媽媽繞著巫師一圈從頭到腳打量著他）
巫師　　對！我是神的使者。
媽　　我怎麼知道你是不是騙我的？
巫師　　我是上通天文，下知地理的巫師，世界上沒有一件事我是不知道的！不信的話，妳可以考考我！
媽　　那麼……彼得潘小時候穿的內褲是什麼顏色？
巫師　　（施法察看）他小時候……沒穿！

△媽媽：哇！這個巫師真厲害連彼得潘「沒穿」都知道，真是一位厲害的巫師！

媽　　那請你幫我算算我們家彼得潘的未來！
巫師　　想要知道天機是要付出代價的，妳有帶錢嗎？

△媽媽到處摸摸身上口袋，然後掏出500塊，伸手拿給巫師。

媽　　500塊，可以嗎？
巫師　　500塊！（驚訝）太少了這樣對神不敬！
媽　　巫師大人，我今天匆匆出門，身上只有帶這些錢，你可以跟神商量一下嗎？

△巫師打量了母子三人的穿著打扮，覺得應該是個富有的人家，決定放長線釣大魚。

巫師　　好吧！好吧！會相遇就是有緣，我會請神通融這一次的。
媽　　謝謝巫師！哥哥快謝謝巫師！快點頭呀！

△哥哥不願意，媽媽強壓哥哥的頭，示意要他點頭，巫師開始施法，音樂進。

巫師　世界上最偉大的神啊！請祢告訴我彼得潘的未來是什麼？喔！糟糕！大事不妙！
媽　怎麼回事？
巫師　妳聽！彼得潘天生就是個禍害，命中帶煞！不但剋父剋母還活不過十歲！
媽　什麼！（驚訝不已）彼得潘是禍害！命中帶煞！活不過十歲！
巫師　不過……
媽　不過，什麼？是不是有什麼方法可以改變彼得潘的命運！
巫師　有是有不過，要這個（用手比錢的手勢）。
媽　要多少？
巫師　1000萬。
媽　我哪來的1000萬？
巫師　沒有的話，我也愛莫能助了，可憐的孩子啊！這樣一條生命再過幾年就要斷送了，母親也無能為力，錢啊～有錢能使鬼推磨，錢啊～就能買通這樣的宿命
媽　（生氣）我不信！我就偏不信上天會這樣安排，我就要靠我自己的力量，讓彼得潘長得健健康康！我要看他長大成為有用的人！（語畢，拉著孩子離開）

△音樂進—燈暗。

【第五場】

△爸爸借酒澆愁，親弟的冷漠。
△親弟來到彼得家中話家常，兩人喝著酒，音樂漸收－燈亮。

親弟　幹嘛呀～哥，看你喝的很悶的樣子，不過就是老婆把孩子帶走而已嘛！很快就會回來的！
爸　事情不是這樣說。
親弟　那應該怎麼說？
爸　這……這……畢竟是家人啊！

親弟　說的也是，不要想那麼多，他們很快就會回來的，放心！來！再喝一杯

△兩人繼續喝酒。

爸　他們已經離開家裡兩個星期了。
親弟　往好的地方想，搞不好你可以再娶一個啊！然後再生，哈哈哈哈！
爸　我是有這樣想過，但這不可能。'
親弟　什麼不可能？等等看囉～有回來就繼續，沒回來的話，就再娶一個。
爸　你不知道，照顧彼得潘這種孩子特別辛苦，我老婆她一個人照顧，一定會受不了的。
親弟　你的意思是你老婆一定會回來囉？
爸　嗯，她是個好老婆，其實爸媽好像都有一點老人痴呆的症狀了，她會放心不下我。
親弟　那剛好，她照顧兩個，你也照顧兩個，你照顧的這兩個年紀比較大，應該不用照顧很久，就可以脫離苦海了！哈哈哈哈～人生啊！
爸　弟，你說這話什麼意思，我爸媽也是你爸媽耶！難道你不用照顧？
親弟　哥，你也知道我在城裡工作忙，我老婆的人你也不是不知道，她是不可能答應接回來家裡照顧的。
爸　那你也應該要想想辦法啊！

△親弟不語。

爸　我跟你說實在的，家裡這些事情我都不好意思跟外面的人說，只能裝得一點事情都沒有，我心裡的壓力很大，我不是今天跟你喝而已，從我老婆離家出走，我就天天喝，一直沒去工作。
親弟　都沒去工作！那你老闆不把你炒魷魚才怪！
爸　是啊！老闆已經叫我別去工作了，我又不想讓朋友知道家裡的事情，所以想說看你那邊有沒有錢，先帶爸媽去檢查看看，如果沒事就還好，有事的話我也不知道該怎麼照顧他們！
親弟　不是吧！哥～這我無能為力啦！
爸　就先帶爸媽去檢查，這點小事你都不願意幫？

親弟　不是啊！啊那如果真的有什麼事情的話，我該怎麼辦？我不可能帶回家去，你知道我老婆那個人。
爸　好！不管爸媽有沒有事情，你都帶回來我家，這樣可以了吧！
親弟　哥，先喝一杯！

△兩人喝酒。

親弟　哥～那我先這樣說，假如爸媽有什麼事，你知道的嘛，我老婆那也有家人要照顧吧！所以在錢這上面的事情，我可能也幫不太上什麼忙！
爸　如果有事的話，你就多回來照顧爸媽一下，沒叫你帶回家，這樣應該可以了吧！
親弟　哥，我剛剛說了，我都在城裡工作，不太有時間的！
爸　算了！算了！不想跟你喝了，你什麼都不幫！還算是家人嘛！結了婚自己家的人都不是人了是吧！那你就當沒我這個哥哥！
親弟　不是啦！哥！
爸　你不用叫我哥了，我沒你這種弟弟！
親弟　哥，你喝醉了，先這樣吧！下次我再來找你啊！
爸　你滾！

△親弟再喝一口酒後快步下場。

爸　（跪下難過）就算我求你好嗎？這可是你自己家人啊！

△音樂進—燈漸暗。

【第六場】

△媽媽努力教導彼得潘的辛苦歷程，也呈現出媽媽帶孩子去各方面醫療尋求資源，妹妹一直無法理解自己為何被冷落。
△音樂漸收—燈亮。

媽　彼得潘，你說話啊！你說話啊！叫媽媽，快點，叫媽媽！讓我知道你是正常的！我就帶你回家好嗎？

妹　　（哭）媽～

媽　　妳哭什麼哭！（驚覺）妹妹，妳會叫媽了呀！

妹　　（哭）媽媽～

媽　　我知道了！一定還有希望，彼得潘，你快學妹妹叫媽，快學妹妹叫媽呀！

△妹妹停止哭泣，目瞪口呆的望著媽媽。

媽　　彼得潘，你！快叫啊！（打了彼得潘一巴掌）

△彼得潘哭泣。

媽　　（擁抱彼得潘）對不起！對不起！媽媽對不起你，我……我帶你去醫院治療，走！

△媽媽帶著兩小移動，定格，燈亮，醫生出場。

醫生　　不會說話呀！先測試看看！

△醫生對彼得潘做了一些測試。

醫生　　這位太太，妳可能要有些心理準備，彼得潘應該有多重障礙。

媽　　多重障礙!?

醫生　　嗯，彼得潘目前測試起來，看他可能聽覺和智能都有障礙、自閉加上過動，這種多重障礙，需要家人好好的照顧。

媽　　天啊！我有沒有聽錯？

醫生　　妳不用太擔心，這世界上有許多人都有這樣的狀況，只需要好好照顧，彼得潘也可能是你們家的天使。

△媽楞了一會兒。

醫生　　這位太太～這位太太！

媽　　（驚醒）蛤！什麼事情？我怎麼會在這裡，彼得潘？彼得潘呢？

△妹妹走到醫生身邊，拉著醫生的褲子。

醫生　對了！妳還要注意一下妹妹，除了照顧彼得潘之外，妳也別冷落了彼得潘的妹妹

媽　（無神）好……好……知道了，謝謝～謝謝醫生！

△音樂進—燈漸暗。

【第七場】

△爸爸喝醉去找媽媽互聊心事，談出彼此內心的痛苦，爸爸無法接受外人的眼光，媽媽也談出自己內心的痛苦，兩人決定要分工一起帶孩子，並且讓家人也能接受。

△音樂漸收—燈亮，爸媽相視而坐，不語。

媽　幾年沒見了？你來找我就是喝的醉醺醺的！

爸　對不起，我不是故意的！

媽　你怎麼看起來像個孩子一樣？

爸　沒有！

媽　還說沒有？那你幹嘛喝酒？

△爸不語，低頭。

媽　三年了，過年我都沒回去，爸媽還好嘛？

爸　不好，他們有初期失智症。

媽　兩個都有嘛？

爸　應該是，一個白天狀況比較明顯，一個是晚上。

媽　然後呢？

爸　孩子還好嘛？

媽　我讓他們去上學了。

爸　對不起！

媽　你不要只會說對不起！

爸　因為我賺的不多，工作不穩定。

媽　為什麼工作不穩定？

△爸不語，又低著頭。

媽	你有什麼事情要說啊！什麼話都不說，我怎麼知道你怎麼了？（停頓一會兒）是工作不好找嘛？還是？（停頓一會兒）還是因為你喝酒？
爸	我不是愛喝，我覺得壓力好大，我快受不了了！
媽	你一直喝酒怎麼面對壓力？我照顧兩個孩子還要工作，我壓力不大？（停頓一會兒）好了，我看你也是照顧爸媽很累，你想跟我說什麼？
爸	我想重新開始。
媽	很好啊！重新開始（停頓一會兒）那……現在你要怎樣做？
爸	妳回家，我們一起照顧家人好嗎？
媽	我回家，可以呀！那爸媽我要怎麼面對？
爸	我會跟他們說，搞不好他們已經忘記妳出門了。
媽	他們是忘記有我這個媳婦，還是忘記我出門了？
爸	可能都有吧！
媽	算了，爸媽的事你去處理，如果沒問題我就帶兩個孩子回家，我自己在外面工作還要照顧他們，真是累死我了
爸	好，那妳趕快回家，我需要妳！
媽	（覺得感動）好啦！你快回去安撫爸媽，這個星期，我處理好租房子的事情就回去好嗎？
爸	好！
媽	你不要再喝酒了，對身體不好。
爸	我知道，我也不想喝！
媽	問題一定要去面對，然後我們一起解決！
爸	謝謝妳！

△媽媽走過去抱著爸爸，燈暗—音樂進。

【第八場】

△彼得潘回家後，家人一直詢問今天在學校的狀況（戲中戲的呈現班級狀況），妹妹深感被冷落的傷痛跟家人吵架，媽媽雖然表達出自己的痛苦，但也無法說服妹妹，爸爸繼續酗酒並表達出自己內心的痛苦，

加上爺爺奶奶的不諒解，家裡像是即將爆炸的壓力鍋，結果三人（爸媽妹）承受不住壓力，跑去抱著馬桶痛哭（或是依序的輪流找東西抱），結果阿拉丁出現，阿拉丁告訴他們說：我給你們三個人願望，但這三個願望一定都要一樣才能實現，結果妹妹的願望是不同的，所以，阿拉丁跟他們說掰掰，如果未來願望一樣，我再出現～飄走。

△音樂漸收—燈亮，家裡有點凌亂，多了幾張椅子。

爺　現在是幾點啦？
媽　爸，彼得潘、彼得妹快放學回家了。
爺　那是幾點？
媽　要四點了。

△爸拿著酒和杯子，搖搖晃晃的走出。

媽　你不要再喝了，這個星期你只做幾天工作，還敢喝？
爸　喝一點又不會怎樣，我沒有醉！
奶　你是誰？怎麼出現在我家？
爸　媽問誰啊？
媽　問你吧！
奶　你們當我瘋了是吧！我是在問他（指著爺），他是誰？怎麼在我家？
爺　天啊！到底是造了什麼孽，（指著奶）連彼得妹都頭腦壞掉了，連自己的爺爺都不認識。
奶　他說什麼？他說我什麼？
爸　沒事，媽！他是老爸呀！
奶　老爸？怎麼長那麼年輕？
爺　我年輕，我當然年輕，現在年輕人很可憐，彼得妹念書都唸到這麼老了。
奶　他在說誰？
媽　媽～沒事！他在說彼得妹啦！
奶　說彼得妹？喔～對呀！彼得潘、彼得妹他們兩個人呢？
媽　應該快回來了！

△彼得潘、彼得妹兩人走進家裡。

爸　你們回來啦！回來要叫人啊！
妹　爺爺～奶奶好！
奶　彼得潘怎麼不會叫人，真是沒禮貌！
爸　媽～你忘了呀！彼得潘他聽不到啊！
奶　（重聽）什麼？
爸　（靠近奶）彼得潘～他聽不到啊！
奶　喔～要吃晚飯了啊！
媽　好了，沒事沒事，爸媽～等一下要吃晚飯了
爺　妳想騙我！我剛剛才吃過！
奶　就是說啊！妳不誠實，整天就只知道騙（轉身對爸）你讀書讀得怎麼樣啦？

△爸媽使眼色給妹，要她跟爺奶說，妹上前。

妹　奶奶～我們今天在學校啊！發生了很多事情喔！
奶　什麼事情啊？
妹　就是………

△音樂進—燈光變化，同學們進場，爸媽爺奶都在旁觀學校裡的狀況，彼得潘和妹進入教室。

同學A　（拿紙團丟向彼得潘）笨蛋！
同學B　哈哈哈！好好玩喔！我也要丟
同學C　他聽不到耶～好好笑喔！（走在彼得潘身邊）白痴、笨蛋、呆子！

△同學們狂笑著。

同學D　等一下學校有說話課耶！彼得潘你會說話嗎？
同學E　嗚嗚啊啊嗚嗚啊啊～（狂叫）

△老師走進來。

同學F　老師來了！快坐好！
老師　同學們上課了！

同學A　起立！

△彼得潘沒有站起來，引起同學狂笑。

老師　笑什麼？
同學A　立正、敬禮！

△同學們齊聲向老師問好。

老師　今天是說話課，上禮拜有請同學回去準備一篇故事，或是你的生活跟大家分享，誰要先來啊！

△彼得潘走上前去，又引起同學大笑。

老師　彼得潘，你真的要先跟大家分享是嗎？

△彼得潘自己在幻想的世界裡，眾人看著他表演著，同學哄堂大笑，欺負著彼得潘。

同學A　白癡
同學B　呆子呀！哈哈哈！
老師　你們在說什麼！
同學C　笨蛋！
同學D　好傻啊～喔！他在做什麼呀！
同學E　你看你看！他在幹嘛！
同學F　笑死我了！同學。
妹妹　你們不要在取笑我哥哥了！
同學A　白癡的妹妹！
老師　大家安靜！
同學B　白痴的妹妹，哈哈哈！
同學C　他是白痴的妹妹，我們班有兩個白痴！
老師　吵死了！全部給我安靜！

△全班安靜，彼得妹看著同學取笑著哥哥，雖感到難過，但無法接受被

一直叫白痴的妹妹，就上前去將哥哥抓下來。

妹　我才不是白痴的妹妹，他是白痴，我不是！（語畢，撿起地上的紙團丟向哥哥）

△同學們狂笑，下課鐘聲響。

老師　你們不要再鬧了！算了！下課！不可以再欺負彼得潘喔！（語畢，下場）

△同學們開始推彼得潘，並丟紙團，胡鬧成一片，最後妹妹推哥哥，哥哥倒在地上，起來頭部流血，哥哥摸一下頭，看著沾滿血的手，感到非常害怕的樣子，同學們見狀嚇得全部跑開，只剩彼得潘和妹妹留在原地。

△音樂進—燈光變化—情境再轉回到家裡。

媽　天啊！彼得潘有沒有怎麼樣？彼得妹妳怎麼可以這樣跟同學一起欺負哥哥！

妹　我不是白痴的妹妹！

爸　彼得妹妳太過分了！我一定要好好教訓妳！（走過去打彼得妹的屁股）

妹　你敢打我！你們根本不是我爸媽！從我出生到現在，你們每天都只會彼得潘、彼得潘！從來就沒有我這個彼得妹！你們不是我的爸媽！我像一個撿來的孩子！

媽　彼得妹，妳不要這樣！媽媽不是故意的，媽媽沒有冷落妳。

妹　妳騙人！我根本不是你們生的！我家人不會有白痴。

媽　彼得妹，家裡沒有人是白痴！

妹　那哥哥是怎麼回事？

媽　你們都是我的孩子，我愛你們！

妹　才不是！你們愛的就只有彼得潘，你們不愛彼得妹！我不是白痴的妹妹！

爺　就是因為你爸爸娶了她（指奶），所以才會生下這個彼得潘。

爸　爸！你在說什麼啊！

爺　　你這個酒鬼，幹嘛跟我說話！我說你就是娶了這個女人（指奶）才會生下這個白痴！

奶　　你指我幹嘛！是你娶了她（指妹），才會生下這個白痴！

爺　　是他娶了妳！才生下白痴

奶　　（指妹）是你娶了她！笨蛋！你吵什麼！你忘了我是你媽了是吧！

爺　　唉～娶了個禍水，遺害千年啊！

奶　　家門不幸啊！

妹　　我怎麼生在一個連誰是誰都分不清楚的家，你們全都是白癡！（用吼的）

媽　　天呀！我受不了了！這什麼家啊！

爸　　真是氣死我了！我看死了算了！這樣活下去有什麼意義！

媽　　都是你！家裡都發生這樣的事情了！你還在那邊喝酒！你怎麼當一家之主的啊！

爸　　對！都是我的問題！你們都是正常的好了吧！我去死好了！

媽　　是啊！死一死好了！反正家裡沒一個正常的！

爸　　好啊！死就死啊！這樣一了百了比較痛快！

媽　　（打了爸一巴掌）你到底是不是男人啊！

△媽打了爸一巴掌後痛哭，隨便跑去抓了個東西摩擦著，妹也痛哭看著媽拿東西摩擦，也學媽媽隨便找個東西摩擦，爸看兩人都痛哭也跟著痛哭起來，也到一旁找東西摩擦，家裡充滿著哭叫聲。哥哥尖叫滿場跑。

爺　　唉～娶了個禍水，遺害千年啊！

奶　　家門不幸啊！

爺　　是他娶了妳（指奶）！才生下白痴！

奶　　是你娶了她（指妹）！笨蛋！你吵什麼！你忘了我是你媽了是吧！

△奇異的音樂進—噴煙，阿拉丁上場。

阿拉丁　誰在那邊摩擦我，叫我出來的啊！

△所有人漸漸目瞪口呆的望著阿拉丁。

阿拉丁　誰在那邊摩擦我，叫我出來的啊！

△所有人互相對看，沒人知道為什麼。

阿拉丁　我再說一次，誰在那邊摩擦我，叫我出來的啊！

△所有人互相對看，沒人知道發生了什麼事。

阿拉丁　算了，我自己說好了，你們家有人在那邊摩擦東西，你們不知道摩擦東西就會叫出傳說中「阿拉丁」這個神仙嗎？

△所有人互相對看，沒人知道發生了什麼事。

阿拉丁　（嘆氣）算了，反正你們摩擦東西，我這個阿拉丁神仙就會出現，然後因為你們是三個人在那邊一起摩擦，所以我要給你們三個人一個願望，但是，你們許的願望要是一樣的才能夠實現，哇哈哈哈哈！

媽　阿拉丁神仙，我希望彼得潘是個正常健康的孩子。

爸　（看著媽，停了一會兒）不，我希望爸媽跟彼得潘都是正常的人，然後我希望能幫我戒除酒癮。

妹　我希望哥哥消失在這個世界上！

△燈光變化—噴煙—音樂進。

【第九場】

△阿拉丁出現在爸、媽、妹三人的時空中，跟他們聊（反映出他們自己的內心）妹妹感到壓力很大跟同學一起嘲弄哥哥，妹妹內心感到慚愧，想要自殺，卻被彼得潘救了。

爸　我真的壓力好大！為什麼是我們家遇到這樣的事情，面對這種事情我無能為力！我是一個男的，我不能解決這樣的事情，我覺得壓力好大，我不敢面對外面的人，我不敢跟其他人說，我覺得我好無能，我只能喝酒，喝酒來麻痺自己，我快受不了了，我不知道該怎麼辦，還是就這樣死了算了！但是我不甘心啊！

阿拉丁　你是個男人，男人面對自己無能為力的事情該怎麼辦？每個男人成長的過程中都會遇到自己無法解決的事，那是不是年紀很小的時候就要去自殺了呢？不是吧！你回想看看你小時候，你第一次遇到自己無法解決問題的時候，你是怎麼處理的？

爸　哭吧！應該是哭

阿拉丁　那你就哭啊！

爸　我是個男人，我怎麼能哭？

阿拉丁　誰說男人就不能哭？你小時候不就哭過了，你怕什麼？

爸　我怕被外面的人取笑。

阿拉丁　會取笑你的人那些都不是朋友，你要知道，其實男人哭的時候比女人哭的時候，更讓人感動！

爸　感動？

阿拉丁　是啊～哭一下又不會死，看見你哭的人會安慰你、鼓勵你，陪著你的才是家人，其他人你不用管他們，他們的生活也不見得過得比你好。

爸　不可能！我們家都這麼慘了，還有誰比我們家慘？

阿拉丁　這個世界無奇不有，比上不足，比下有餘，你只要好好面對自己的心情，面對問題，沒有什麼事解決不了的，你要知道，你還有個家啊！

爸　我還有個家……

△舞台區位燈光變化—

媽　我怎麼這麼命苦，難道我做的還不夠嗎？為什麼結了婚生了孩子之後，我的整個生活都變了！到底要到怎麼樣子的絕境事情才會結束啊！

阿拉丁　這世界上不會有絕境的，除非你自找。

媽　祢騙人！我沒找絕境，絕境都自己出現了！我這麼努力，生活還是無法改變啊！

阿拉丁　每個人在生活中努力是應該的，但是妳不能只看到眼前

媽　什麼意思？祢是說我只看到眼前？

阿拉丁　嗯～妳現在看的生活好像很痛苦，但是未來呢？不一定吧！

媽　我現在只能想像未來是很痛苦的，而且我沒有辦法

阿拉丁　妳從小到大沒遇過讓妳覺得痛苦的事？

媽　應該沒有吧!?

阿拉丁　有的，妳仔細想想看，曾經令妳痛苦的事。
媽　好像有。
阿拉丁　那然後呢？
媽　然後……
阿拉丁　然後妳覺得事情就沒有改變嗎？（停頓）有的，妳或許現在覺得很痛苦，但未來不會是妳想的這樣
媽　那未來會是怎樣？
阿拉丁　未來只會有好事發生。
媽　祢是說彼得潘會好起來？
阿拉丁　彼得潘不見得會好起來，但你們的生活會好起來。
媽　那要怎麼做？
阿拉丁　愛他。
媽　愛他？
阿拉丁　對，就是愛他。
媽　我已經夠愛他了！難道還不夠嗎？
阿拉丁　夠
媽　夠了？到底是怎樣？我夠愛彼得潘了，然後呢？我還要怎樣？
阿拉丁　就這樣。
媽　就這樣？
阿拉丁　是的，就是他現在這樣。

△舞台區位燈光變化。

妹　其實，我也是愛哥哥的。
阿拉丁　妳確定！
妹　我確定！
阿拉丁　那妳在學校為什麼跟著大家欺負哥哥？
妹　因為，大家都討厭哥哥，我怕他們也不喜歡我。
阿拉丁　妳覺得妳的同學們是真正的朋友嗎？
妹　我知道不是，但是，我害怕孤單。
阿拉丁　那麼跟大家一起欺負哥哥，妳就不會感到孤單了嗎？
妹　我不知道！（歇斯底里）我去撞牆好了！爸爸媽媽都想去死，那我也去死好了！

△妹妹站在舞台前緣作勢跳樓狀，哥哥見狀衝過去一把抱住她。

彼得潘　我～愛～妳。

△妹妹看傻了眼，音樂進—燈暗。

【第十場】

△親弟還到家裡做客，挑起爺奶排斥彼得潘，引起一陣波瀾，爸媽、妹又受不了難過的彼此指責，這次的壓力鍋大到連爺奶、親弟都被指責進去，所以六個人（除了彼得潘外）都跑去抱馬桶之類的摩擦，於是阿拉丁又出現了，阿拉丁說：這次有六個人都抱馬桶，所以要六個人的願望都一樣才能實現，大家對看，都不敢確定彼此的心意時，妹妹先舉手回答她的願望是希望哥哥不用改變，我要愛他這原來的樣子，這願望所有人都聽了感動，依序由爸、媽、奶、爺也如此許願，但親弟呢？

△音樂漸收—燈亮，親弟偷偷摸摸的走進家裡，看著大家在家裡不言不語的各自做自己的事。

親弟　好久不見呀！新年快樂！
媽　小叔啊！新年又還沒到，你怎麼說新年快樂啊！
妹　叔叔也阿達阿達了啦！這是家族遺傳，以後可能我也會這樣。
親弟　喔～新年還沒到啦！那……聖誕節快到了，聖誕節快樂！

△所有人白眼看了親弟。

親弟　爸媽最近身體還好嗎？
爸　現在兩個白天都還算正常，晚上就不一定了。
親弟　那就還好。
爸　怎麼啦？還會想到要過來關心一下喔？
親弟　是啊！畢竟是自己家人嘛……
爸　（不屑）是啊！家人。
媽　幹嘛這樣，來了就坐吧！中午吃了沒？

△彼得潘走過來踢了親弟一腳。

親弟　你白痴喔！幹嘛踢我！很痛ㄟ！（看看大家）就真的很痛啦！我不是說他白痴。
奶　把彼得潘看好，怎麼隨便去踢人呢！
爸　（對媽）妳離彼得潘比較近，要看著他。
親弟　沒事～沒事，沒關係。
媽　有怎麼樣嘛？要不要擦藥？
親弟　沒事，嫂子，真的沒事。
爺　怎麼會沒事！我看你的腳都腫一個大包了！
奶　對呀！真是個沒教養的孩子，居然敢踢我的寶貝兒子！
媽　媽～妳說這什麼話？彼得潘也是妳孫子耶！
爸　老婆！媽媽就老人癡呆妳是知道的
媽　什麼老人痴呆！我兒子跟他兒子不是就分得清楚嗎？我看老人癡呆根本就是裝的。
奶　妳在罵我？什麼我們裝的？妳以為我們喜歡啊！那妳怎麼不說彼得潘是裝的！
爺　我們老了，人老了就會有病，妳這媳婦怎麼會講這種不三不四的話！成何體統！
爸　你今天來家裡幹嘛？
親弟　沒事啊！回來家裡看看，順便跟哥哥喝兩杯嘛！
媽　喝兩杯！喝什麼喝！小叔！你嫌家裡不夠亂嗎？
妹　你們吵死了！閉嘴！我聽過哥哥說話。
奶　瘋了瘋了！全家都瘋了！（對爺）他說他聽過彼得潘說話，要帶彼得妹也去檢查檢查了！
爺　不用了！兩兄妹都一樣有問題。
妹　我沒問題！哥哥也沒問題！
爺　這不是白痴是什麼？
奶　白痴是不會說自己是白痴的
爺　（對奶）妳是不是白痴？
奶　你才是白痴！
妹　你們兩個都是白痴！我怎麼會有這種白痴的家人。
奶　（哭喊）天公伯啊！連孫女都不正常！我的天啊！（跑去找東西摩擦）

妹　　還有你（指爺），你老了也不正常。
爺　　（哭喊）我歹命啊！（跑去找東西摩擦）
媽　　彼得妹！（丟了一個東西在地上）
妹　　媽呀！（跑去找東西摩擦）
媽　　天啊！（跑去找東西摩擦）
爸　　地啊！（跑去找東西摩擦）
親弟　（聽見同音疑惑）蛤？我？天地啊！（跑去找東西摩擦）

△奇異音樂進—噴煙—燈光變化，阿拉丁上場。

阿拉丁　誰在那邊摩擦我，叫我出來的啊！

△所有人相互望了一下。

阿拉丁　算了，我知道你們都沒有人要承認，反正就是你們這幾個摩擦的，我再說一次遊戲規則，就是你們有幾個人同時摩擦，就要許一樣的願望，我才能實現你們的願望！

△親弟欲舉手，立刻被爸丟東西。

媽　　幹得好！
妹　　漂亮！
爸　　這不算什麼，從小練到大！
阿拉丁　快點，不可以討論，時間是不等人的，哇哈哈哈哈！
妹　　（舉手）我先說！
媽　　彼得妹，你要講什麼！
爸　　是啊！彼得妹！妳想清楚在講啊！
爺　　這是誰啊？（看向阿拉丁）怎麼出現在我們家？
奶　　就是你娶了她（指妹），才會生出這樣的孩子（指阿拉丁）
妹　　阿拉丁神仙，我……我……我不希望哥哥能改變，我想要愛他現在原來的樣子，因為他是我哥哥。
親弟　天啊！

△又被爸丟東西擊中。

媽　　妹妹，謝謝妳！阿拉丁神仙，我也要跟妹妹一樣，我不用彼得潘改變，我只要愛他原來的樣子。

爸　　（看了媽一眼）我也是，我只要愛彼得潘原來的樣子。

△爺奶感動的哭泣。

阿拉丁　那還有其他人呢？

奶　　我們當媽媽的其實都一樣，孩子怎麼樣我們都是愛他的，我也要愛彼得潘原來的樣子。

爺　　我也愛彼得潘原來的樣子。

△音樂進—彼得潘快樂的獨舞，燈暗。

△劇終。

註釋

一、歌曲引用葉歡〈你的寶貝〉。

大幕起

劇本指導：陳義翔
編　　劇：黃煜騏、陳義翔

人物

陳怡君（同班同學／喜愛編劇，目前從事壽險業務，離過婚）	酒女（陳怡君筆下的角色）
許恩哲（同班同學／特約演員）	乞丐（陳怡君筆下的角色）
雅君（壽險公司同事／社會新鮮人）	阿忠（同班同學／婚紗攝影師）
阿南（壽險公司同事／新婚）	阿雄（同班同學／豬肉攤）
Crew1（大學生）	阿德（同班同學／禮儀公司）
Crew2（大學生）	阿強（同班同學／計程車司機）
高美惠（劇團女演員）／雅君可分飾	小如（同班同學／電台主持人）
嘉明（特約演員）／阿南可分飾	觀姊（同班同學／直銷－健康食品）
舞監	麗華（同班同學／夜市老闆娘）
小丑（陳怡君筆下的角色）	阿珠（同班同學／薑母鴨店老闆娘）
高帽子（陳怡君筆下的角色）	

【序場】

△廣播選擇頻道的吵雜聲接上青春奔放的現代流行樂漸弱。

小如　（流行音樂漸收後）聽完了1993年，LA. BOYZ的金斯頓的夢想，我們再回到JS電台，我是主持人小如，接著下來凌晨4點到6點，由我小如陪著大家一起分享心情故事，但是這個時間應該很少人收聽吧？現在會在收音機前收聽的人不知道是什麼樣的人？你是睡不著、還是趕夜車？或者是在上班呢？總之，既然這個時間可能沒什麼人收聽的話，我就乾脆把這段時間當做是跟自己的對話，或是說跟大家分享我的生活，如果你也想跟我分享你的故事，那麼也可以撥打03-388-7528，03-388-7528，讓我們一起分享你的故事，你也可以點播你想聽的歌曲，那麼接著我們來聽一首以前我高中時期很喜歡聽的一首歌，也是許多歌手翻唱過的，讓我們一起來欣賞That's the way（I like it）。

△四個角色隨著音樂出場，廣播區燈暗。

乞丐　唉呦威啊～走開走開走開啊！
酒女　你又發了什麼神經？不過一隻蜜蜂而以大驚小怪的！給我馬上從我背上下來！
小丑　和樂融融的啊～你們
酒女　你哪一隻眼睛看到我們和樂融融了？我數到5你再不給我下來，我就把你另一隻腳也打瘸
乞丐　好嘛～好嘛，我下來就是了（酒女作勢要打他）唉唉唉唉～不要打我啊！
高帽子　這種氣氛又能維持多久呢？一點點的累積，最終會更加珍惜的～我相信～
小丑　（走至高帽子身邊）你們有想過，人的帽子裡可以裝什麼嗎？（脫下高帽的帽子）
高帽子　我想，應該是大把大把的巧克力軟糖吧！在紐約街頭都有賣的那種
酒女　大把大把的鈔票，放在我身上顯得更是珍貴。
乞丐　一些麵包的碎屑，或是一些……食物。
小丑　魔術師的帽子裡，可以裝許多東西，例如兔子、鴿子、撲克牌等等的，多麼神奇，對吧！
高帽子　我們被侷限住了呢！
酒女　太深奧了，不舒服。
小丑　呵呵（戴上帽子）。
高帽子　但被侷限住又何嘗不是一件好事呢！

△歡樂的音效，燈暗，音樂漸收，燈亮，排練教室阿雄飾演著電視購物專家，但並非豬肉攤。

阿雄　啊來喔～（台語）豬肉一斤100，100，（轉變成國語）後腿肉1斤120喔！啊來100～100（轉成台語）100～100喔！（台灣國

語）走過路過不要錯過！啊然後勒，接下來台詞是什麼？

阿忠　哩喜勒靠邀喔！豬肉個屁！明明就不是豬肉。

阿雄　阿歹勢歹勢，太習慣了，啊你是不會幫忙提詞喔！我都幾百年沒演戲了！

阿忠　記住，你現在是一個電視購物專家！

△阿德開始彈唱起吉他。

阿強　喔～阿忠，你很有導演的架式啊，難不成想篡位啊～

阿雄　某怪你最近一直在ㄉㄧㄤ我蛤！我看你是皮在癢！

阿忠　林啊罵才篡位啦！要不是陳怡君她人不知道跑哪去，我現在還是拿著我的相機……（隨意拍了一張）

阿德　（彈著吉他亂唱歌）林阿罵才篡位～才篡位～你～阿罵才篡位～

阿忠　阿德你信不信我把你的吉他給砸了！你是家裡死人是不是？

阿德　（按住吉他弦）那那那那那那那～說到這個，你們大家最近家裡有人要死了嗎？如果有死的話可以通知我，我們現在有新的優惠……

阿忠　什麼優惠？

阿德　往生前三天電話預約大體處理享85折優惠。

阿忠　聽起來還挺划算的，阿雄，你家有需要嗎？

阿雄　我阿爸過世已經10年了啦！不然你去翻他的墳墓啊！

阿德　我們現在還有早鳥優惠，你可以提前幫你的家人做準備。

阿雄　我看阿德你是沒被人打過齁！林北今天就讓你知道我穿幾號的襪子（把襪子脫掉作勢要打他）。

阿強　喔喔我贊助一雙（把自己腳上的襪子脫下來）。

阿雄　阿強多謝！哈哈哈！送啦，你給林北過來！我今天就把你那（轉變台語）唱死人的嘴打厚爛！

阿德　你不要過來喔！我有傢伙（把吉他拿起來）。

△互相對視。

雄、德、強、忠　哈哈哈哈哈哈哈哈

阿強　為什麼過了這麼久，我們還是可以這麼智障啊！

阿雄　什麼智障！全部人只有他在智障！林北在好好排戲，他在。

△遠處傳來女人的聲音漸漸靠近，阿德繼續跟阿忠說明優惠方案。

阿珠　欸欸跟妳們說啊～我們家那個，他昨天跟我一起幫店裡大掃除，妳知道他之前是完全不做家事的欸，我整個超感動的！而且我跟妳們說啊我們家阿寶昨天……

觀姊　又來了～又來了，妳每次的話題都在你們家阿寶上啊！我們都快聽膩了。

阿忠　（學阿珠說話）你知道他之前是完全不做家事的欸，我整個超感動的！

阿珠　怎樣！你怎樣！

阿忠　（故作流氓狀）安怎？阿珠～打架？（小力的推阿珠，阿珠跌倒在地）

阿珠　（裝可憐）我這麼一個弱不禁風的女子，你居然這樣對我……我……

阿忠　拍謝齁！我對有夫之婦沒有半點興趣。

阿珠　我現在就去自殺！我死給你看！

阿德　水啦！撿現成的，我這個月的業績可以提高了～等著接大體～接～大～體（唱歌）。

阿忠　我看你真的是欠揍，今天沒打死你老子不姓王！（追打阿德後阿德跌倒）

觀姊　唉喲～你看看你又跌倒了，這就是你老了骨質疏鬆的徵兆，來來來～看這邊看這邊今天帶來這罐比什麼固XX牌還有效的神藥啊，真的不是我在亂吹，（跪下）我都習慣跪著吹，電視上那個是蹲下可以爬起來（蹲下站起），這一罐不只可以讓你爬起來，還可以像是一條蟲一樣喔不，是一條龍一樣的活跳跳，不管是（節奏漸快）跳舞、運動、打架、潛水、溜冰、繞境、整天站、戰整天，都包準你永遠跑第一！

其他人　（日文）喔喔！好厲害！（掌聲鼓勵）觀姊好厲害！

觀姊　還不只是這樣，你要是以為他只保養骨質，那你就大錯特錯！

其他人　喔～喔～喔！

觀姊　不只保養你的骨頭，讓你不再骨質酥鬆之外！他還可以止咳化痰消炎止痛讓你流鼻水、感冒、發燒、流鼻涕、頭痛、肚子痛、腳痛、頭髮痛、指甲痛，都可以在瞬間灰飛湮滅，每一個買的客人都跟我說，唉呦，你都不知道我吃了這個之後不只不會再跌倒，甚至可以養顏美容，皮膚水嫩嫩，每當我要跑路的時候永遠都是跑得跟飛的一樣，沒有人追得到我，這麼好的藥你還在等甚麼呢？說到這邊你們一定很想知道這麼好的東西一罐要多少錢？500要嗎？不可能！400要嗎？也不用！300塊？不用！200？不用！只要50塊！一粒50一天一粒，一罐我算你們優惠，3千就好現在還有售後服務，只要你購買本產品，我再加送一本我個人的寫真集！保證全新不騙！順便徵男友喔！

阿雄　（從後面巴下去）哩喜哩靠邀喔！靈丹都沒這個神！

阿忠　欸～好Cut！我覺得這個可以用在這齣戲欸！陳怡君不知道跑哪去了？

阿強　過了20年默契一樣沒有變欸，哈哈！

阿珠　一開始明明就是只有我的戲，都是你亂攪局啦齁！

觀姊　我哪有甚麼亂攪局啊！這是我心中表演的慾望促使的～

阿珠　是找男人的慾望吧！

觀姊　阿珠妳在靠邀喔，欸欸說到這個你們最近有人常跌倒嗎？我這邊啊～

阿珠　原來妳是真的在賣喔!?

△麗華進，所有人看向麗華。

麗華　我錯過了什麼嗎？

小如　喔～麗華，妳沒有錯過什麼，我們也還沒有開始。

麗華　那就好。

觀姊　嗯……那請問在場有人有骨質酥鬆的症狀嗎？我這邊有……

△其他人都忽視觀姊。

阿德　喔……那所以？陳怡君到底去哪裡了？

阿珠　嗯？她不是跟阿哲出去嗎？

全部人　喔喔喔喔喔！

阿雄　這小王八蛋！我就知道！

阿忠　不意外啊……

阿珠　好啊！都這樣啊！

麗華　嗯……怎麼了嗎？

小如　　嗯……就是……

△恩哲進。

阿雄　　啊！看看誰回來了！我們的小王八蛋回來了啊～
阿忠　　阿哲，所以你把她上了嗎？
觀姊　　齁你們很低級欸
阿雄　　講屁話喔～妳自己還不是一直在找男人
觀姊　　那是我眼光高！會不會你們40歲都已經不舉了呀？
阿雄　　妳才不舉勒！

△阿德彈著吉他，搭配著情境。

恩哲　　一群損友，跟你們講，老子我今天帶來了一個很重大的好消息！
阿雄　　幹嘛？怡君懷孕了？
觀姊　　不是不舉了嘛？
阿忠　　（疑惑）3個月？
恩哲　　阿忠，我怎麼都不知道？
其他人　真的假的？
阿忠　　你阿罵才不舉啦！
麗華　　所以好消息是什麼啊？
恩哲　　總算有個人願意聽我說了……就是～（深吸一口氣）
其他人　嗯～（深吸一口氣）
恩哲　　欸～
其他人　到底怎樣!?
恩哲　　我們的早鳥票全部賣光啦～！
其他人　喔喔喔喔喔喔！
阿雄　　爽啦～林北賣的豬都在感動的吶喊內！有沒有看到～有沒有看到！
阿忠　　你叫屁喔！天啊！我一定要拿相機捕捉這美好的一刻！給我一個鏡頭！

△所有人隨意的擺出了Pose。

阿珠　欸欸～大家我也有一個好消息，等等排完戲大家來我家！我請大家吃薑母鴨！

其他人　喔喔喔喔喔喔～（七嘴八舌）自己家開薑母鴨就是不一樣，啊為什麼不是天天排戲都有得吃？

觀姊　骨質疏鬆萬歲！

△阿德一直狂刷弦跟恩哲在旁邊亂叫。

小如　喔喔……好可怕喔……嗯……麗華……妳怎麼了嗎……？

麗華　那個……各位……我也有一個消息……

小如　妳講話太小聲了，他們聽不到啦！

阿雄　欸欸～各位，麗華也有一個好消息要告訴大家！

阿強　欸～拜託不要又是薑母鴨喔！我現在可以吃下一頭牛。

麗華　不是……

阿雄　蛤妳說什麼？

麗華　不……不是一個好消息。

△瞬間寂靜，所有人看向麗華，立刻又喧鬧起來。

麗華　我……之後可能都無法與你們排戲了

其他人　蛤!?

小如　麗華妳怎麼了？

阿強　對啊！總有什麼理由吧？

麗華　之前我們排完戲後我還可以趕回去夜市擺攤，但是最近加排，時間變長都是我老公在顧攤，然後最近他生病了……

阿雄　欸～妳這樣說走就走，那我們其他人怎麼辦？妳不能這樣啊～

阿忠　所以妳就要讓大家的努力白費？

阿強　幹！又來了！20年後要再做一場畢業製作一樣失敗啦！現在還胎死腹中，我現在出去繼續賺錢還比較實在。

麗華　我不是這個意思，我當然也不想……而且我……

阿忠　妳是覺得我們這齣戲不重要是嗎？我們的努力不重要？

小如　你們冷靜一點！麗華她也是有苦衷的……

阿忠　要是每個人都有苦衷。我們這齣戲還怎麼做得下去！

麗華　我真的必須要回去，我還有老公還有小孩要養，我真的沒有辦法……

阿雄　妳是在講什麼鬼話！在場哪一位不用養家活口……

觀姊　ㄜ我不用……（舉手）

阿德　ㄜ我也不用（舉吉他）

阿雄　幹！彈你的吉他啦！現在可不可以來一點抒情的背景音樂！

麗華　我知道我這樣做會讓大家很氣憤……但是我真的沒有其它選擇了……真的很對不起（轉身走人）。

小如　欸欸～麗華！

阿珠　小如妳不用過去追她。

小如　可是……

阿雄　幹！豬肉都給她搞臭了！

阿忠　本來是多美好的一刻啊……這下好玩了。

△阿德持續彈著吉他不時亂哼。

阿雄　幹你實在是有夠白目的。

觀姊　恩哲，現在怎麼辦？

恩哲　嗯……

△燈暗，歡樂音樂進，燈光變化，小丑、高帽子、乞丐、酒女、乞丐出現舞動著，四個角色像是在模仿剛剛這群同學，形成一個趣味的畫面。

【第一幕】辦公室

△雨聲進，燈漸亮，雅君看向窗外手裡拿著一杯咖啡。

雅君　妳看看外面下的這雨，就好像在諷刺我們沒有辦法逃離這場惡夢一般。

怡君　妳想太多了。

雅君　我真是搞不懂，我們每天的乏味究竟從何而來？

阿南　那妳就不要發那麼多牢騷了吧……比起發牢騷不如專心衝業績。

怡君　你不如利用這簡短的時間好好地品嚐手中的咖啡。

雅君　唉～跟你們說啊！我今天遇到了一個帥哥，我心想天啊！該不會是我的桃花開了吧！我看他風度翩翩、英俊瀟灑，而且頗有紳士風度，卻沒想到他居然說「你們做保險的女生啊～是不是都曾經離過婚啊？」挖賽～我立馬就當場翻臉走人！

怡君　聽起來滿沒有禮貌的（喝一口咖啡）。

雅君　沒錯！

怡君　但是妳立馬走人，就像是被他說中一樣

雅君　所以我又停住，走過來又走過去，不知道怎麼接下去，只好說我貧血有點頭暈，真是搞不懂ㄟ！這謬論到底是從哪聽說的啊！對吧，我就不信這是真的，拜託～妳有離過婚嗎？妳有嗎？妳有嗎？妳有嗎？妳有喔……（轉問阿南）你……有離過婚嗎？

怡君　（小酌一口咖啡）有，不過那些都是過去的事情了，現在的我在這裡。

雅君　ㄜ……ㄜ對對對，說的也是，那看來這謬論還是有根據的啊……

阿南　我是覺得啊～妳每天都活在幻想裡，最後一定會迷失的。

雅君　誰說的！我長這麼大，一直支持我的終究是我的幻想，誰叫現實這麼乏味

阿南　因為現實總是殘酷的啊，不然我們就不會在這裡賣保險了。

雅君　是你不懂得想像，你沒聽過嗎？想像力就是你的超能力！

阿南　歹勢齁，我比較務實一點。

雅君　你們難道都沒有一些所謂的夢想或是白日夢嗎？我可是個少女，怎麼樣多少都要有點幻想吧！你們知道嗎？我每一天都在幻想，我可以飛到世界各地～然後在當地認識新的帥哥，或是有了新的邂逅！對！就像是偶像劇那樣！

△〈白日夢〉—歌舞進。

〈白日夢〉

詞：陳義翔

雅君：

每天的乏味　從何而來

多一點想像徜徉在白日夢上

旋律的起伏　帶我想像
世界的酸甜苦辣鹹

白日夢讓我化身為女主角（ㄐㄩㄝˊ）
白日夢帶我遨遊電影情結
白日夢我是生活中唯一的焦點

阿南：
發牢騷還是　積極努力
活在幻想中會將一切迷失掉
我風度翩翩　英俊瀟灑
規劃保障每個人的生活

白日夢是沒有危機意識的風險（雅君：讓我化身女主角）
白日夢將妳的目標澈底毀滅（雅君：帶我遨遊電影情節）
白日夢不要後悔沒人告訴妳過（雅君：我是生活中唯一的焦點）

阿南、雅君：
那不是白日夢　白日夢

怡君：
其實我沒有放棄　只是提不起勁
過去我已做了太多努力　別不相信
甚至我的夢還更美麗　不單是為我自己
白日夢呀白日夢
你叫我怎麼進去
白日夢呀白日夢
該如何才能叫大家一起做
一場白日夢呀

雅君　欸欸～你們有沒有初戀啊？最甜蜜最曖昧的那種，現在想起來心還是會蹦蹦蹦的那種。
阿南　那些不過都是過去式，我這個人很討厭拘泥在過去。
雅君　你在Bala、Bala的，吵死了啦！我才不想要聽你那些什麼～正向人生觀！喔。

阿南　真幼稚。

雅君　欸欸那妳呢？

怡君　蛤？

雅君　妳不要裝傻啦！一定有的吧？嘿嘿～曾經的初戀！

怡君　唉呀～都幾歲了還談這種年輕人在說的話題。

雅君　有何不可？！女人啊～不管幾歲，心裡永遠都是那個小女孩～對吧!?

阿南　是嗎？我怎麼看不出來？

雅君　你閉嘴。

阿南　喔！

怡君　他啊～是一個很幽默的人，以前的我們，總是互相捉弄著對方，我們都有一股不服輸的個性。

雅君　然後就在一起了？！

怡君　不，我們直到畢業，都沒有在一起，甚至沒有傾訴自己的感情。

雅君　Why？這應該成為了妳人生中的一大遺憾吧！

怡君　沒有耶～應該說，那只是一個階段。

雅君　妳會後悔嗎？

怡君　後悔什麼？

雅君　沒有跟他交往。

怡君　已經定型的關係，總是很難再去變動的，就像是這杯咖啡，它的味道如此濃烈，若參雜了不同的東西，原有的味道就失去了。

阿南　這個比喻挺貼切的，給妳87分不能再高。

雅君　但我知道有的好咖啡，加了糖之後，咖啡會散發出花果香呢！非常特別！

怡君　都幾歲了～能改變的時間也早就過去了。

雅君　不！只要有心，永遠不嫌晚的～那你們以前發生了什麼事情啊？

阿南　唉呀，看來少女心發作，想像自己是個小公主的灰姑娘，今天想來個餐前的故事啊～

雅君　你電電！

怡君　小時候啊～我家過的不是很好，他家則是還滿有錢的，因此，一開始我總是抱著一種防備之心在對待他，後來啊……

△燈光漸暗，廣播選台聲音進～電台區燈亮。

小如　現在時間凌晨4點，這裡是JS電台，我是小如，非常謝謝昨天在節目的尾聲，幾位聽眾打電話進來分享了他們的心情故事，那麼在接下來不多的時間裡，讓小如我為大家分享一段關於20年前，一群學生的故事，這群學生就讀的都是一所表演藝術類科的學校，他們班級的氣氛平時都是非常的和樂融融，鮮少紛爭和謾罵，直到他們要準備最後一年的畢業製作演出，各種抱怨聲接踵而來的是不停的爭吵，到了演出的那一天，在種種的積壓下，導致他們的演出是以失敗收場，而這群學生也都帶著一股悔恨，接續了他們不同的人生……小如我的這段心情故事，或許有點負面，如果你也想跟我分享你的故事，那麼你可以撥打03-388-7528，03-388-7528，讓我們聽聽看你的故事，你也可以點播你想聽的歌曲，那麼接下來讓我們來聽下一段廣告……

△燈暗，音樂進。

【第二幕／第一場】劇場（技排）

△燈亮，技排的時間，高美惠，恩哲，嘉明都在台上閒聊著。

高美惠　天呀～在劇場裡時間過得好快，一下就快到中午了。
嘉明　嗯啊～晚上彩排，明天就演出了。
高美惠　恩哲，你下一個演出在哪表演？
恩哲　我嗎？還沒有通告耶，只是最近可能再跟以前班上的人一起再做一次演出。
嘉明　哇～什麼時候啊？有售票嗎？
舞監　來那個這邊，燈光cue44，音效cue54再一次齁，還有道具再到上一動set好。

△2名Crew出來將cube擺換一另個位置。

高美惠　對呀！說一下，改天換我們去看你演出。
恩哲　還不一定啦！最近有同學突然有狀況，也許不一定能演。
舞監　演員可以幫我到燈光站一下嗎，謝謝！好那下一個cue，燈光

cue45道具cue34，好來就這樣，演員走～
高美惠　啊～好想要吃苦瓜炒鹹蛋。

△兩位Crew楞了一下。

嘉明　不是吧！開天窗喔！有沒有搞錯？
舞監　好，演員再走，燈光音效不要動齁
恩哲　為甚麼會突然間蹦出這個？（意指苦瓜炒鹹蛋並一直盯著Crew瞧）
舞監　好，演員走。
高美惠　（走動和cube做個結合的動作）剛剛在走位時腦子一直想著這個，就越想越餓了啊～
嘉明　那乾脆今天排完等等一起去吃點東西。
舞監　好Ok，那接下來走音效cue55道具cue35跟燈光cue46
高美惠　欸這提議不錯，我贊成！
恩哲　沒有異議（盯著對面的Crew）。
舞監　來！請走！

△詭異的音效出現，道具在台上更改的位置改變燈光變為整場藍光。

高美惠　幹嘛？那兩個人？怎麼了嗎？
恩哲　喔～沒有啦……看到他們讓我想到很多以前的事情，印象中，都不是很好……
舞監　燈光cue46是這個嗎？燈光～來我們再走一次，音效55cue道具35cue跟燈光，來，走。

△這一次從整場藍光變為整場紅光。

嘉明　新人嘛
高美惠　這個啊～倒是沒什麼大不了的吧，畢竟人家都說，劇場是殘酷的啊
舞監　在搞什麼？！演員，不好意思，這邊技術上出了一些問題，我們先處理一下。
恩哲　你們有想過自己過去跟現在嗎？
嘉明　嗯……我記得我過去就是個痞子，嗯……

高美惠　過去啊……

舞監　來，燈光cue47音效cue56道具cue36，來走。

△詭異的音效進，高美惠逐漸向舞台中央移動，Crew聽見演員高唱台詞後又再次楞住，不知該如何是好？

高美惠　好想要吃苦瓜炒鹹蛋～

嘉明　好想要吃苦瓜炒鹹蛋～

高美惠、嘉明、恩哲　好想要吃苦瓜炒鹹蛋～

舞監　演員可不可以講點正常的話，現在在技排Crew都是新人，他們會分不清。處在幹嘛，Ok!?

高惠美　OkOk！

嘉明　認真點，等一下舞監生氣沒便當可以吃。

恩哲　那我們回到剛剛的話題。

嘉明　Ok！

高美惠　以前的我非常的嚮往舞台，沒有別的，就好像一件光彩奪目的衣服在台上閃爍（bling bling音效）。

舞監　（生氣）音效這麼厲害怎麼不去電視台！

高美惠　後來我就幻想自己站在那個舞台上，我也曾經對自己非常的苛求。

舞監　來，道具我需要一面鏡子，跟音效走，來。

△小約翰・史特勞斯《春之聲圓舞曲》進。

恩哲　大多數的人好像都會有這個想法。

高美惠　（照著鏡子）但，真的踏入這塊領域卻又好像跟我想的有點出入了（撩著裙子穿越鏡子跳進跳出）。

嘉明　妳是指，不被人重視嗎？妳？

高美惠　不不，我不被人重視是其次，真正讓我在意的反而是藝術的本身。

舞監　啊來～音效cue58，那兩個Crew我們走一下你們第3幕的戲，早上有跟你們說過，需要你們幫忙演出。

△兩個Crew試著將自己變成一坨屎，隨著音樂擺動。

舞監　不！不！不！不對！不對～不對！（從觀眾席走上舞台），你們要兩個要再放得開一點，我沒有看出你有投入，還有你，記住！你現在是一坨屎，你要拋棄你身為人類的自尊，來再來一次！

△2個Crew繼續將自己揣摩成一坨屎，隨著音樂擺動。

舞監　不～不～不～不！你們不要覺得你們是Crew，你現在就是一個表演者！你現在演的就是一坨屎，你要讓觀眾看到你們被排放出來的那種擠壓的那個衝擊力跟衝往馬桶底部的舞台張力！懂嘛！表演者！Ok？Ok！再來一次！

△2個Crew繼續將自己揣摩成一坨屎，然後撞再一起跌倒了。

舞監　不對！不對！你看看，觀眾一看就知道你在幹嘛了！我跟你說屎這種東西不是只有噁心，我們這齣兒童劇是可以展現它深層的內在，你們要讓觀眾去親近自然，大便就是一件很自然的事，讓孩子們可以想像，讓年紀大一點的觀眾了解我們這是有深度的戲！只要在舞台上你們就是表演者，不是那些廉價的Crew，Ok？想像力！再來一次！讓我看到你們變成屎的Power！

高美惠　我剛剛講到哪裡？

嘉明　真正讓妳在意的是藝術的本身。

恩哲　嗯，對！

舞監　（大喊）變成屎的Power！

高美惠　當你看到一顆……（清一下喉嚨）當你看到一顆美麗又透明的玻璃球你會覺得它是完美的，但這完美僅存於表面上，你只要狠狠的摔破它！（摔破音效）你便會發現其中的瑕疵。

舞監　（生氣）音效這麼厲害怎麼不去電視台！

△舞監怒盯著控制室，一會兒又發出摔破的音效。

恩哲　但妳也可以選擇不摔破它

高美惠　但這是在你不知道的情況下，這也是無可避免的，就像每一杯香醇清甜的美酒（喝酒狀，音效喝東西的聲音）。

舞監　(生氣）音效這麼厲害怎麼不去電視台！

高美惠　美酒底下都有苦澀又難喝的殘渣襯底，他們就像是命運共同體，對吧？

舞監　來道具，我這邊需要一支愛神的箭飛過。

高美惠　當你愛一個人的同時，她的不完美你也會一併接受吧！（閃過愛神的箭）

嘉明　聽妳這樣講，突然好想小酌幾杯。

恩哲　（緩緩走至舞台中央）我啊……就跟很多人一樣，是一個平凡到不能再平凡的人。

△愛神的箭在舞台上來回穿梭著。

高美惠　我記得我曾經有在廣告上看過你，跟一些電影的客串角色。

恩哲　那些不過是一些兼差罷了，再說就算我拍過一些電影跟廣告也不能決定甚麼啊～我現在還是在這裡。

△笑聲的音效進，舞監不語的怒視控制室。

高美惠　音效這麼厲害怎麼不去電視台！舞監，我幫你罵了。

舞監　謝謝！

嘉明　居無定所的漂泊～

恩哲　每天都膽顫心驚。

嘉明　每天都是自由的開始。

恩哲　非常刺激。

嘉明　我說啊，你現在不也是一名演員嗎？何必這樣不斷去尋找你所謂的「歸宿」呢？

恩哲　唉～這就像是……沒有殼的寄居蟹一樣吧～（兩個Crew在一旁學寄居蟹走路並打架），或許只是缺乏著一種安全感吧……又或是說……總之能固定待在一個劇團裡面感覺會比較有歸屬感吧！

高美惠　你結婚了嗎？

恩哲　啊？嗯……還沒。

高美惠　有愛人？

恩哲　這跟我們現在在討論的東西是毫不相干吧？

舞監　來，道具我還需要再一次、大量的愛神的箭射出。
嘉明　那可不一定！！你所謂的歸屬感，maybe只是一種安全感吧！就像失去媽媽懷抱的嬰兒？
恩哲　不不不不一樣，這跟那個是兩回事

△Crew1雙手及嘴拿著愛神的箭走出，Crew2手上拿著寫著「大量」兩字的海報走出，舞監接近崩潰。

Crew2　（從袖幕探出頭）設計說經費不足。
舞監　（情緒失控）來，直接射在恩哲身上，然後兩沱屎再靠過來，OkOk～非常好！我們這邊技術Ok了，演員各自就定位，第四幕演員走位，來我們從阿哲與愛人相遇那邊開始喲～音效cue59燈光cue48道具cue38準備。
高美惠　舞監～中午了內，什麼時候放飯？
舞監　（看手機時間）我們從阿哲與愛人的屎相遇那邊開始，再走一次，順利就放飯！

△燈暗，廣播音樂進，電台區亮。

小如　現在時間是凌晨4點整，這裡是JS電台大家好我是小如，又到了這如夢之夢的時間，不知道現在的你，是開著車，還是在家盯著窗外發呆，或是你在做什麼呢？小如發現有越來越多的聽眾Call in進來，意思是夜貓子變多了嗎？哈哈，在節目開始前，小如我跟大家分享一段故事，各位聽眾都有談過戀愛吧，在最青澀最年輕的那個歲月中，你們最後是修成正果了？還是無疾而終？故事的這對男女，他們喜歡著彼此，但他們最終並沒有在一起，這也讓小如非常困惑，如果你們也有相同的故事抑或是你本身的經歷，那麼歡迎撥打03-388-7528，03-388-7528與我們分享，讓我們聽聽看你的故事，也可以點播你想聽的歌曲，那麼接下來讓我們進入一段廣告時間……

△音樂進，燈暗。

【第二幕／第二場】學生時期——高中（排練）

怡君　你不是羅密歐嗎!?
恩哲　如果妳不喜歡，我就不是，因為我是藍色小精靈。
怡君　你怎麼進來的？這花園的牆好高，如果被發現你就沒命了。
恩哲　愛情給了我翅膀，妳家的高牆擋不住我的愛，但，老子是爬梯子上來的。
怡君　（已經很無奈）他們發現的話，會把你殺了。
恩哲　我有夜色掩護，他們看不見，妳如果不愛我，那我就把他們眼睛都戳瞎（竊笑）。
怡君　（白眼已經翻到不行了）因為夜色遮掩，你看不見我臉紅。
恩哲　因為妳也是藍色小精靈。
怡君　剛才的話讓你聽見了……
恩哲　（把耳朵嗚起來）我聽不到我聽不到～～啦啦啦～
怡君　我真想遵守禮法，否認剛才所說的話，但我都不管了，你愛我嗎？
恩哲　（京劇腔）哎～呀
怡君　（白眼）你愛我嗎？
恩哲　哎。
怡君　你到底愛不愛我？
恩哲　哎……
怡君　（深吸一口氣）你說「愛」，我也會相信，但你若發誓，就不能食言。

△恩哲一直盯著她瞧。

陳怡君　羅密歐，你真愛我，就慎重的說。
恩哲　（鼓起勇氣上前雙手搭上怡君的肩，欲吻）我～愛～妳！
陳怡君　（丟掉手中的劇本）啊～啊～啊～啊～啊！
恩哲　妳幹嘛啦！
陳怡君　你　直在亂啊！
恩哲　沒有啊，我一直都是羅密歐啊，我的角色性格設定就是這樣啊～
陳怡君　明明就不是！

△〈裝模作樣〉—歌舞進。

〈裝模作樣〉

詞：陳義翔

恩哲：
想給妳驚喜想讓妳歡心
想看妳一見我就害羞的表情

怡君：
我不敢向前又好想靠近
渴望你明白我咬下唇的涵意

恩哲、怡君：
這場戲是你和我
我和你青澀的甜蜜
不敢向前又想靠近

怡君：
堅定的話語我就會依附在你的懷裡

恩哲：
過多的確定會陷入無法自拔的關係

△歌的旋律還在進行，四個角色的戲進入。

恩哲　可是我覺得啊～妳看我的動機都是符合的啊！
怡君　啊啊真的是……（語畢，摸著腹部生理期疼痛）
小丑　學生時代真青澀呢～
酒女　真是乳臭未乾呢～
怡君　你們說的倒輕鬆……唉，為什麼這傢伙總是這樣啊？明明有時候人挺不錯的。

高帽子　嗯～這玫瑰香，是股戀愛的味道，還未成熟而等待中～
乞丐　有嗎？有味道嗎？（聞自己）噢！好臭！
怡君　他該不會喜歡我吧……
小丑　妳看起來有些煩躁。
怡君　可不是嗎？每天有許多的不確定因素在我身邊圍繞，下一秒可能是驚喜maybe又是一種刺激……
高帽子　愛戀的滋味總是苦澀的呢～就是像一條苦的不能再苦的巧克力。
酒女　丫頭就是丫頭，直接把妳心裡想的跟他說不就得了！
怡君　我也有想過啊……但……
小丑　又或者～妳怎不以其人之道還治其人之身呢？嗯？
怡君　你的意思是？
小丑　相同的對待與最真實的自我，方能激發出更多的可能性吧！
乞丐　噢喔噢……聽不懂。
高帽子　有些話不需聽懂也無妨。
怡君　嗯……

△繼續銜接歌唱。

恩哲：
裝模作樣是我喜歡妳的手語
抗拒我是妳喜歡我的裝模作樣

怡君：
被你看穿是我喜歡你的bodylanguage
拒絕你是我喜歡你裝模作樣的手語

恩哲、怡君：
裝模作樣是誰先被看穿
愛情像沒有本的即興劇
裝模作樣是誰要先投降

恩哲：
裝模作樣是我喜歡妳的手語
抗拒我是妳喜歡我的裝模作樣

怡君：
被你看穿是我喜歡你的body language
拒絕你是我喜歡你裝模作樣的手語

結束了這場曖昧的片段
誰能保證下一場戲我們還可以繼續裝模作樣
裝模作樣body language

△歌曲結束。

恩哲　我對著月亮發誓。
怡君　別拿月亮發誓，月亮每月都有盈虧圓缺，你的愛可不能像它這樣。
恩哲　那我拿什麼發誓？
怡君　根本就不必發誓，如果一定要的話……
恩哲　（從口袋拿出衛生棉）吶！就用這個發誓吧！我剛剛近來排戲時撿到的。
怡君　（羞澀的遮臉）蛤？
恩哲　如果一定要的話，就對著這個發誓吧，我很喜歡妳，卻不喜歡這樣的密約太突如其來，像閃電一樣，來不及反應就過去了，晚安，要是以後再見面的時候，這愛的蓓蕾妳若還能記得……或許能綻放成美麗的花朵晚安，晚安（欲離開）。
怡君　欸等一下！劇本上的台詞不是這樣的啊！你唸到我的台詞了！

△恩哲又再盯著她瞧。

怡君　那你還要怎麼樣？
恩哲　我想要妳也發誓愛我。
怡君　（些許站不穩）許恩哲……你……你是不是喜歡我？
恩哲　我…….對著（看見地上）月經～發誓？
怡君　蛤？！什麼～什麼（急忙遮住下面，拿走許恩哲手上的衛生棉下）許恩哲～！

△阿雄、阿忠兩人進。

阿雄　欸～哇靠……這什麼!?血欸！
阿忠　這裡怎麼會有血？
阿雄　哇靠你們排戲排的也太激烈！
阿忠　（盯著地上看）這該不會是第一次吧？
恩哲　靠腰啦！
阿雄　幹！羅密歐與茱麗葉有這段喔!?
阿忠　早知道我就來甄選演員了
阿雄　我覺得你應該會上茱麗葉……的保母
阿忠　靠北啦！
恩哲　你們不要鬧了好不好……那是月經好不好……月經Ok？
阿忠　挖塞……超屌的..我要去跟全班說陳怡君漏出來了！
阿雄　欸欸我也去算我一份！
恩哲　你們兩個媽的給我回來！（衝去把阿忠阿雄抓回來然後一屁股坐到地上）
阿忠　噢！
阿雄　Shit……
恩哲　喔……我跟你們說……
阿忠　嗯？
恩哲　我感覺我的屁股有溫度，而且還有一點濕度……
阿雄　你……
阿忠　你烙賽喔？
恩哲　聖經曾經說過「她是我骨中的骨，肉中的肉」，我現在就是如此。
阿雄　欸幹！所以你喜歡她喔？
恩哲　我愛她。
阿忠　挖杪……
阿雄　挖杪……
阿忠、阿雄　（齊聲）你坐在她的月經上講這種話!?

△燈暗，音樂加恩哲OS進。

OS　如果一定要的話，就對著這個發誓吧，我很喜歡妳，卻不喜歡這樣的密約，太突如其來，像閃電一樣，來不及反應就過去了，晚安，要是以後再見面的時候，這愛的蓓蕾妳若還能記得……或許能綻放成美麗的花朵，晚安，晚安。

【第三幕／第一場】夢境

△夢幻音樂進，陳怡君坐在桌子前撰寫劇本。

怡君　嗯！這個部分應該要再稍作修改……嗯……也許可以把他的性格改得比較機車一點……嗯……她，還不夠風騷……好……啊！應該要這樣這樣才對……

△小丑從台下出現，丟著球，乞丐、酒女、高帽子相繼出現。

酒女　唉～你的身上怎麼那麼臭啊！
高帽子　真是的，一點禮儀都不懂呢……
乞丐　我都吃不飽了，還需要甚麼禮儀啊！
怡君　ㄜ……你……你們是誰？這裡是我家！你們怎麼會在這裡!?

△〈你的故事〉歌曲前奏音樂出現。

小丑　欸～欸！妳家？嘿嘿嘿～也是我們的家啊！（拿球丟怡君）
怡君　蛤？等一下……你是小丑？！妳是酒女！你是高帽子！這麼說來你們是……
酒女　奇蹟？
高帽子　我們是來讚揚妳的，讚揚妳過人的才能。
怡君　讚揚？讚揚什麼？
乞丐　妳創造了我們啊！妳就像是我們的神一樣欸！
小丑　嘿嘿，沒必要這麼愁眉苦臉的吧！這不是應該感到開心嗎!?應該快要飛起來了才對吧！
陳怡君　天啊……你們的樣子！你們說話的口氣！都是我創造的！是我創造了你們！是我！
高帽子　是的，女士，這是無庸置疑的事實，也是我們值得向妳致上最深的敬意的原因。
小丑　（推著椅子衝向怡君）有時候就是該聽聽音樂唱唱歌放鬆放鬆～對吧？

怡君　　（坐在椅子上被旋轉）你的意思是我很緊繃嗎？
乞丐　　妳都繃著一張臉，怪可怕的！
酒女　　每個女人心理都該有一個小女生，妳說是吧！ㄚ頭。

△〈妳的故事〉歌曲開始。

〈妳的故事〉

詞　陳義翔

小丑：在妳的筆下妳的故事
群唱：我們都過得像個小丑
小丑：在妳的筆下妳的故事
群唱：我們都樂得像個小丑

小丑：要不斷練習（走鋼索）不停努力（雜耍丟球）
不顧危險的（走鋼索）不停努力（當快樂的小丑）
群唱：因為我們全都是小丑

小丑：在妳的筆下妳的故事
群唱：光說不練是不會有結果
小丑：在妳的筆下妳的故事
群唱：紙上談兵只因妳不去做

怡君：要不斷前進（讚揚妳）不停努力（就能快樂）
要不顧危險（讚揚妳）不停努力（掌聲鼓勵）

群唱：在妳的筆下妳的故事
妳要怎樣的選擇怎樣的決定

怡君：太多太多的現實讓我無法預測
天馬行空的夢想挑戰我的生活太多太多

怡君：（口白）我沒有不快樂

高帽子：（口白）不錯，妳沒有不快樂，但同時妳也沒有開心，雖然我十分景仰妳，但恕我直言，如果你不去做，妳就會成為生活中的小丑

群體：（齊聲）不是舞台上的小丑

小丑：要不斷練習（走鋼索）不停努力（雜耍丟球）
不顧危險的（走鋼索）不停努力（當快樂的小丑）

群唱：因為我們全都是小丑

乞丐：（口白）每天我都得上街乞討，能得到一口飯我就能開心一整天，但我的一生都是妳給的決定，為什麼妳都可以決定我的人生卻不能決定自己的！

小丑：要不斷練習（走鋼索）不停努力（雜耍丟球）
不顧危險的（走鋼索）不停努力（當快樂的小丑）

群唱：因為我們全都是小丑

酒女：（口白）你們幾個唱歌也唱得太激動了吧！要想想看現實世界的每個人都只求吃飽穿暖啊！誰像你們一樣！不過，每天都還是有幾位大爺拿白花花的鈔票來看我表演呢！

小丑：要不斷練習（走鋼索）不停努力（雜耍丟球）
不顧危險的（走鋼索）不停努力（當快樂的小丑）

群唱：因為我們全都是小丑

小丑：（口白）該說的好像都說得差不多了，才怪！我可是要告訴妳，每天大家都過得這麼辛苦，包刮妳在內，我們還是要想辦法讓生活過得快樂呀！這才叫做過活！別忘

了，我們每個人都是個小丑

小丑：要不斷練習（走鋼索）不停努力（雜耍丟球）
不顧危險的（走鋼索）不停努力（當快樂的小丑）

群唱：因為我們全都是小丑

小丑：在妳的筆下妳的故事
群唱：我們都過得像個小丑
小丑：在妳的筆下妳的故事
群唱：我們都樂得像個小丑
小丑：在妳的筆下妳的故事
群唱：在妳的筆下妳的故事
在妳的筆下妳的故事
在妳的筆下妳的故事
我們都樂得像個小丑小丑

△歌曲結束。

【第三幕／第二場】夢境2

怡君　我？沒什麼不好啊～我有工作，我可以養活自己，至少不會餓著。
高帽子　踏實的生活，總是少了一點什麼來添加味道呢～
小丑　這就是「無聊當有趣」～嗯？
怡君　我不明白你們指的是什麼，現在的生活我很滿足，我也沒什麼好奢望的。
乞丐　看來要下大絕招了～喔？
怡君　是啊，我過得很充實，現在的我不斷的去認識新的人……
小丑　然後？
酒女　推銷保險……但這也只是一部分而已。
高帽子　我們有時也會聚在辦公室喝咖啡聊是非，就像是朋友那樣，我們可以談論剛剛遇到多麼難搞的奧客，或是可以談論一些……

△四人看向陳怡君。

怡君　彼此的過去……
小丑　遺憾嗎？
怡君　已經定型的關係，總是很難再去變動的……

△四位胡鬧誇大模仿了陳怡君的說話方式。

乞丐　已經定型的關係。
高帽子　總是很難再去變動的。
酒女　已經定型的關係。
小丑　總是很難再去變動的。
高帽子　已經定型的關係。
乞丐　總是很難再去變動的。
小丑　已經定型的關係。
酒女　總是很難再去變動的。
小丑　這話好像在哪聽過？
酒女　對呀！這話好像在哪聽過？
乞丐　這話肯定在哪聽過。
高帽子　這話……
怡君　（生氣）不！我要聽的不是這個，而是……

△四個人楞住。

怡君　你們真的懂我？
高帽子　這也是拜您所賜。
小丑　也許現在是撿回來的時機？
怡君　啊？
高帽子　不不不……這個問題可是影響到妳……
小丑　好啦～
酒女　這很正常啊！每個女人不就都會有的。
乞丐　我……我我，我想說一些話！
怡君　嗯？
乞丐　我..我覺得答案是衛生棉。

怡君　蛤!?
高帽子　（拍手）這是你最中肯的一次了。
乞丐　講出來覺得好累……呼。
小丑　不管是不是衛生棉，真正的「快樂」是最重要妳說是吧？
怡君　嗯……你說的對……或許我應該……我在說什麼啊！
小丑　對著月經發誓。
高帽子　對著月經發誓。
酒女　對著月經發誓。
怡君　對著月經發誓。
乞丐　（本來跛著的腳突然站直）越來越不對勁。
怡君　什麼……什麼東西!?什麼月經什麼（看向地板）。

△四人拿出衛生棉

怡君　天啊！衛生棉……衛生棉。

△〈青春月經〉歌曲進。

〈青春月經〉

詞　陳義翔

小丑：這愛的蓓蕾妳若還記得就能綻放美麗花朵

酒女：月經一來就像是在提醒著我

小丑、乞丐、高帽子：青春的氣息開始在身上波動

群唱：波動波動波動
現在就是青春我要把握現在
將過去的遺憾像月經一樣給它通通流走
直到更年期

波動波動波動
現在就是青春我要把握現在
將過去的遺憾像月經一樣給它通通流走
現在就是青春我要把握現在
現在就是青春我要把握現在
現在就是青春我要把握現在

怡君：愛的蓓蕾綻放著我（妳是那美麗的花朵）
每次都像是在提醒著我（波動波動）
我不要遺憾我要把握現在（波動波動）
青春的氣息綻放美麗的波動波動波動
美麗的花朵

△歌曲結束，陳怡君拿起手機撥給恩哲。

怡君　恩哲，不好意思這個時間打電話給你，嗯，我知道你還繼續在這條路上努力堅持著，突然打電話給你做什麼喔？喔……我……我是想跟你說，我想了很久，我好想再找同學一起來再做一次畢業製作，蛤？什麼？為什麼問我這個問題？喔……我離婚了，我們沒生小孩，嗯……我打電話給你主要是要跟你說我想找同學……（驚訝）你要跟我結婚!?

△燈暗，電台廣播區燈亮。

小如　對於「夢想」各位聽眾是抱持著什麼樣的想法呢？小時候的你一定也有些不切實際的幻想吧！長大之後呢？那些珍貴的東西就像是一場夢一樣的消失了，或許有人會說，是因為很多現實的關係導致，小如我今天想要分享的是一個女生的故事，不知道各位聽眾還記得小如之前說過一群學生的故事嗎？這個女生就是其中的一位，以前她一心想要成為一名編劇，但長大之後，免不了很多事情要考量，因而這夢想變作罷，殊不知20年後的她，竟將這一群各奔東西的同學重新聚集，並再一次的渲染了他們，對了！小如在這邊要公布一個好消息，上一次提到的那對男女，已經要結婚了，各位聽眾也一起跟我給予他們祝福吧！

△燈暗，過場樂進。

【第四幕／第一場】排練場

△夜晚，恩哲和陳怡君兩人在學校排練場，燈漸亮。

怡君　（來回踱步）恩哲，你真的覺得這樣可以嗎？這樣是在騙大家耶！說我們兩個要結婚然後把大家騙到學校，最後跟大家說要再做一次畢業製作，這樣我真的覺得還是太誇張了，行不通啦！還是跟他們說實話好了！

恩哲　怎麼會行不通？每個同學今天晚上都會來，他們本來從高中就很希望我們兩個在一起啊！

怡君　那是高中的時候，而且我們根本沒有交往過。

恩哲　那又怎樣!?妳不是很希望能夠再演一次嗎？不然妳心裡不是會覺得有遺憾？

怡君　（停頓了一下）那你不會覺得有遺憾嗎？

恩哲　會啊！那就對啦！我相信大家都一定覺得以遺憾，所以就算是騙他們，他們也一定覺得很爽的嘛！

怡君　可是等一下我真的不知道該怎麼跟他們說。

△阿雄、阿德上，阿雄進到排練場還在地上了熄了煙。

阿德　吼～晚上來學校還挺刺激的喔！幹！20年了耶～學校排練場有變比較新喔！

阿雄　幹！我剛剛進來學校守衛還認識我勒！（語畢疑惑）欸！幹！學校守衛怎麼還沒退休？跨丟鬼！幹！跟阿德一起來果然沒好事發生，有夠衰，跨丟鬼！

阿德　跨你的死人骨頭啦！你看到的那個是以前守衛的兒子。

阿雄　幹！真的假的！

阿德　現在他也在學校當守衛。

阿雄　（疑惑）當學校守衛是很好賺是不是？

阿德　可能有終生俸吧！

恩哲、阿雄、陳怡君　真的假的？

阿德　我哪知道，你們不會去問他喔！吼～好久不見內！同學，一見面就是要跟我們說你們要結婚囉！會不會有點晚？拖20年內。

△恩哲、陳怡君傻笑，阿忠、阿珠上。

阿珠　好刺激喔！我剛剛爬牆進來耶！
阿忠　我有拍下來，妳完蛋了，我可以把照片拿給學校。
阿珠　白痴喔！你是誰啊！
阿雄　幹！這阿忠啊！（過去捏阿忠的臉）
阿珠　我還以為誰勒！嚇我一跳。
阿德　很懷念欸，這個地方。

△阿強進來，穿著計程車司機的打扮。

阿強　（眉飛色舞的）欸～欸～抱歉抱歉！晚到了一點，今天叫車的客人有點多，而且剛剛有一個女生大概2、30出頭吧，喔那個身材實在是，我在車上跟她聊得太開心她居然問我要不要上去喝杯咖啡，但是身為男人的我拒絕了她的邀約，畢竟我認為男人啊就是要……

△全部人都盯著他看。

阿強　喔……歹勢歹勢……（找了一個地方坐下來）
恩哲　阿～強！差點叫不出來了！
阿德　什麼叫不出來，看他那個色臉就知道他是阿強啦！
阿雄、阿珠　高中就那副色臉。

△小如與麗華走進來。

小如　抱歉～我遲到了……嗯……
麗華　抱歉抱歉，我也遲到了，整理東西整理得有點久。
阿珠　那現在是要？圍圓嗎？
阿忠　都已經畢業這麼久了，還要圍圓嗎？
阿雄　嘿啊都已經不是學生了。
小如　那就直接點人吧！ㄜ……還有誰沒到？

阿雄　　我已經忘記我們班還有誰了，哈哈！

△觀姊上。

觀姊　　我還以為已經開始了……急得半死。
眾人齊聲　觀姊～
觀姊　　大家好大家好～
阿忠　　老實說，「開始」這個詞不太正確。
阿珠　　是啊，恩哲也沒有說來這邊要做什麼？
觀姊　　是求婚吧！
麗華　　哇～有沒有這麼浪漫，求婚喔！
阿強　　欸～對呀！現在很流行當眾求婚。
阿忠　　那很值得紀念一下，結婚照拍了沒？可以找我喔！我現在在做婚紗攝影。
阿珠　　快求婚，快求婚～來！我們同學幫你們見證。

△恩哲走到陳怡君面前高跪姿，拿出衛生棉。

眾人　　（一哄而起）幹！太刺激了！哇賽～沒看過現場求婚的欸！哭么怎麼會拿衛生棉？
恩哲　　陳怡君，妳願意嫁給我嗎？

△所有人靜默的等待著陳怡君的回應，等了一會兒。

怡君　　對不起，今天找大家來其實是我很想找大家再一起做一次畢業製作的演出。
眾人　　（七嘴八舌）我有沒有聽錯？是幻覺嗎？還是我在做夢！現在是什麼狀況？啊幹你們不是要結婚嗎？應該是拿錯東西求婚的關係？
小如　　這樣一點都不浪漫，沒有人求婚是在搞笑的，這樣很不尊重女生。
阿雄　　嗯～這就是你的不對了，來！我們再給恩哲一次機會。

△眾人鼓掌。

阿雄　　恩哲你有沒有帶戒指來啊！沒錢買的話，看誰已經結婚有帶戒指的借他一下。

阿珠　怎麼可能沒錢買戒指，阿雄你不要亂說。

阿雄　幹！你不知道我們恩哲多堅持，還在繼續當演員內，有時候廣告可以看到他。

阿珠　那很好啊！你幹嘛說他沒錢！

阿雄　啊當演員就是收入比較不固定嘛！我又沒說他沒錢，馬的臭小子，還選在陳怡君以前漏月經的地方。

阿忠　好啦，你們可以聘用我當你們攝影師，算你們便宜一點就是了。

麗華　恭喜～

眾人　恭喜！趕快答應許恩哲啊！

怡君　老實說我沒有想到你們會來。

麗華　什麼話？收到朋友的喜訊能不來嗎？

怡君　真是謝謝了！如果是真的就好了。

麗華　蛤!?

阿珠　好啦！趕快生一個來玩啦！真的是都幾年了，到時候生不出來。

觀姊　跟你們說啊～我這邊有一些嬰兒的用品跟食品你們要不要先添購一些為以後做打算，我是真的有在賣喔！我現在在做健康食品的直銷，嬰兒用品有配合的廠商。

怡君　對不起，我剛剛是說真的，我們是騙你們的，為了要讓大家再聚在一起，然後我希望大家再一起做一次畢製的演出。

△眾人沉默。

阿雄　走啦走啦！

阿珠　走了走了，先走了！

△恩哲擋著他們，不讓他們出去。

恩哲　你們先聽我說……

阿雄　我明天還要工作，你快點讓開。

阿珠　我家小寶等著我回去做飯。

阿德　ㄜ……我……我阿罵又死了，我要回去接大體……

恩哲　你們等一下！真的只要一下下就好……

阿忠　許恩哲，你可以不要再鬧了嗎！都已經幾歲了，不要再那麼幼稚，我們也都有工作！都有事情。

恩哲　不是，你們等一下！怡君有話想要說……

阿珠　我可不想再被你們耍第二次。

觀姊　我也是，剛剛那段時間我都可以賣兩組了……

怡君　（大吼）各位聽我說！

△從吵雜轉為沉默所有人看向怡君。

怡君　這裡是我們以前排練跟上課的地方，在這裡我們都有很多共同的回憶。

阿雄　對啊，而且妳以前還在這裡漏過月經。

阿忠　喔～對欸……有夠噁的。

怡君　我們曾經一起做過一次演出……

阿珠　爛得要死。

觀姊　觀眾噓聲不斷。

阿忠　所以妳想說什麼？陳怡君。

怡君　你們對現在的自己滿意嗎？你們都沒有過一絲絲的後悔？從來都沒有再想過一次站在舞台上的那種感覺嗎？

△眾人沉默。

怡君　我自己很後悔，後悔以前跟現在，你們呢？

△眾人沉默。

麗華　（緩慢地舉起手）我很喜歡以前跟大家一起上台演出的感覺，還有上課的氣氛，雖然最後的狀況很不好，但我還是很懷念……

觀姊　那又怎樣？事情過了就過了啊！

阿雄　其實我也沒有很想要接家裡的豬肉生意，但就是不知道要幹嘛，畢竟我們那個年代畢業也沒有什麼出路。

阿德　我是沒有很後悔啦……畢竟死人看多就習慣了。

△阿德被眾人瞪。

恩哲　既然我們都共同的有一份後悔的記憶，不妨這一次讓我們再做一次選擇吧！

觀姊　選擇什麼？

恩哲　再一次的演出，從無到有的再一次的演出。

觀姊　嗯……可是……你沒有工作嗎？你們沒有工作嗎？

怡君　我現在是做保險，時間上應該還可以，我不想再一直後悔下去，這一次我要決定自己的選擇。

小如　可是其他人的時間呢？

怡君　如果你們心中的那份遺憾已經都不在了，那我是不會勉強你們的，所以今天來只是……

阿雄　那就這樣吧！

怡君　啊？

阿雄　沒什麼不好啊！林北在那場演出可是賭爛到爆，現在可以再做一齣也比較有趣。

阿忠　我覺得，我不反對，但是馬的許恩哲今天耍我們的帳還沒跟你算蛤！

恩哲　ㄜ……

觀姊　可是會有觀眾嗎？

阿強　免驚啦！我每天載20個客人，1個禮拜就有140個，一個月就有600個，推銷一下那就夠啦！

阿珠　我們店裡也有很多老饕可以推薦～

阿德　ㄜ我可以推薦……

眾人　你閉嘴！

阿德　喔……

恩哲　麗華，小如妳們呢？

麗華　我可以！我也一直對於以前的事感到很後悔。

小如　嗯，如果大家都可以，我好像也沒辦法拒絕。

恩哲　既然大家都OK了！那我們還在等什麼!?

阿德　好！

阿雄、阿忠　開幹了！

眾人　開幹了！

恩哲　（大喊）所有演員左右舞台Stand by！

△燈光變化，〈排練場上〉歌曲進，4個角色也跟著全部人在其中，但其

他人看不到他們，歌舞開始。

【第四幕／第二場】排練場上

〈排練場上〉

詞：陳義翔

雖然很久沒演戲
但我沒覺得有什麼不對勁
只要聚在一起排練場上我就可以找回那年輕的自己
年輕的自己排練場上

身體充滿能力（充滿能力）
可以脫掉面具（脫掉面具）
我在舞台上才可以真正的呼吸（生命）
只要聚在一起排練場上我就可以找回那年輕的自己
年輕的自己排練場上

來～腹式呼吸12345678 22345678
來～旁腿正腿架膀子左右穿掌32345678 42345678

身體充滿能力（充滿能力）
可以脫掉面具（脫掉面具）
我在舞台上才擁有真正的呼吸（生命）
只要聚在一起排練場上我就可以找回那年輕的自己
年輕的自己在排練場上

身體充滿能力（充滿能力）
可以脫掉面具（脫掉面具）
我在舞台上才擁真正的呼吸（生命）
只要聚在一起排練場上我就可以找回那年輕的自己
年輕的自己在排練場上排練場上我們的回聲嘹亮
在排練場上排練場上

△歌舞結束，燈暗，秒針音效進。

【第四幕／第三場】排練場中（接序）

△燈亮，恩哲來回踱步著。

阿雄　啊～你這樣一直走我看了都煩！
恩哲　想不到什麼解決辦法啊……
阿德　如果直接把麗華的角色抽掉……
恩哲　那整齣戲就得大浮度變動……可是我們時間近在眼前了……
阿忠　還是趕快想辦法吧……
怡君　我相信一定還是有什麼解決辦法的，恩哲，你跟我去找麗華。
恩哲　現在去又有什麼用，我們並沒有解決到她的問題啊……
怡君　那我去找小如，小如跟麗華交情比較好或許有什麼辦法。

△怡君下，阿強上。

阿強　喔……又遲到了啊～歹勢歹勢，剛剛又有一個女的叫我上去喝杯咖啡，我委婉地拒絕了所以……（見氣氛不太對勁）
阿忠　你很不會看場合說話齁。
阿德　還好啦～
阿忠　靠腰～不是在說你啦！
恩哲　啊！我想到了！如果我們可以籌到一筆錢給麗華，或許可以讓她先度過這次難關。
阿忠　那錢要哪裡來？
恩哲　嗯，大家拼拼湊湊的也許……就……
阿強　可是，其實我覺得麗華的想法也沒有錯欸……畢竟我們都已經快四十了，各自也有家庭要養……這樣……
阿忠　所以她就可以說走就走嗎？阿強現在是你也要造反是不是？
阿德　（彈吉他）阿強～～造反～～喔喔喔～喔～
阿忠　靠腰啦！
阿強　不是啦！我只是用一個比較客觀的角度……
阿忠　客觀!?大家都客觀那我們還做個屁！
恩哲　不行……今天先這樣吧，大家先各自回去想想有沒有什麼辦法，明天再說了，今天大家也辛苦了。

阿強　欸？啊今天那些臭娘們勒？

恩哲　阿珠先回去顧小寶了，其他人都跟怡君在外面，今天大家的狀況也都不是很好，多少都有被影響到吧，先回去吧。

△場上的人收收東西相繼離開，剩阿強，觀姊上。

觀姊　欸～阿強！你還沒走啊？

阿強　（整理東西準備要走時被觀姊叫住）欸～喔，我收東西啦等等要走了。

觀姊　你們剛剛也在想麗華的事情嗎？

阿強　對啊……又不知道怎麼解決，而且說真的我也……

阿強、觀姊　（齊聲）不覺得她有錯。

阿強　欸？妳也是喔～應該說……雖然人家都說在劇場裡要整合一群藝術家一起工作真的很難，但我還是覺得麗華的苦衷滿讓人同情的……

觀姊　嗯……

△阿德進來。

觀姊　欸～阿德你還沒有走啊？

阿德　我忘記拿吉他了，沒有吉他的我，沒有存在感（拿起吉他）。

阿強　欸～阿德，你怎麼看麗華的事情？

阿德　（一本正經的）你先等等，（打開吉他袋，彈起吉他）我覺得～麗華～沒有～錯～燈燈燈燈燈燈。

觀姊　而且我認為……我們似乎有點本末倒置了……

阿強　妳是指？

觀姊　你看嘛，你也說過了，你一天載20個客人一個禮拜就載140個，一個月載600個，那麼如果是把心思放在工作上，是不是可以賺得更多？我都已經30好幾了，連個男朋友都沒有，這一次又把心思放在這個上……嗯！

阿強　嗯……可是，事到如今了，又有什麼辦法？我們當初也已經努力到了現在。

觀姊　不，現在都還有機會……阿強，我們也退出吧！

△阿德亂刷吉他弦，燈暗，廣播區燈亮。

小如　節目回來，現在時間是清晨5點，這裡是JS電台我是小如，還記得上一次小如分享的，關於一群學生的故事嗎？這一群學生在經過20年後，決定重新的再做一次演出，現在他們也正如火如荼地進行著排練，畢竟已經過了20年了，有的人筋骨都已經硬的跟石頭一樣、有的拍子都還會數錯呢！哈哈，但是呢～在這裡小如我想要請各位聽眾幫個忙，有一位夜市攤販的老闆娘無法繼續參與我們這次的演出了……（哽咽難過的）因為她的先生最近生病了，她必須晚上都到夜市做生意，如果你有認識的夜市攤老闆娘最近準備要演出，請幫我們告訴她，我們都希望她可以回來，錢的事情一定可以想得到辦法的，（哭了一會兒，情緒恢復）對不起……各位聽眾，我剛剛情緒比較激動，話說回來這一群20年後的學生們的演出日期已經定下來了喔！！我要再幫他們宣傳一次日期是5月25、26、27三天，時間都為晚上7點半演出，地點在桃園演藝廳，希望各位聽眾，可以給予這些過了這麼久，仍然在努力的同學們，一點最簡單的支持及鼓勵！請洽兩廳院售票系統—《大幕起》～

△音樂淡入，廣播區燈暗。

【第四幕／第四場】排練場下

△爭吵聲、金屬摩擦的聲音進，燈光漸亮。

阿忠　我總算知道為什麼我們始終無法做出一個演出了！因為你們他媽的永遠都是那麼自私！

怡君　你先不要那麼激動，我們可以先坐下來好好談談

阿忠　有什麼好談的？！不就是這樣！不就是她媽的跟20年前一模一樣！

阿珠　我也搞不懂欸，我有老公也有小孩！我家小寶每天都等著我回去做飯，但我還是沒有離開，你們這不是自私不然是什麼？

阿強　我們不是要自私的意思，我們是想讓你們想想看，我們到底有沒有本末倒置！

阿忠　本你阿嬤啦！不需要講的那麼好聽。
恩哲　我也不了解你們為什麼要這麼做，我們當初不是都已經說好了嗎？再說了，你們的問題早該提出來的不是嗎？
阿忠　所以還是因為麗華一個人把整個團隊搞散了是吧!?
小如　先不要怪麗華，她也有她的苦衷！
阿忠　要是每個人都有苦衷這齣戲還怎麼做得下去！做個蛋啊!?
觀姊　你憑什麼發那麼大的脾氣？！你在說這些話的同時，不也沒有為我們想過嗎？！我連個男友的都沒有，我現在是一個她媽的剩女ㄟ！
阿忠　誰叫你要去搞她媽的什麼直銷！妳把賣東西的時間拿來找男人啊！
觀姊　那是我的工作！

△阿雄上。

阿忠　阿雄？你跑去哪裡了，好多天沒看到你。
阿雄　啊～歹勢啦去處理了一點事情。
觀姊　你來的真是時候，我們正在水深火熱當中呢！
阿珠　今天沒有講清楚老娘不會回去的！

△麗華上。

小如　麗華？

△沉默，所有人看向麗華。

阿忠　齁齁～該不會是來看大家的告別式吧！
小如　嘖！
阿忠　呿……
小如　麗華？妳……怎麼了？是……可以回來了嗎？還是？
麗華　我……不知道該怎麼說。
阿雄　她可以回來了啦！
觀姊　你又知道了？
阿雄　廢話！這幾天我沒有來排戲，是因為她打電話找我幫忙她攤子做生意的事。

恩哲　　什麼意思？
阿雄　　幹！你們都沒看新聞喔！
全部人　蛤!?
阿雄　　這幾天麗華夜市的攤子都大排長龍，排隊的人都繞了夜市三圈，麗華打電話找我幫忙找豬肉攤的朋友過去幫忙她做生意，不然她忙不過來。
阿忠　　真的假的！你在說什麼啊？
阿雄　　欸～幹！你們真的都不關心國家大事喔！都沒在看新聞，最近麗華變成網紅了內，說是因為有人聽到廣播說夜市有個老闆娘要演出，但是因為先生生病了，只能自己去顧攤，不然家裡沒錢生活就也沒辦法參加演出。

△眾人驚訝不已，發出不可置信聲音。

阿雄　　啊然後就有人問到是麗華這個老闆娘，就有人直播在臉書爆料，所以就很多人響應支持，啊麗華生意太好也不知道該怎麼辦，就打電話給找我幫忙，啊我又是豬肉界的金城武，隨便號招一下就有人過去幫麗華做生意。

△眾人開始不太相信的七嘴八舌。

阿雄　　你們不要在那邊靠北，我現在講的是真的。
阿德　　除了豬肉界的金城武之外，其他的我都願意相信。
阿雄　　哭么喔！不要吵！啊所以現在麗華的攤子爆紅，我那些豬肉攤的朋友都去幫她顧夜市，白天還可以去豬肉攤做生意，一舉兩得還在請人，麗華現在不用自己去顧攤子。
怡君　　真的嗎？麗華？
麗華　　是真的，昨天也有記者來採訪，阿雄也說他是豬肉界的金城武，說要演出，現在夜市來買東西的人有的都還拿牌子來支持。
怡君　　這真的是太不可思議了！

△眾人討論了起來。

麗華　　各位，我很抱歉……但我還是想要跟大家一起完成這個演出，

如果可以，請再給我一次機會好嗎？（看向阿忠）

阿忠　不要問我……要問大家。

恩哲　這不是太好了嗎！要問什麼，當然要一起演出啊！而且只剩下這個禮拜的時間耶！

小如　對呀！真是太棒了！

怡君　對呀！真是太棒了！

阿雄　我豬肉界的金城武，會不會紅就看這次了！啊～！

阿德　你還排在我後面很遠啦！再怎麼說也是我顏質比較高。

阿雄　你少臭美！你想跟我比！現在流行復古，大家都喜歡我這種成熟穩重壯碩的～豬肉界～金城武！啊～

阿德　歐～幹！我聽到了什麼……有點噁！

阿雄　你要跟我比喔！你頂多是葬儀界的……的……的什麼？啊！葬儀界的沈玉琳啦～哈哈哈哈！

△眾人大笑。

觀姊　可是大家……雖然我，我當然是想繼續完成這次的演出，但是我就是會害怕……

阿忠　害怕什麼？

觀姊　害怕……害怕我們已經找不到以前的自己。

△眾人沉默。

阿強　我也是……有點害怕

阿忠　害怕，我當然也有在害怕，但那又如何？害怕不代表不能再選擇，我們一直都在經歷著選擇這件事情，現在也是……

阿珠　已經後悔過就沒有再反悔的餘地了，但我們至少可以再創造一次試試看！

恩哲　是啊！沒試過怎麼知道。

小如　沒錯……以前的我們跟現在的我們也大不如前……

阿強　大不如前？這句話是說我們現在比較差吧！

小如　沒有啦！我說錯話了，我不是這個意思。

觀姊　我們真的是太久沒演戲了，還不知道演得怎麼樣？

阿強　感覺都還沒抓回來。

怡君　嗯，感覺……我也是還在尋找。
小如　我……嗯……
阿雄　啊！搞甚麼啊～是有人死了是不是！搞得像要辦喪事一樣！這哪有什麼？所有人都把話都講完了嗎？所以我們現在能夠排戲了嗎？
阿珠　對呀！你們是在怕什麼？現在麗華要回來一起排戲啦！人都到齊，感覺就會出現了嘛！
阿德　嗯……
阿忠　肯定是這樣沒錯！
恩哲　對！就是這樣！
阿雄　不要耽誤我豬肉界金城武要紅的時間。

△所有人看著彼此。

怡君　那麼，既然這樣，我們來做一次那個吧！
恩哲　哪個？
怡君　就是演出前都要做的啊！
阿強　都已經快40了……還真夠羞恥的
阿德　你不要等一下叫最大聲，不覺得感覺已經開始回來了嗎？
阿珠　欸～我怕我等等聲音就啞掉了……
阿忠　不用怕！怕三小！來！

△所有人聚集在舞台中央成圓，手搭肩。

恩哲　1～2～3！
全部人　加油！加油！加油！

△燈暗，音樂進＋小如OS。

【第五幕】大幕起

小如　現在時間是晚上5點半，這裡是JS電台，我是小如，小如要跟大家說一個消息，謝謝這段時間以來所有收聽節目的聽眾朋友們。

△燈區亮，小丑坐在平台上。

麗華　（跑出來）天啊～髮夾在哪裡，在哪裡髮夾～髮夾！
小丑　（拿出手上的髮夾）妳是說這個嗎？（把玩了一下丟向麗華）
麗華　喔喔喔～在這裡啊！（轉身再跑回）找到了！找到了！

△燈區暗，小如OS進。

小如　小如這三天無法再繼續陪各位，不管你是睡不著，在上班，還是趕夜車，小如我都再一次的感謝你們喜歡聽我說故事，我沒想到能跟各位有這樣的互動。

△燈區亮，高帽子、酒女坐在另一個平台上，阿強在舞台上自拍。

高帽子　一點點的累積，最後還是到了結成的那一刻。
酒女　活在當下吧！灑上一點玫瑰花做點綴也不是甚麼壞事。
阿雄　（跑出）阿強！幫我看一下，我這衣服有沒有穿好。
阿強　很帥了啦！來～我們一起拍一張。
阿忠　（跑出）欸！拍照怎麼可以不用找我，平常都是我在幫大家拍欸！
阿雄、阿強　好啦！快點！

△燈區暗，小如OS進。

小如　原來只要大家只要為同一件事努力，一點點的力量，就可以影響世界這麼大，今天我們班同學又可以一起站在舞台上演出，我真的很謝謝各位！

△燈區亮，乞丐站在小丑旁。

乞丐　其實，我還滿想看你哭的。
小丑　（轉頭看乞丐）但我想看你笑。（跳下平台暖身）
阿德　（走出）好啦～各位，要開始暖身發聲囉！

△燈區暗，小如OS進。

小如　我也很希望謝幕的時候，能夠看到我的聽眾，雖然我從來就沒有看過你們，也很謝謝你們買票來看戲，支持我們，雖然我們的演出可能有點生疏了。

△燈區亮，乞丐、小丑、酒女、高帽子站一排看著怡君。

恩哲　今天演完之後，我有話想對妳說。
怡君　你想對我說什麼？

△同學們陸續上，接續著暖身的動作。

恩哲　我已經告訴過妳了。
怡君　有嗎？
恩哲　有。

△燈區暗，小如OS進。

小如　但我們今天的演出絕對會全力以赴的，再一次謝謝各位的收聽，我們劇場見。

△燈區亮。

阿忠　來～各位！我們來照一張相吧！1～2～3！

△燈區暗，暗場中。

觀姊　大家小道具再檢查一次！
所有人　好～
阿珠　要上廁所的趕快去！
所有人　好～
阿德　還有三分鐘要放觀眾進來了！
所有人　好～好緊張～
小如　所有演員Stand by，大～幕～起～！

△〈大幕起〉歌曲進，燈亮。

〈大幕起〉

詞　陳義翔

怡君：
人生人生就像是一齣戲（人生啊人生）
每天面對生活無精打采像什麼東西（人生啊人生）
只能每一天做著白日夢來安慰自己（人生啊人生）

恩哲：
想要堅持又想放棄都不知道未來在哪裡（人生啊人生）
或許我們該好好慶祝一下（人生啊人生）
才能知道要不要繼續走下去（人生啊人生）

雅君：
這個世界上一定有很多美麗的夢
未來一定會像電影情結一樣精采既然上了台就該讓自己覺得夢幻（人生啊人生）來吧！命運之神大幕起燈亮（人生的大幕起）（人生的大幕起）

阿南（嘉明）：
轉身就馬上看到房貸車貸卡債孩子的尿布老婆的內褲
我一屁股債你是不是像我一樣只能強顏歡笑對你說（人生的大幕起）（人生的大幕起）恭喜恭喜

Crew1Crew2：
上台演戲我不會認真工作我還可以偷雞摸狗鬼鬼祟祟成不了大器才剛踏入社會工作就跨去鬼

舞監：
你們兩個屎了沒？人生不設限工作要認真

生老病屎那才是人生要知道這就是很自然的事
每個人每天都在吃拉撒拉撒好燈亮

（大幕起燈亮）（大幕起燈亮）（燈亮～燈亮）

高美惠：光打在我臉上你看我不一樣

怡君：劇本的情結千變萬化你需要我的幫忙

美惠：看我在台上你要為我鼓鼓掌

怡君：在台下的你是否也一起跟上

美惠、怡君：在台下的你是否也一起跟上一起跟上

小丑、高帽子：
（大幕起燈亮）光打在我臉上你看我不一樣

酒女、乞丐：
（大幕起燈亮）劇本的情結千變萬化我們來去幫幫他

小丑、高帽子、酒女、乞丐：
（大幕起燈亮）光打在我臉上你看我不一樣劇本的情結千變萬化你看我跟本人不一樣

（大幕起燈亮）（大幕起燈亮）（大幕起燈亮）

舞監：來～演員左右舞台Stand by好好的演一場

（大幕起燈亮）（大幕起燈亮）（大幕起燈亮）

阿忠：
快門按個不停我只是比較珍惜
要擺什麼姿勢你想留下什麼身影

小如：
傾聽我的聲音想說個故事給你
每天寫個日記細數昨日的回憶

（大幕起燈亮）（大幕起燈亮）（大幕起燈亮）

阿雄：
職業不分貴賤身分也沒有高低
只要腳踏實地大家都會對我客氣

觀姊：
為了經濟獨立只好蝦瞇攏不驚
我要到哪尋找尋找我的青春少年兄

阿德：
不要怕找不到這裡有很多可挑
你要耐心等待才不會呷快弄破碗

（大幕起燈亮）（大幕起燈亮）（大幕起燈亮）

阿珠：是什麼讓你原地踏步一起來喝一碗薑母鴨

阿強：在人潮擁擠的大都市不如上車一起去看戲

麗華：相信每天辛苦的付出收穫都會有代價

（大幕起燈亮）（大幕起燈亮）（大幕起燈亮）
（大幕起燈亮）（大幕起燈亮）（大幕起燈亮）

美惠：光打在我臉上你看我不一樣

怡君：劇本的情結千變萬化你需要我的幫忙

美惠：看我在台上你要為我鼓鼓掌

怡君：在台下的你是否也一起跟上

美惠、怡君：在台下的你是否也一起跟上一起跟上

群唱：
（大幕起燈亮）光打在我臉上你看我不一樣
（大幕起燈亮）劇本的情結千變萬化我們來去幫幫他
（大幕起燈亮）光打在我臉上你看我不一樣劇本的情結千變萬化你看我跟本人不一樣

（大幕起大幕起大幕起大幕起大幕起燈亮）

△劇終

誌謝

感謝所有曾經給予我們協助，促使這本劇本集出版的個人或單位。

桃園市政府文化局　邱莊秀美局長
桃園市立圖書館　蔡志揚館長
桃園市私立豐田大郡幼兒園　謝月玲園長
秀威資訊科技股份有限公司
信義房屋—社區一家
桃園市立東安國小　黃木姻校長
桃園市立東安國小　李莉萍主任
桃園市立東安國小　楊靜儀老師
桃園市立東安國小　徐詩雅老師
桃園市立東安國小　張雅卿老師
桃園市立經國國中　李麗卿校長
桃園市立楊梅國中　田應薇校長
桃園市立仁美國中　劉漢癸校長
桃園市立經國國中　黃柏園會長
桃園市立經國國中　謝季燕會長
桃園市立經國國中　蘇美麗主任
桃園市立經國國中　洪金輝主任
桃園市立經國國中　范菁華主任
桃園市立經國國中　郭功櫄主任
桃園市立經國國中　林宗禧主任
桃園市立經國國中　張維翎主任
桃園市立經國國中　林錦雲組長
桃園市立經國國中　范楊鍁組長
桃園市立經國國中　郭欣婷組長
桃園市立經國國中　鄭家珊組長
桃園市立經國國中　游雅音老師

桃園市立大成國中　蔡聖賢校長
桃園市立大成國中　劉彥民老師
桃園市私立至善高級中學　張皓期董事長
桃園市私立至善高級中學　江秋富校長
桃園市私立至善高級中學　表演藝術科主任／李欣潔
桃園市私立至善高級中學　表演藝術科戲劇指導教師／李銘真
桃園市私立至善高級中學　表演藝術科技術指導教師／施淵馨
桃園市私立至善高級中學　表演藝術科技術指導教師／陳姵瑜
桃園市私立至善高級中學　表演藝術科服化指導教師／彭郁昀
桃園市私立至善高級中學　表演藝術科音樂創作指導教師／余念潔
桃園市私立至善高級中學　表演藝術科舞蹈創作指導教師／葉浚霖
桃園市私立至善高級中學　第三屆表演藝術科全體同學
SHOW影劇團　全體團員
特有種劇團　全體團員
Tee花嫁秘書—劉領娣總監
Apple MaMa—王相勻女士
Eric Liu先生
羅瓊霞女士
黃淑華女士
黃柏勳先生
黃蘅軒先生
楊志國先生

新銳藝術34　PH0202

新銳文創
INDEPENDENT & UNIQUE

夢想號：青少年劇本集

作　　者	李美齡、李銘真、沈子善、郭宸瑋等
主　　編	陳義翔
企　　劃	SHOW影劇團
校稿人員	胡若水、陳義翔、簡琳晏、謝鴻文
責任編輯	辛秉學
圖文排版	莊皓云
封面設計	楊廣榕
出版策劃	新銳文創
發 行 人	宋政坤
法律顧問	毛國樑　律師
製作發行	秀威資訊科技股份有限公司 114 台北市內湖區瑞光路76巷65號1樓 電話：+886-2-2796-3638　傳真：+886-2-2796-1377 服務信箱：service@showwe.com.tw http://www.showwe.com.tw
郵政劃撥	19563868　戶名：秀威資訊科技股份有限公司
展售門市	國家書店【松江門市】 104 台北市中山區松江路209號1樓 電話：+886-2-2518-0207　傳真：+886-2-2518-0778
網路訂購	秀威網路書店：http://store.showwe.tw 國家網路書店：http://www.govbooks.com.tw
出版日期	2017年10月　BOD一版
定　　價	400元

Printed in Taiwan

國家圖書館出版品預行編目

夢想號：青少年劇本集 / 李美齡等著；陳義翔主編；SHOW影劇團企劃. -- 一版. -- 臺北市：新銳文創, 2017.10

面； 公分

BOD版

ISBN 978-986-95251-7-6(平裝)

854.6 106015283

讀者回函卡

感謝您購買本書，為提升服務品質，請填妥以下資料，將讀者回函卡直接寄回或傳真本公司，收到您的寶貴意見後，我們會收藏記錄及檢討，謝謝！如您需要了解本公司最新出版書目、購書優惠或企劃活動，歡迎您上網查詢或下載相關資料：http:// www.showwe.com.tw

您購買的書名：______________________________

出生日期：________年________月________日

學歷：□高中（含）以下　□大專　□研究所（含）以上

職業：□製造業　□金融業　□資訊業　□軍警　□傳播業　□自由業

□服務業　□公務員　□教職　□學生　□家管　□其它____

購書地點：□網路書店　□實體書店　□書展　□郵購　□贈閱　□其他

您從何得知本書的消息？

□網路書店　□實體書店　□網路搜尋　□電子報　□書訊　□雜誌

□傳播媒體　□親友推薦　□網站推薦　□部落格　□其他________

您對本書的評價：（請填代號　1.非常滿意　2.滿意　3.尚可　4.再改進）

封面設計____　版面編排____　內容____　文／譯筆____　價格____

讀完書後您覺得：

□很有收穫　□有收穫　□收穫不多　□沒收穫

對我們的建議：______________________________

____

____

____

請貼
郵票

11466
台北市內湖區瑞光路 76 巷 65 號 1 樓
秀威資訊科技股份有限公司 收
BOD 數位出版事業部

（請沿線對折寄回，謝謝！）

姓　　名：________________　年齡：________　性別：□女　□男

郵遞區號：□□□□□

地　　址：________________________________

聯絡電話：（日）________________（夜）________________

E-mail：________________________________